Küsse in Pink

Silvy Pommerenke

Küsse in Pink

Das lesbische Coming-out-Buch

Krug & Schadenberg

Inhalt

Vorwort

Wieso? Weshalb? Warum?

Unsere Gesellschaft zu Beginn des 21. Jahrhunderts bietet Mädchen und Frauen unendlich viele Möglichkeiten zur Selbstverwirklichung und Entfaltung. Führende Politikerinnen, Profisportlerinnen, Schauspielerinnen und Sängerinnen sind lesbisch oder erzählen freimütig von ihrer Bisexualität. Die Homo-Ehe ist keine Sensation mehr, sondern wird als ein Thema von vielen in den Medien diskutiert. Lesben adoptieren Kinder – oder bekommen selbst welche –, und die Patchwork-Familie ist fast eher die Regel als die Ausnahme. Jedes Jahr gehen in groß angelegten Demonstrationszügen Hunderttausende Homosexuelle am Christopher Street Day auf die Straßen und verbinden dies mit fröhlichen Festen.

Wozu also einen Coming-out-Ratgeber für junge Frauen? Ist das wirklich noch nötig, in Zeiten der Toleranz und Akzeptanz?

Ja! Denn trotz lesbischer Stars in Soaps, die wir tagtäglich im Fernsehen erleben, trotz der lesbischen Nachrichtensprecherin oder Talkmasterin, ist die Entdeckung, lesbisch zu sein, für jede Einzelne noch immer etwas Besonderes. Noch ist es nicht selbstverständlich, dass Kinder und Jugendliche von ihren Eltern erfahren, dass Homosexualität als völlig gleichberechtigt neben Heterosexualität steht. Noch findet man in kaum einem Schulbuch lesbische und schwule Figuren, die beispielsweise helfen, die deutsche Grammatik zu erläutern, englische Vokabeln zu übersetzen oder komplizierte Rechenaufgaben zu lösen. Es ist bezeichnend, dass sich die Öffentlichkeit mit der Realität vorrangig durch Verschweigen auseinandersetzt.

Dieser Coming-out-Ratgeber soll hilfreich sein bei der Entdeckung des eigenen Lesbischseins. In Geschichten und Interviews werden verschiedene Möglichkeiten gezeigt, wie ein Coming-out verlaufen kann und welche Erfolgserlebnisse oder auch Dramen die einzelnen jungen Frauen dabei erleben. Ergänzend zu den meisten Geschichten gibt es Kommentare, die weitere Informationen und Anregungen bieten.

Ich habe versucht, möglichst verschiedene Szenarien darzustellen, so dass sich eine möglichst große Anzahl von Mädchen und jungen Frauen darin wiederfindet – egal ob die Einzelne nun die Hauptschule oder das Gymnasium besucht oder eine Ausbildung macht, ob sie religiös ist oder den Sport zu ihrer Religion gemacht hat, ob sie hierzulande geboren oder aus dem Ausland nach Deutschland gekommen oder aus einem kleinen Ort in die Großstadt gezogen ist. Ich gehe natürlich auch darauf ein, wie du dich vor deinen Eltern outen kannst, wie du mit verletzenden Reaktionen umgehen könntest oder wie es ist, sich in die beste Freundin zu verlieben. Dabei wird eines deutlich: Jede Geschichte verläuft anders, jedes Coming-out hat seine eigene Dynamik, und jede erlebt ihre eigene, individuelle lesbische Entdeckungsreise.

Vor allem aber soll dieser Ratgeber Mut machen und das Lesbischsein von seinen schönsten Seiten zeigen!

Silvy Pommerenke
Berlin, im März 2008

»Schmetterlinge im Bauch«

Die Entdeckung, lesbisch zu sein, und erste Flirtversuche

Wie war das eigentlich damals, als wir den ersten Lesben in natura begegnet sind, als wir sie auf der Mattscheibe sahen und uns in das Mädchen aus der Parallelklasse verliebt haben? Chrissy erzählt, wie es bei ihr war:

Die erste Begegnung mit Lesben hatte ich, als ich mit meiner Mutter einen Spaziergang durch den Park machte. Ich war zwölf Jahre alt und trottete missmutig meiner Mum hinterher, die diese Naturausflüge liebte, ich hingegen verabscheute. Ich langweilte mich tierisch, bis uns zwei engumschlungene Frauen entgegenkamen. Natürlich war das kein allzu ungewöhnliches Bild für mich – viele Mädchen gehen gern Arm in Arm mit ihrer Freundin über den Schulhof, und Frauen nehmen sich zur Begrüßung in den Arm und suchen Körperkontakt –, aber als die beiden Parkbesucherinnen sich dann innig küssten, da fielen mir fast die Augen aus dem Kopf. Dies war eindeutig etwas, was ich noch nie gesehen hatte. Mir stand der Mund offen, und ich starrte die Frauen ungeniert an.

Während sich meine Mutter mit den Blumen am Wegesrand beschäftigte, lachten mich die zwei herzerfrischend an und gingen weiter. Ich zupfte meine Mutter am Jackenärmel und fragte sie irritiert, ob sie die beiden gesehen hätte und vor allem das, was die getan hatten?

»Ja«, gab sie freimütig zu. »Sie haben sich geküsst!« Da wurde mir klar, dass ihre Aufmerksamkeit wohl nicht nur den Blumen gegolten hatte.

»Aber«, konterte ich, »das waren doch zwei Frauen!«

»Na und?«, erwiderte meine Mutter. »Das ist doch ganz normal, Chrissy. Es gibt eben Frauen, die Männer lieben, aber auch Frauen, die Frauen lieben!«

»Aha«, sagte ich. »Verstehe.« Aber ich verstand gar nichts.

Später wurde mir dann klar, dass das zwei Lesben gewesen waren. Aber was hieß das denn nun konkret? Ich hatte bisher noch niemanden in meinem Leben geküsst und war auch nicht sonderlich scharf darauf. Wenn im Fernsehen ein Paar knutschte, dann hielt ich mir immer die Augen zu und fragte meine Mutter, ob die Szene vorbei sei und ich die Augen wieder aufmachen könne. Irgendwie war mir das total peinlich, aber als ich diese beiden Frauen im Park sah, da hatte ich ein ganz komisches, neuartiges Gefühl im Bauch. Und das war mit Sicherheit nicht unangenehm.

Als ich einige Wochen später in der Serie Verbotene Liebe *– die meine Mutter inzwischen regelmäßig nach der Arbeit guckte, um abzuschalten, wie sie sagte – erneut zwei Frauen sah, die sich küssten, da hielt ich mir die Augen nicht mehr zu und bat meine Mutter auch nicht, das Programm zu wechseln. Sie warf mir einen Seitenblick zu, sagte aber nichts, während ich mit glühenden Wangen auf dem Sofa saß. Von da an schaute ich die Sendung jeden Abend mit meiner Mutter und fieberte mit Hanna und Carla, später Susanne und Carla mit, die in die Lieben und Intrigen der Familie von Lahnstein verstrickt waren …*

So oder so ähnlich könnte die Entdeckung des Lesbischseins auch bei dir angefangen haben. Für jedes Mädchen ist die Zeit der Pubertät und der Wandel vom Kind zur Jugendlichen eine aufregende Phase, in der die Hormone und Gefühle verrückt spielen können, vor allem dann, wenn sie sich zum ersten Mal verliebt. Für viele nimmt das Thema Liebe nun einen großen Stellenwert in ihrem Leben ein. Sie schwärmen für jemanden, verknallen sich und machen vielleicht die ersten Flirtversuche.

Wie das genau geht, sagt einem ja leider niemand. Und fragen mag man auch nicht, weil man sich dann total doof vorkäme. Klar kann man schon mal bei der großen Schwester abgucken, wie die das so macht, oder sich auf dem Schulhof die älteren Mädchen als Vorbild nehmen. Aber was, wenn die Schwester einen Freund hat und die Mitschülerinnen immer nur Jungs küssen? Was, wenn man selbst plötzlich Schmetterlinge im Bauch hat, weil Rebecca aus der Parallelklasse auf einmal in einem ganz anderen Licht erscheint, Kopf und Herz ins Rotieren bringt und man ultranervös wird, wenn sie sich in der Pause neben eine setzt? Und wenn man immer ganz geknickt ist, nur weil man sie einen Tag lang nicht gesehen hat? Dann kann man eigentlich nur *Verbotene Liebe* gucken und sich wünschen, dass man selber Susanne ist und Rebecca vielleicht Carla.

Das ist natürlich keine wirklich gute Lösung für den Rest des Lebens, denn auch wenn die beiden Schauspielerinnen auf dem Bildschirm ein hübsches Paar abgeben, wird die eigene Sehnsucht durch das Zugucken nicht wirklich erfüllt. Ganz im Gegenteil, durch die Figuren in der Soap werden die eigenen Wünsche und Phantasien noch verstärkt.

Wie aber nun konkret mit den Wunschträumen in Bezug auf Rebecca aus der Parallelklasse umgehen? Wie erfährt sie, dass Chrissy sich in sie verliebt hat, und vor allem: Wie reagiert sie darauf?

Die Situation ist günstig, als Chrissy Rebecca auf dem Schulhof begegnet.

Chrissy: »Hi, Becci, wie geht's denn so?«

Rebecca: »Hey, Chrissy, läuft alles super. Hab gestern in Mathe 'ne Eins bekommen.« (anerkennendes Nicken und warmes Gefühl im Bauch auf Seiten Chrissys) »Aber das ist jetzt auch nichts Besonderes, weil fast die ganze Klasse 'ne Eins gekriegt hat.«

Chrissy: »Aha.« (warmes Gefühl nimmt zu) »Ähm, sag mal, ich wollte dich fragen, ob du am Freitag vielleicht mit mir ins Kino gehst. Da läuft Der Teufel trägt Prada *mit Anne Hathaway.« (Herzrasen, Schweißausbrüche und verlegenes Zupfen an der Gürtelschnalle)*

Rebecca: »Cool ey, ja klar! Wenn ich das Geld zusammenkratzen kann, dann komme ich mit.«

Chrissy: (strahlendes Lachen, das eher einer Gesichtslähmung ähnelt) »Super, ich freu mich schon! Dann hol ich dich um sieben ab, okay?«

Na also, das wäre doch schon mal ein Anfang. Der erste Schritt ist gemacht, und Chrissy ist nicht enttäuscht worden. Rebecca hat mehr als deutlich signalisiert, dass sie gerne mit ihr ins Kino geht. Aber was nun? Zusammen ins Kino zu gehen bedeutet ja nun noch gar nichts – oder etwa doch?

Chrissy zählt die Stunden bis zum Freitagabend. Ihre Mutter registriert, dass ihre Tochter beim Essen einen abwesenden Eindruck macht, sich ungewöhnlich lange in ihrem Zimmer einschließt und bei leiser Musik am PC Tagebuch schreibt. Das Tagebuch nutzt Chrissy, um die eigenen Gedanken zu sortieren und ein wenig Ordnung in das Chaos der Gefühle zu bringen, weil sie sich noch nicht traut, offen mit einer Freundin – schon gar nicht mit Rebecca – darüber zu sprechen. Noch weiß sie ja auch gar nicht, was dieses Wechselbad der Gefühle zu bedeuten hat. Eines steht jedenfalls fest: Sie wird gefühlsmäßig heftig durcheinander gewirbelt, der Magen hängt ihr in den Kniekehlen, aber etwas essen kann sie beim besten Willen nicht (oder sie stopft sich mit Süßigkeiten und anderem Zeugs voll, um nicht tatenlos herumzusitzen), und die Probleme der Erwachsenen scheinen ihr total banal und unwichtig zu sein. Die Hausaufgaben gehen ihr nur quälend von der Hand, und sie er-

sehnt sich nichts mehr als die Schulferien. Dann kann sie den täglichen Verpflichtungen und Aufgaben endlich entfliehen und sich ganz ihren Herzensangelegenheiten widmen. Außerdem langweilen sie die Gespräche der Mitschülerinnen über die Jungs aus der Parallelklasse fast zu Tode.

Chrissy sitzt also in ihrem Zimmer, hört zum hundertsten Mal ihren Lieblingssong von Tegan und Sara und weiß irgendwie gar nicht, wie sie sich Rebecca gegenüber verhalten soll. Sie merkt schon, dass ihre Gefühle für die Freundin sich deutlich unterscheiden von denen, die sie anderen Mädchen gegenüber hegt. Aber was bedeutet das? Sie kann doch nicht einfach mit Rebecca ins Kino gehen und am Ende des Filmes sagen: »Du, ich fühl mich total komisch in deiner Gegenwart. Irgendwie bin ich dann immer ganz aufgeregt, aber gleichzeitig fühle ich mich auch super wohl mit dir.«

Ganz sicher ist sie sich also nicht, wie es jetzt weitergehen soll. Deswegen lässt sie sich lieber etwas Zeit und überstürzt nichts. Also erst mal die Füße ein wenig stillhalten, so schwer es auch fallen mag, sich der eigenen Gefühle klarer werden und Rebecca ebenfalls Zeit geben.

Nun ist er da, der Freitag, der langersehnte Kinoabend. Eine Stunde vor dem Treffen ist Chrissy zu nichts mehr zu gebrauchen. Nachmittags hat sie noch mal mit Rebecca telefoniert, und beide waren total albern drauf. Jetzt, kurz bevor sie aus dem Haus gehen will, möchte Chrissy am liebsten den Kopf in den Sand stecken. Die Nervosität schlägt ihr total auf den Magen, das Abendessen hatte sie sowieso achtlos stehen lassen, und ihre Mutter hatte mal wieder dieses seltsam wissende Lächeln im Gesicht.

Wenn die wüsste, wie scheiße ich mich fühle, dann würde ihr dieses Grinsen schon aus dem Gesicht fallen, denkt Chrissy und zieht eine Grimasse hinter dem Rücken ihrer Mutter, die kommentarlos ihren fast unberührten Teller abräumt.

Chrissy wirft sich auf ihr Bett. Sie möchte Rebecca am liebsten anrufen, um ihr abzusagen. Irgendeine Ausrede muss ihr einfallen. Fühlt sie sich jetzt nicht tatsächlich ein wenig kränklich? Aber der Sekundenzeiger, den sie schon seit einigen Minuten anstarrt, dreht unaufhaltsam seine Runden, und nun ist wirklich keine Zeit mehr abzusagen. Jetzt muss sie sich absolut beeilen, um nicht zu spät zu kommen.

Ein letzter Blick in den Spiegel, ein hastiges »Tschühüs« zu ihrer Mutter, und schon sitzt sie auf dem Fahrrad in Richtung Innenstadt.

Als sie kurz darauf bei Rebecca klingelt und diese vor ihr steht, ist die Aufregung wie weggeblasen. Zur Begrüßung nimmt die Freundin sie ganz unbefangen in die Arme und sagt: »Hey, du bist ja pünktlich auf die Minute! Mann, ich hab mich total auf den Abend mit dir gefreut. Am liebsten hätte ich dich schon vor einer Stunde angerufen, aber ist ja auch irgendwie albern, oder?«

Chrissy starrt sie an und bemerkt winzige Sommersprossen auf Rebeccas Nase, die sie vorher noch nie gesehen hat.

»Nö, wär überhaupt nicht albern gewesen (heftiges Flattern in der Magengegend). Aber jetzt lass uns mal losziehen, sonst fängt der Film noch ohne uns an.«

Voller Vorfreude steigen sie auf ihre Räder und erzählen sich und dem Fahrtwind, was in der letzten Woche so alles passiert ist.

Am Kassenhäuschen des Kinos kaufen sie sich noch Cola und Popcorn, und dann gehen sie quatschend in den Vorführraum.

Die Zeit, die Chrissy in den letzten Wochen durchgemacht hat, ist nicht spurlos an ihr vorbeigegangen. Viele Fragen hat sie gewälzt, auf die sie noch keine Antworten gefunden hat. Wieso hat sie sich noch nie wirklich für Jungs interessiert? Warum flirten alle ihre Freundinnen ständig, während sie das ganz kaltlässt, so als würde sie nicht dazugehören. Warum fühlt sie sich so wohl in Rebeccas Gegenwart, und was bedeutet dieses flatternde Gefühl im Bauch? Weshalb hat sie das dringende Bedürfnis, immer in Rebeccas Nähe zu sein, und wieso kann sie an niemand anderes mehr denken? Vor allem aber: Warum kann sie mit niemandem darüber sprechen? Aber wem sollte sie sich auch anvertrauen?

Entdeckt ein Mädchen, dass sie sich zu anderen Mädchen hingezogen fühlt, bedeutet das in der heterosexuell dominierten Gesellschaft eine kleine Gratwanderung. Das eigene sexuelle Interesse erwachen zu spüren ist für jedes Mädchen eine aufregende Zeit, in der sie sich mit einer völlig neuen Welt konfrontiert sieht. Bei Mädchen wie Chrissy, die sich im Gegensatz zu den meisten anderen eben nicht zum anderen Geschlecht hingezogen fühlen, sondern zum eigenen, kommt eine doppelte Auseinandersetzung mit der neuen Welt des Erwachsenwerdens auf sie zu. Dabei ist es wichtig zu wissen, dass diese Art der Liebe weder anrüchig noch unmoralisch ist.

Auch wenn es also das Normalste der Welt ist, die Nähe zum gleichen Geschlecht zu suchen, so fehlen doch Rollenmodelle – das heißt, andere lesbische Mädchen und Frauen, mit denen sie sich identifizieren könnte – und so ist die Identitätsfindung für Heterosexuelle deutlich einfacher. Immer noch ist es so, dass eine homosexuelle Frau ihre Lebensweise erklären muss, während eine Heterosexuelle niemandem ihren Freund oder auch Mann zu erklären hat, sich vielleicht sogar für ihn entschuldigen oder verteidigen muss. Kaum ein heterosexuelles Paar wird angepöbelt, weil es Händchen haltend durch die Fußgängerzone geht oder sich auf öffentlichen Plätzen küsst. Niemals wird von ihnen verlangt, dass sie ihre Zuneigung und Liebe füreinander doch bitteschön hinter verschlossenen Türen ausleben sollen. Dies jedoch sind Erfahrungen, die viele Lesben im Laufe ihres Lebens machen. Natürlich geht es nicht jeder so, und manch eine Lesbe lebt ungestört und ohne direkte Diskriminierung. Doch selbst dann finden sich in Zeitungen oder den Köpfen der Ewig-Gestrigen immer wieder gängige Vorurteile und Klischees gegenüber lesbischen Frauen, so dass wir oft von einer indirekten Diskriminierung sprechen können.

Zu diesen Vorurteilen und Klischees gehört beispielsweise die Behauptung, dass Lesben Männer hassen würden. Das ist völliger Blödsinn. Wenn manche von uns eine Abneigung gegen bestimmte Männer haben, dann liegt das oftmals daran, dass wir plump angebaggert werden oder Mann uns hinterhergrölt, uns »fehle nur der richtige Mann«. Am besten reagiert man auf derart blödsinnige Anmache überhaupt nicht. Oder aber man wappnet sich mit coolen Sprüchen, die man dann parat hat und die das Gegenüber zum Schweigen bringen. Die Devise ist, sich nicht unterkriegen und sich nicht in die Opferrolle drängen zu lassen. Natürlich gibt es Situationen, in denen man vorsichtig sein sollte (wenn man abends allein unterwegs ist, sind coole Sprüche vielleicht nicht so angebracht), aber grundsätzlich möchte man ja nicht alles unwidersprochen hinnehmen, was einer an Schwachheiten an den Kopf geworfen wird. Und es ist in der Tat so, dass die meisten Typen gar nicht mit Gegenwehr rechnen, und allein die Tatsache, dass wir uns nicht alles gefallen lassen, bringt so manch einen aus dem Konzept. Für uns selbst ist es auch ein gutes Gefühl, wenn wir den blöden Sprüchen etwas entgegensetzen.

Wenn sich solche Vorfälle häufen, ist es wenig verwunderlich, dass lesbische Mädchen und Frauen dem anderen Geschlecht gegenüber eine gewisse Skepsis an den Tag legen. Allerdings reagieren heterosexuelle Mädchen und Frauen oft ebenso genervt und verärgert auf solche verbalen Übergriffe – und erst recht auf körperliche –, wobei man ihnen im Allgemeinen jedoch nicht vorhält, »Männerhasserinnen« zu sein. Wie eine kluge Lesbe einmal angemerkt hat, haben heterosexuelle Frauen jedoch oftmals viel mehr Grund, Männer nicht zu mögen, weil sie viel mehr mit ihnen zu tun haben.

Ein weiteres gängiges Vorurteil ist, dass Lesben sich wie Männer kleiden und ihre Weiblichkeit verstecken würden. Natürlich gibt es solche Lesben, aber es trifft eben nicht auf jede von uns zu – dies ist genauso weithergeholt wie jedes andere Vorurteil. Wenn wir uns nämlich nicht mit Kurzhaarschnitt und im Tomboy-Style präsentieren, dann nimmt man uns oft gar nicht als Lesben wahr. Wir werden von der Umwelt in die Schublade »heterosexuell« gesteckt, und damit ist das Thema erledigt. Dabei ist die Lesbenwelt genauso vielfältig und bunt und natürlich auch mäuschengrau wie jede andere Welt auch. Wir sind langhaarig oder kurzhaarig, tragen Hosen oder Kleider, schminken uns oder bevorzugen eher den natürlichen Stil. Wir sind einfach immer und überall, ohne dass wir und alle anderen das immer auf Anhieb sehen oder mitkriegen. Es sei denn, wir knutschen wild in der Öffentlichkeit herum, aber auch in diesem Fall können andere nicht wirklich sicher sein, dass es sich um zwei Lesben handelt. Viele Mädchen probieren einfach nur mal aus, ein anderes Mädchen zu küssen, ohne dass sie dadurch automatisch zur Lesbe werden.

Aber was macht denn nun eine Lesbe aus? Genau diese Frage stellt sich auch Chrissy, nachdem sie einige Zeit mit dem Wort jongliert hat. Es war ihr anfangs ein wenig fremd, und sich selbst als Lesbe zu bezeichnen erschien ihr doch ziemlich komisch. Andererseits sind ihre Gefühle zu Rebecca doch relativ eindeutig, oder?

Wir wollen sehen, wie es bei den beiden weitergeht:

Nach dem Kino diskutieren Rebecca und Chrissy noch eine kleine Ewigkeit über den Film. Sie wollen sich kaum voneinander trennen, aber der Uhrzeiger rückt immer weiter, und Chrissy hatte ihrer Mutter hoch und heilig versprochen, um halb elf wieder zu Hause zu sein. Zum Abschied nehmen sich die beiden Mädchen in den Arm, wobei Chrissys Beine so heftig zittern, dass sie Rebecca förmlich von sich stößt, damit diese nichts bemerkt. Rebecca guckt sie ein wenig komisch an, schwingt sich dann aber auf ihr Rad und winkt ihr ein letztes Mal zu.

Als Chrissy die Wohnungstür aufschließt, hört sie, dass ihre Mutter im Wohnzimmer noch Fernsehen guckt. Ein starkes Bedürfnis, sich ihrer Mutter anzuvertrauen, lässt sie die Tür öffnen.

»Hi, Mum, bin wieder da!« Sie lässt sich neben ihrer Mutter auf das Sofa fallen und greift gierig nach der Chipstüte.

»Na, Süße, war's schön? Du musst ja einen riesigen Hunger haben, sonst isst du doch nie Chips.« Neugierig sieht sie ihre Tochter von der Seite an und denkt, dass sie ganz schön erwachsen geworden ist.

»Mhm, ich hab einen Bärenhunger, aber gleichzeitig kriege ich kaum was runter – ich weiß auch nicht, was mit mir los ist.«

Eine Zeitlang sitzen die beiden schweigend nebeneinander und schauen auf die flimmernde Bildröhre.

»Mama ...« Chrissy nestelt an der Chipstüte rum und weiß nicht recht, wie sie anfangen soll. »Weißt du noch, wie wir damals im Park spazieren gegangen sind? Und diese beiden Frauen gesehen haben ...?« Jetzt weiß sie echt nicht mehr weiter und hofft, dass ihre Mutter ihr ein Stückchen entgegenkommt. Das tut sie tatsächlich, indem sie den Fernseher ausstellt, sich ein Kissen in den Rücken stopft, um es bequemer zu haben, ihre Tochter aufmunternd anblickt und nickt.

»Ja, ich weiß, welchen Parkbesuch du meinst. Danach haben wir angefangen, Verbotene Liebe *zu gucken, nicht?«*

Chrissy ist ihrer Mutter wirklich dankbar, dass sie gleich auf sie anspringt und offensichtlich genau weiß, in welche Richtung es gehen soll. Dennoch fällt es ihr schwer, die richtigen Worte zu finden.

»Genau, seitdem gucken wir immer die Soap. Ähm, das ist es auch, was ich gerne mit dir besprechen möchte. Also ...« Sie

hält noch mal die Luft an und sucht nach einer geeigneten Formulierung. Irgendwie scheint sich gerade eine riesige leere Luftblase in ihrem Gehirn aufzutun.

»Na ja, ich war damals ganz schön überrascht von der Sendung, weil da ja zwei Frauen eine Liebesbeziehung miteinander hatten.« Verdammt, jetzt wird ihr aber wirklich heiß, und sie zieht ihr Sweatshirt aus.

»Also, um ehrlich zu sein, habe ich die Serie nur wegen den beiden geguckt – oder eigentlich vor allem wegen Carla.«

Ihre Mutter sitzt ganz ruhig da, blickt ihre Tochter an und nickt noch mal ermunternd.

»Ja, ich habe wohl gemerkt, dass du vor allem mit Carla mitgefiebert hast. Aber die sieht ja auch wirklich total hübsch aus, und Susanne und sie sind ein süßes Paar, finde ich.«

Das ist der Startschuss für Chrissy – sie weiß nun, dass sie ganz offen mit ihrer Mutter sprechen kann. Erleichtert, sich endlich alles von der Seele reden zu können, was sie in den letzten Wochen mit sich allein ausgemacht hat, legt sie los und ist kaum noch zu stoppen.

»Du, Mama, ich glaube, dass es mir ähnlich geht. Also, ich weiß das noch nicht so genau, aber ich bin in letzter Zeit so durcheinander, und das scheint alles mit Rebecca zusammenzuhängen. Wir hatten uns ja heute Abend fürs Kino verabredet, und ich bin seit einigen Tagen total durch den Wind. Und als ich sie dann vorhin zu Hause abgeholt habe und sie mich in den Arm genommen hat, da habe ich ein ganz warmes Gefühl im Bauch gehabt. Und hinterher haben wir noch ewig draußen vor dem Kino gestanden und uns unterhalten, und ich wollte mich überhaupt nicht von ihr trennen und überhaupt.« So, jetzt war es also raus. Chrissy fixiert die Chipstüte und sieht dann gespannt zu ihrer Mutter hinüber.

»Süße, komm mal her.« Ihre Mutter zieht sie zu sich und nimmt sie in den Arm. »Weißt du, mein Liebes, ich glaube ein-

fach, du hast dich verliebt. Das ist total schön, und ich freue mich wirklich für dich!«

Eine kleine Weile lässt sie sich von ihrer Mutter im Arm halten, dann fängt sie an, ein wenig zu schniefen.

»Aber Mama, ich weiß überhaupt nicht, ob Rebecca ähnliche Gefühle für mich hat wie ich für sie. Was soll ich denn jetzt tun?«

Das, was Chrissy gerade gemacht hat, ist ein wichtiger Schritt im Leben einer jungen Lesbe. Sie hat sich in den Wochen zuvor mit ihren Gefühlen für Rebecca auseinandergesetzt, und das ist ihr wirklich nicht leichtgefallen. Dieser innere Tumult, den sie durchlebt hat, weil sie ihre Gefühle für Rebecca noch nicht als Verliebtheit benennen konnte, vielleicht auch nicht einordnen wollte, hat sie ganz schön viel Energie gekostet. Sie hat sich häufig gefragt, warum sie solche Gefühle denn nicht für Daniel oder Lucas hegt. Das sind Jungs aus ihrer Parallelklasse, und alle Mädels himmeln die beiden an. Warum ist das bei ihr nicht so? Da ist aber auch nicht die Spur von Aufregung oder Schmetterlingen im Bauch. Die Einzige, bei der sie bis jetzt Herzrasen bekommen hat, das ist und bleibt Rebecca. Sie empfindet auch deutlich mehr für sie als für ihre anderen Freundinnen. Und deswegen ist sie verunsichert, denn was dieses »Mehr« genau bedeutet, muss sie erst noch unter die Lupe nehmen.

Was das nun genau heißt, lässt sich allein nicht leicht herausfinden. Deswegen kann es hilfreich sein und guttun, sich einer anderen Person anzuvertrauen, mit der man seine Zweifel und vielleicht auch Ängste und Hoffnungen teilen kann. Denn die Erkenntnis, »anders« zu sein, stürzt viele erst einmal in eine Zeit der Verunsicherung, des Nachdenkens und Grübelns. Dabei ist es das Normalste der Welt, sich zu verlieben. Und Chrissys Mutter hätte ihre Tochter nicht besser unterstützen können, als sie es getan hat: indem sie ihr zuhört und die Dinge beim Namen nennt. »Du hast dich verliebt, und ich freue mich für dich!« Das ist etwas, was man nicht oft genug hören kann.

Es ist schließlich eine wunderbare Erfahrung, sich in jemanden zu verlieben. Die Schmetterlinge im Bauch, die Nervosität oder das Prickeln auf der Haut sind Gefühle, die durch den biochemischen Haushalt des Körpers ausgelöst werden. Glückshormone – Endorphine – werden freigesetzt, und diese wirken wie tausend kleine Energieschübe, wodurch man das Leben plötzlich wie durch eine rosarote Brille sieht. Und wenn dieser Jemand – wie in Chrissys Fall – ein anderes Mädchen ist, dann ist das genauso normal, wie sich in einen Jungen zu verlieben – auch wenn nicht alle Menschen diese Ansicht teilen.

Die Selbstfindungsphase, in der Chrissy sich zwar noch niemandem anvertraut, sich aber mit dem Gedanken auseinandersetzt, vielleicht lesbisch zu sein, nennt man das »innere Coming-out«. Das ist ein Prozess, der mal kürzer, manchmal aber auch etwas länger dauert. Hierfür braucht jede ihre eigene Zeit, deren Dauer sicher auch von ihrem näheren Umfeld abhängt. Wenn die Eltern beispielsweise vorher schon eine positive Einstellung zum Thema Homosexualität hatten, vielleicht im eigenen Freundeskreis Schwule oder Lesben haben, dann wird wohl auch das innere Coming-out ihrer Tochter schneller und weniger verunsichernd verlaufen als bei einer jungen Frau, deren Eltern das Thema nie zur Sprache gebracht haben oder die womöglich eine negative Einstellung gegenüber Homosexualität erkennen lassen.

Gerade in letzterem Fall kann es für die Tochter ein besonders konfliktbeladener Weg sein, weil sie ungewollt vielleicht einige Vorurteile der Eltern verinnerlicht und deswegen möglicherweise größere Schwierigkeiten hat, sich selbst einzugestehen, dass sie lesbisch ist. Falls sie dann doch irgendwann für sich annehmen kann, dass sie Frauen liebt, werden ihr von Seiten der Eltern wahrscheinlich größere Hindernisse in den Weg gelegt. Das ist bei einigen auch der Grund, weshalb sie sich ihren Eltern gegenüber nicht outen – sie befürchten, Vorurteilen zu begegnen, Konflikte auszulösen und vielleicht sogar Ablehnung zu erfahren.

Es soll hier kein Horrorszenario gemalt werden, aber Dinge schönzureden bringt ja auch nichts. Manche von uns sind vielleicht genau in so einem vorurteilsbeladenen Elternhaus aufgewachsen und müssen sich mit diesen Schwierigkeiten auseinandersetzen. Dadurch verzögert sich oftmals auch der innere Coming-out-Prozess. Zu der grundsätzlichen Frage »Bin ich lesbisch?« kommt noch die Frage hinzu, wie die Eltern und die Familie auf ein »äußeres Coming-out«, also den Schritt, damit in die Öffentlichkeit zu gehen, reagieren.

Die Gründe für Intoleranz und Vorbehalte können vielfältiger Natur sein und beispielsweise aus Unwissenheit erwachsen, aus religiöser Überzeugung oder einem konservativen Weltbild. Aber wenn die Eltern dann merken, dass ihre eigene Tochter lesbisch ist, betrachten sie das Thema vielleicht mit anderen Augen. Manchmal mag es ein etwas mühsamer Weg sein, aber die Hoffnung, dass die Eltern sich eines Besseren besinnen und die Gefühle für ihre Tochter über die eigene Voreingenommenheit stellen, sollte nicht aufgegeben werden.

Das Coming-out

Der Begriff Coming-out kommt aus dem Englischen und bedeutet so viel wie »herauskommen« oder »heraustreten«. Eigentlich ist es eine Abkürzung für die Redewendung *coming out of the closet*, was so viel bedeutet, wie »aus dem Schrank herauskommen«. Aber was hat ein Schrank mit dem Lesbischsein zu tun? Ganz einfach: Menschen, die in der Öffentlichkeit nicht zu ihrer sexuellen Orientierung stehen, sondern sie heimlich und versteckt leben, sind – im übertragenen Sinne – in einem Schrank eingesperrt. Diejenigen, die nun den Wunsch und die Bereitschaft haben, sich auch ihrer Umwelt als Lesbe zu präsentieren, treten aus diesem einengenden Schrank heraus. Sie haben also ihr »Coming-out«. Da wir aber in einer heterosexuell dominierten und oftmals konservativen Gesellschaft leben, wird es nicht bei einem einzigen Coming-out bleiben. Wir stehen immer wieder vor der Frage und der Entscheidung, uns zu outen, denn sobald eine ihr Umfeld ändert – sei es durch den Umzug in eine andere Stadt, durch den Wechsel der Schule, Universität oder Arbeitsstelle – begegnet sie neuen Menschen, die irgendwann nach dem Freund oder Ehemann fragen. Also bedeutet es jedes Mal wieder aufs Neue, sich die Frage zu stellen, ob man sich erklären und outen möchte. Je nach Situation und Tagesform gelingt es manchmal leichter, und manchmal ist man aufgeregt wie beim ersten Mal.

Einige von uns machen die Erfahrung, dass, je souveräner und offensiver sie damit umgehen, die anderen umso neugieriger reagieren und negative Reaktionen ausbleiben. Auch wenn andere das vielleicht nicht so erleben, ist der offensive Umgang eine Möglichkeit, dem Gegenüber keine Angriffsfläche zu bieten und gleichzeitig den Raum für ein Gespräch zu eröffnen. Andere wiederum machen die Erfahrung, dass nach dem Coming-out ein peinliches oder auch gleichgültiges Schweigen einsetzt – das Gegenüber verstummt und das Gespräch bzw. Thema wird nicht weiterverfolgt. Die Reaktionen der Umwelt können sehr vielfältig sein.

Natürlich gibt es auch Mädchen und Frauen, die sich generell vor einem Coming-out scheuen oder nur ausgewählten Personen von ihrem Lesbischsein erzählen. Das hat ebenso seine Berechtigung wie ein offensives Coming-out. Ob, wann und wem gegenüber man sich outet, entscheidet letztlich jede für sich. Manche Situationen oder Umstände sind in der Tat ungünstig, um »aus dem Schrank zu kommen«, andere wiederum bieten vielleicht die langersehnte Gelegenheit, der besten Freundin, dem besten Freund oder auch der Bäckersfrau vom eigenen Lesbischsein zu erzählen. Im Laufe der Zeit sammelt jede ihre eigenen Erfahrungen, lässt diese in die kommenden Situationen einfließen und entwickelt ein Gespür dafür, ob ein Gespräch oder eine beiläufige Bemerkung über Homosexualität angebracht ist oder ob sie ihr Privatleben lieber vor anderen schützen möchte.

In der Regel vollzieht sich erst das innere Coming-out, bei dem sich das Mädchen bzw. die Frau selbst erst einmal mit dem Lesbischsein auseinandersetzt und dann für sich (an-)erkennt, dass sie lesbisch ist. Dies waren beispielsweise bei Chrissy die Wochen, in denen sie abends in ihr Tagebuch schrieb und ihr Gefühlschaos unter die Lupe genommen hat. Ihre Gefühle für Rebecca haben schließlich dazu geführt, dass sie sich in einem zweiten Schritt ihrer Mutter anvertraut hat, und dieser Schritt, sich jemand anderem anzuvertrauen und ganz entschieden zu sagen »Ich bin lesbisch!«, nennt man das äußere Coming-out. Ganz einfach also. Oder etwa nicht?

Heute ist es für Mädchen oder junge Frauen ungleich leichter als früher, sich ihren Gefühlen für andere Mädchen und Frauen bewusst(er) zu werden und diese auch als normal zu betrachten – was sie ja schließlich auch sind. Zum Glück gibt es immer mehr Lesben, die in der Öffentlichkeit sichtbar sind, die sich nicht verbiegen und verstecken wollen, sondern ein »stimmiges« Leben führen möchten und deshalb den Schritt des Coming-out gehen, damit Innen und Außen übereinstimmt. Chrissy hat durch eine Vorabendserie, die ein Millionenpublikum erreicht, erfahren, dass es lesbische Beziehungen gibt. Somit hatte sie eine Identifikationsmöglichkeit auf dem Fernsehschirm, die es ihr erleichtert hat, sich ihre eigenen Gefühle zu erklären. Unterstützt wurde sie außerdem von ihrer progressiven Mutter, die generell unvoreingenommen gegenüber Lesben ist, so dass es für sie kein Schock, ja nicht einmal eine große Überraschung war, als Chrissy ihr von ihren Gefühlen für Rebecca erzählt hat.

Das lesbische Leben ist hierzulande mittlerweile so sehr im gesellschaftlichen Leben verankert, dass wir nahezu tagtäglich von prominenten Lesben in der Zeitung lesen, sie als Profisportlerinnen bewundern oder in Film und Fernsehen sehen können. Auch die öffentliche Debatte um die sogenannte Homo-Ehe, die seit dem 1. August 2001 im deutschen Zivilrecht als »Gesetz über die Eingetragene Lebenspartnerschaft« verankert ist, ist längst Geschichte, wenn auch der eine oder die andere immer noch verwundert reagiert, wenn eine Frau von ihrer »Heirat« mit einer anderen Frau erzählt. Natürlich ist dieses Gesetz noch ausbaufähig, denn im Gegensatz zu heterosexuellen Ehen stehen homosexuellen Lebenspartnerschaften immer noch deutlich weniger Rechte zu. Dies bezieht sich vor allem auf das Steuer-, das Beamten- und das Adoptionsrecht. Wie auch immer man zur Institution Ehe – ob nun homo- oder heterosexuell – stehen mag, die eingetragene Partnerschaft ist zumindest ein Schritt in Richtung Gleichstellung homo- und heterosexueller Paare auch in Bezug auf die Privilegien der Ehe.

Für Chrissy liegt das Thema Ehe oder Lebenspartnerschaft allerdings noch in weiter Ferne, und wer weiß, ob sie dieses Beziehungsmodell überhaupt anstrebt. Sie hat aktuell ganz andere Sorgen: Wie kann sie Rebecca von ihren Gefühlen erzählen? Noch wichtiger allerdings ist die Frage, ob diese sich genauso zu Chrissy hingezogen fühlt wie Chrissy sich zu ihr. Natürlich hat Chrissy Angst, eine Abfuhr von ihrer Angebeteten zu erhalten. Diese Befürchtung kennt wohl jede von uns. Aber es nutzt ja alles nichts, denn wie heißt es so schön: Nein habe ich, ja kann ich kriegen. Also wird Chrissy demnächst wohl einen Annäherungsversuch wagen.

Nachdem Chrissy von ihrer Mutter eine so positive Reaktion auf ihr Coming-out erfahren hat, hält es sie nicht mehr zurück, und sie ruft ihre beste Freundin Natasha an.

»Hi, Nash, ich bin's, Chrissy. Hast du vielleicht Lust, auf 'n Sprung vorbeizukommen?«

Natasha quält sich mit ihren Hausaufgaben und ist froh über eine Abwechslung.

»Ja, hab eh keinen Bock mehr, hier rumzusitzen. Bin in 'ner Viertelstunde bei dir. Soll ich uns Kuchen mitbringen? Mein Vater hat gerade welchen gebacken.«

»Au ja, ich setz uns schon mal Teewasser auf. Tschüs, bis gleich!«

Chrissy geht in die Küche und stellt zwei Tassen aufs Tablett. Ein bisschen unsicher ist sie schon, ob sie Nash alles erzählen kann und vor allem wie die darauf reagieren wird. Andererseits hofft sie sehr auf Unterstützung und Verständnis von ihrer besten Freundin.

Als es an der Haustür klingelt, stehen schon zwei dampfende Tassen Tee in Chrissys Zimmer auf dem Boden, und sie hat plötzlich einen riesigen Hunger. Die beiden Mädchen machen es sich gemütlich, Musik dudelt aus dem CD-Player, und Nash fragt nach dem Kinobesuch am Vorabend.

»Der Film war ultra! Und die Hauptdarstellerin sah super geil aus! Ich war übrigens mit Beccy im Kino.«

»Ich weiß«, antwortet Nash und pult sich einen Mohnkrümel aus den Zähnen. »Sag mal, seit wann machst 'n du was mit der? Ich wusste gar nicht, dass ihr neuerdings befreundet seid«, nuschelt sie zwischen Kuchenkrümeln hindurch.

»Na ja, wir machen auch noch nicht so lange was zusammen. Hat sich irgendwie so ergeben ... Also, um ehrlich zu sein, ich hab sie einfach gefragt, ob sie mit mir ins Kino geht.«

»Aha.« Nash guckt Chrissy fragend an und dreht die Musik ein wenig leiser.

»Weißt du«, sagt Chrissy und hat ein wenig Lampenfieber, »irgendwie finde ich die total scharf. Ich weiß auch nicht so genau, aber als sie sich letztens auf dem Schulhof neben mich ge-

setzt hat, da hab ich total die Schmetterlinge im Bauch gekriegt und so ... Findste das jetzt komisch?« Bange blickt Chrissy zu ihrer Freundin, die den Mund schon wieder voll Kuchen hat.

»Nö«, kommt etwas krümelig, aber irgendwie auch verlegen die Antwort von Nash. Sie spült mit Tee nach und antwortet dann etwas verständlicher: »Na ja, ich muss ja zugeben, dass ich in letzter Zeit etwas enttäuscht von dir war. Weil du nicht mehr so viel Zeit für mich hattest, und ich dachte schon, dass unsere Freundschaft irgendwie den Bach runtergeht. Ich hab mir so meine Gedanken gemacht und mir dann schon fast so was gedacht. Alle Mädchen aus unserer Klasse schwärmen für Jungs, haben Poster von Justin Timberlake oder Orlando Bloom an der Wand, und dich interessiert das irgendwie gar nicht. Und ich kann ja nun wirklich eins und eins zusammenzählen.«

Ein wenig traurig sieht Nash zu Chrissy hinüber und sagt: »Hat das denn jetzt irgendwas mit unserer Freundschaft zu tun? Ich meine, willst du denn nun überhaupt noch was mit mir zu tun haben, oder wie sieht das aus?«

»Neeeeeeeeein!«, gibt Chrissy empört zu verstehen. »Quatsch. Also nur weil ich mich in Rebecca verknallt habe, heißt das doch noch lange nicht, dass du nicht mehr meine beste Freundin bist!«

Erleichtert fallen Nashs angespannte Schultern nach unten, und sie wischt sich etwas verlegen eine Träne aus dem Auge.

»Mann, ey, du weißt gar nicht, wie froh ich darüber bin!«

Die beiden Mädchen nehmen sich in die Arme und bleiben einen Moment so sitzen. Dann, sichtlich aufgeregt, fragt Nash: »Und – seid ihr denn nun ein Paar oder steht das noch in den Sternen?«

»Nee, ich hab mich noch nicht getraut, Rebecca was zu sagen. Ich will das erst mal langsam angehen.«

»Süße, du bist bis über die Haarspitzen verliebt, das sieht man doch auf hundert Meter Entfernung. Komm, wir fassen jetzt mal 'nen Plan, wie du Rebecca erobern kannst.«

Aufgeregt reden die beiden Freundinnen noch den ganzen Nachmittag über zufällige Begegnungen, gezielte Verabredungen und alle möglichen anderen Varianten des Zusammentreffens von Chrissy und Rebecca.

Als Nash am frühen Abend nach Hause geht, nimmt sie Chrissy in den Arm und sagt: »Danke für dein Vertrauen. Ich bin froh, dass du mir das erzählt hast. Und du wirst sehen, du und Rebecca, ihr werdet das Traumpaar an der Schule!«

Glücklich sinkt Chrissy bald darauf ins Bett und fällt in einen tiefen, traumreichen Schlaf. Immer wieder taucht Beccy in ihren Träumen auf, und als Chrissy am Morgen aufwacht, ist sie ganz euphorisch und glücklich.

Chrissy hat sich jetzt also vor ihrer Mutter und ihrer besten Freundin geoutet. Beide haben vorurteilslos und wohlwollend reagiert, so dass die ganze Besorgnis und Aufregung von Chrissy eigentlich überflüssig war. Bei Rebecca hingegen hatte sie weniger Glück. Nachdem Chrissy ihr gesagt hatte, dass sie lesbisch ist, hat sie sich zwar nicht zurückgezogen, aber ihre Position in dieser Hinsicht sehr deutlich gemacht. Sie wollte liebend gern mit ihr befreundet sein, verliebt in Chrissy war sie aber leider nicht. Für Chrissy war das natürlich nicht leicht, denn sie war nach wie vor in Rebecca verliebt, aber letztendlich bedeutete Chrissy die Freundschaft zu ihr so viel, dass sie sie aufrechterhalten wollte. Anfangs noch mit ein wenig Abstand, weil sie Rebeccas Nähe schlecht ertragen konnte, aber nach einigen Wochen hatte sich ihr Herz beruhigt, und die beiden Freundinnen konnten an dem Punkt weitermachen, wo sie vor der Liebeserklärung Chrissys aufgehört hatten.

Obwohl das mit dem Traumpaar nicht geklappt hat, hat sich Chrissy in den folgenden Wochen immer mehr MitschülerInnen gegenüber geoutet und sie fühlt sich wahnsinnig befreit durch den Schritt in die Öffentlichkeit. Kaum jemand hat komisch reagiert.

Klar hat sie ein paar blöde Sprüche abbekommen, wie beispielsweise, dass das doch eklig und unnormal sei, aber das war bloß dummes Zeug von Deppen, auf deren Meinung sie sowieso keinen großen Wert legt.

Das Beispiel von Chrissy ist sicher der Idealfall eines Coming-out. Sowohl die Mutter als auch ihre Freundinnen haben mit Verständnis, Toleranz und Neugier reagiert.

Nun mag sich die eine oder andere die berechtigte Frage stellen, ob das denn immer so ist. Mit Sicherheit nicht. Denn jedes Coming-out verläuft unterschiedlich, jeder Mensch ist anders, und es hängt eben auch vom Umfeld ab, welche Reaktionen auf die Äußerung, lesbisch zu sein, folgen. Chrissy lebt mit ihrer alleinerziehenden Mutter in einer Großstadt – das kann hilfreich sein, auch wenn es natürlich nicht bedeutet, dass wir als Lesben in einer Großstadt absolute Toleranz erfahren.

Die vorherrschenden Verhaltensweisen unterscheiden sich in ländlicheren Regionen durchaus von denen einer Großstadt. Das Problem in kleineren Städten oder auch auf dem Lande ist, dass dort die soziale Struktur oft weniger modern und aufgeschlossen ist. In Bezug auf die homosexuelle Identität und das Coming-out kann das großen Einfluss haben. Denn hier fehlen Rollenmodelle oder Vorbilder häufig. Das bedeutet, dass du als junge Lesbe, wenn du dich überhaupt schon als solche definierst, nur wenige Möglichkeiten hast, in eine lesbische Lebenswelt hineinzuschnuppern. Gerade hier wird dann wohl das Internet die erste Anlaufstelle sein. Dies ist eine geeignete Plattform, um deinen Phantasien und Wünschen nachzugehen. Fast jeder Haushalt verfügt heutzutage über einen DSL-Anschluss mit Flatrate oder zumindest über einen analogen Anschluss zum World Wide Web. Hier gibt es viele Internetseiten, die jungen Lesben helfen, Kontakt zu anderen Lesben – der Community – herzustellen (eine Liste mit wichtigen Internetadressen findest du im Anhang).

Falls du noch keine konkrete Linkadresse hast, helfen z.B. die Suchbegriffe »Lesben« und »Chat«, die du bei Google eingibst, um schnell zum Erfolg zu kommen. Hier gibt es überregionale Seiten, aber natürlich auch regionale Adressen, die du direkt vor Ort aufsuchen kannst. Der Einstieg in lesbische Chatrooms ist sicher die schnellste Möglichkeit, um Kontakt zu gleichaltrigen Lesben zu knüpfen, der bei Bedarf vertieft oder auch persönlicher gestaltet werden kann. Wenn du dich nicht traust, in eine Jugendgruppe zu gehen, wie es sie beispielsweise bei Lambda gibt, dem schwullesbischen Jugendverband Deutschlands (dieser besteht aus einem Bundesverband, der in vielen größeren und kleineren Städten Jugendgruppen hat, die dem Lambda-Netzwerk angegliedert sind oder mit ihm kooperieren), dann kannst du bequem von zu Hause aus deiner Neugier nachgehen. Das Internet ist grenzenlos, im wahrsten Sinne des Wortes, und hier kannst du wesentliche Informationen finden, an die du in deiner unmittelbaren Umgebung sonst vielleicht nicht herankommst.

Natürlich bestehen oft auch in Kleinstädten lesbische Netzwerke, aber diese sind nicht so vielfältig wie in einer Großstadt. Was also kann eine junge Lesbe tun, die in einer kleinen Stadt lebt und vielleicht von Zugverbindungen zu größeren Städten abhängig ist? Wie kann sie herausfinden, ob sie lesbisch ist und vor allem: Wie kann sie zu anderen Lesben Kontakt aufnehmen?

Da gibt es verschiedene Möglichkeiten. Du kannst wie gesagt den Kontaktort Internet aufsuchen. Wenn dies nur heimlich möglich ist, weil der PC vielleicht im elterlichen Arbeitszimmer steht, kannst du auch in öffentliche Internet-Cafés gehen, um das weltweite Netz der Lesben zu erkunden.

Aber sich nur in virtuellen Welten zu tummeln ist auf Dauer wenig befriedigend, wenn du herausfinden möchtest, ob du nun lesbisch bist und wenn ja, wie du dieses Wissen dann in dein Leben einbaust. Dafür könntest du dich beispielsweise an beratende Stellen (siehe im Telefonbuch unter »Lesbenberatung« – gibt es in vielen Städten) wenden – das geht auf Wunsch oft auch anonym per E-Mail oder online. Eine andere Möglichkeit wäre, sich an eine Lehrerin oder einen Lehrer zu wenden, um mit ihnen über dein Gefühlschaos zu sprechen. Im günstigsten Fall reagieren sie verständnisvoll, geben dir wertvolle Tipps und können deine Befürchtungen zerstreuen. Du solltest dir für so ein Gespräch in jedem Fall jemanden aussuchen, der dir sehr sympathisch ist und zu dem oder der du großes Vertrauen hast. Die Reaktionen der LehrerInnen kann man leider nicht vorhersagen, und es kann durchaus sein, dass einige nichts von dem Thema Homosexualität wissen wollen. Du kannst aber auch Glück haben und an eine Lehrerin (einen Lehrer) geraten, die sich über deine Offenheit freut und es als Vertrauensbeweis sieht, dass du mit deinen Fragen zu ihr kommst. Am günstigsten wäre es natürlich, wenn du vorher abcheckst, ob sie oder er dem Thema Homosexualität gegenüber aufgeschlossen ist. An der richtigen Adresse bist du wahrscheinlich bei LehrerInnen, die selbst offen lesbisch oder schwul leben. In dem Fall können sie dir sicher auch Ratschläge geben, an welche Institutionen oder welche Gruppe du dich wenden kannst, um dich näher mit dem Thema Lesbischsein auseinanderzusetzen. In Berlin zum Beispiel gibt es die Bildungseinrichtung Kommunikation und Bildung (KomBi), die sich dafür einsetzt, lesbisches und schwules Leben sichtbar zu machen und zu thematisieren. Um dieses Ziel zu erreichen, werden unter anderem Fortbildungen und Beratung für pädagogische Fachkräfte sowie Aufklärungs- und Informationsveranstaltungen für Jugendliche angeboten.

Dies könnten also beispielsweise erste Schritte sein, falls du dich noch nicht an deine Eltern wenden magst. Nach einem Gespräch mit einer Beratungsstelle oder einer Lehrerin/einem Lehrer wirst du um einige Informationen reicher nach Hause gehen. Der Schritt von deinem inneren Coming-out zum äußeren mag vielleicht noch eine Weile dauern, aber du bist auf dem besten Weg.

»Wenn ich übrigens mal jemanden mit nach Hause bringe, dann wird das ein Mädchen sein!«

Alyshas Coming-out

Um diesen Coming-out-Ratgeber zu schreiben, habe ich unzählige Interviews geführt und bin tief in die »Szene« eingetaucht. Dafür habe ich Annoncen im Stadtmagazin aufgegeben, mein Anliegen in verschiedenen Beratungsstellen vorgetragen und diverse Aushänge gemacht. Alysha hat über keine dieser Möglichkeiten Kontakt zu mir aufgenommen, sondern von einem gemeinsamen Freund von meinem Projekt erfahren. So leicht kann's manchmal gehen.

Der Tag, an dem ich meine Interviewpartnerin treffe, ist brüllend heiß, und als ich aus meinem Auto steige, bin ich klatschnass geschwitzt. Neugierig sehe ich mir die Menschen im Café an, denn ich weiß nicht, wie Alysha aussieht. Ich bestelle mir eine Apfelsaftschorle und trinke einen großen Schluck des eiswürfelüberladenen Getränks.

Bei unserer telefonischen Absprache des Interviewtermins sagte Alysha nur, dass sie braune lange Haare hat, eine Brille trägt und achtzehn Jahre alt ist. Die Beschreibung passt auf ungefähr die Hälfte der Cafébesucherinnen, und so gebe ich es auf, nach ihr Ausschau zu halten. Sie wird mich schon erkennen, denke ich, denn auch wenn es keine besonders auffällige Kleidung ist – ein schwarzes T-Shirt und eine weiße Hose trägt hier sonst niemand.

Eine Viertelstunde später steht Alysha vor mir. Mindestens ebenso erhitzt wie ich, ist sie zielstrebig auf mich zugesteuert und begrüßt mich mit einem warmen Händedruck und schuldbewusstem Gesicht. Geschminkt, mit lackierten Fingernägeln, einem schwarzen Kleid und hochhackigen Schuhen steht sie vor mir, und mein erster Gedanke ist: »Die sieht ja gar nicht aus wie eine Lesbe.« Innerlich rüge ich mich sofort dafür, denn auch ich bin offensichtlich nicht frei von gängigen Vorurteilen. Ich sollte es eigentlich besser wissen.

»Sorry, aber die U-Bahn ist mir vor der Nase weggefahren.«

»Kein Problem«, antworte ich. »Schön, dass du dir Zeit für mich genommen hast.«

Sie lässt sich neben mich auf den Stuhl sinken und sieht mich neugierig an.

»Ich bin wirklich ziemlich gespannt auf das Interview und finde das total klasse, dass du ein Coming-out-Buch schreibst!«

»Das freut mich! Du glaubst also, dass ein Ratgeber für junge Lesben notwendig ist?«, frage ich neugierig zurück.

Ich winke der Bedienung, damit sie Alyshas Bestellung aufnehmen kann, und sie antwortet mir spontan.

»Ja, unbedingt! Es gibt gerade für Mädels in meinem Alter kaum etwas zu diesem Thema. Die wenigen Coming-out-Ratgeber, die es mal gab, kriegt man höchstens noch gebraucht bei ebay. Oder man kann sie sich vielleicht noch in der Bücherei ausleihen.

Meistens liest man dann notgedrungen Romane, in denen die Heldinnen Lesben sind. Diese Romane sind oft auch wirklich klasse, aber sie erklären halt nicht so viel. Das ist dann zwar ganz schön, in die Geschichten einzutauchen, aber ich glaube, wenn ich vor und während der Zeit meines Coming-out einen Ratgeber gelesen hätte, dann wäre mir einiges früher klar geworden.

Man hat ja doch einige Fragen, beispielsweise ob man was falsch macht, wenn man einen Jungen küsst und kaum etwas dabei empfindet. Warum alle Mädchen aus deiner Klasse schon einen Freund haben oder mit Jungs flirten und du selbst das Gefühl hast, du stehst außen vor und es betrifft dich nicht. Es fehlen einfach die Vorbilder, um das eigene Leben abzugleichen.

Wenn du dann in einem Buch liest, dass das alles völlig normal ist, was da in dir vorgeht, und dass es noch viele andere gibt, denen es ähnlich geht, dann fühlst du dich doch gleich sicherer. Man fühlt sich endlich mal angesprochen, im Sinne von: »Liebe geht mich also doch was an.«

Außerdem könnte man das Buch auch gut den Eltern in die Hand drücken, weil die sich ja oft vor einem offenem Gespräch über das Lesbischsein scheuen oder sich einfach nicht trauen, der Tochter Fragen zu stellen.«

Alyshas Idee, den Eltern einen Coming-out-Ratgeber zu geben, könnte durchaus eine Möglichkeit sein, sie mit dem Thema vertraut zu machen. Warum das so ist, wird sie gleich selbst erzählen.

Einige kleine Anmerkungen von meiner Seite: Jede, die in dieser Selbstfindungsphase ist und sich die Frage stellt: »Bin ich wirklich lesbisch?«, durchlebt wie gesagt das sogenannte innere Coming-out. Das kann relativ schnell gehen und sich vielleicht auf wenige Wochen beschränken, es kann aber auch deutlich länger dauern. Man sollte sich dabei jedenfalls selbst nicht stressen und unter Druck setzen. Wie viel Zeit die Einzelne für sich benötigt, lässt sich nicht vorhersagen – es gibt hier keine Vorgaben oder Richtlinien, ebenso wenig wie für die Zeit, die die Eltern brauchen, um sich mit dem Gedanken, eine lesbische Tochter zu haben, vertraut zu machen. Die Eltern sind ja nicht von Anfang an in die Auseinandersetzung einbezogen. Oftmals ahnen sie nichts vom Lesbischsein ihrer Tochter und erst recht nicht von deren wochenlangen intensiven Zwiegesprächen. Wenn sich die Tochter dann outet, kommt es für die Eltern häufig sehr überraschend. Da die meisten Eltern heterosexuell leben, bedeutet dies, dass sie sich mit einer ganz neuen Situation auseinandersetzen müssen: Ihre Tochter ist nicht heterosexuell, sondern lesbisch. Und nun?

Man sollte den Eltern jedenfalls genügend Zeit geben, sich an diese Neuigkeit zu gewöhnen. Manchmal reagieren sie im ersten Moment vielleicht unangemessen und sagen womöglich spontan Dinge, die ihnen hinterher leid tun. Vielleicht fürchten die Eltern, selbst Schwierigkeiten zu bekommen, weil die Nachbarn komisch reden oder sie eine ablehnende Haltung von Verwandten oder Bekannten befürchten. Bei manchen schwingt wohl auch die Sorge mit, nun keine Enkelkinder zu bekommen, oder sie meinen, ihr Kind vor möglichen Problemen schützen zu müssen. Wie auch immer die ersten Äußerungen der Eltern lauten mögen, wir sollten sie vielleicht nicht auf die Goldwaage legen.

Natürlich sind Anerkennung und Akzeptanz der Eltern für junge Frauen wichtig, aber auf unsere sexuelle Orientierung haben sie keine Auswirkung. Die strittige Frage, ob Lesbischsein angeboren oder erworben oder eine Sache der Entscheidung ist, ist müßig, denn so oder so – es gibt uns Lesben einfach.

Aber sehen wir, wie das Interview mit Alysha weitergegangen ist.

»Was meinst du, woran liegt es, dass die Eltern einem Gespräch über das Lesbischsein der Tochter oft ausweichen? Ist es vielleicht ihre eigene Unsicherheit im Umgang mit dem Thema? Das Gefühl, sie bewegten sich auf dünnem Eis?«

»Ich habe keine Ahnung, wie meine oder auch andere Eltern ›funktionieren‹ – ich kann ja nicht in ihre Köpfe hineingucken. Aber ich glaube, dass alle Eltern grundsätzlich in der Pubertät mit ihren Kindern Schwierigkeiten haben, genauso wie die Töchter und Söhne in dieser ›Nicht Fisch, nicht Fleisch‹-Phase oftmals mit ihren Eltern große Probleme haben. Das gehört zum Erwachsenwerden wohl einfach dazu, zu sich selbst zu finden und sich von den Älteren und deren Lebensformen abzugrenzen. Wenn die Eltern dann zusätzlich mit der Homosexualität ihrer Tochter konfrontiert werden, dann stellen sich ihnen mit Sicher-

heit viele Fragen. Angefangen bei diesen ganzen platten Klischees: ›Was habe ich falsch gemacht?‹, ›Das ist nur eine Phase!‹, ›Der richtige Junge wird schon noch kommen!‹, ›Du hast es doch noch gar nicht mit einem Jungen probiert – woher willst du dann wissen, dass du wirklich auf Mädchen stehst?‹ und ähnlichem Blödsinn. Mir ist leider erst viel zu spät eingefallen, dass ich ja ähnlich hätte reagieren können. Also beispielsweise meinen Vater fragen, ob er denn überhaupt schon mal Sex mit einem anderen Mann hatte, und wenn nicht, wie er sich so sicher sein kann, auf Frauen zu stehen. Na ja.

Allerdings habe ich mir schon oft die Frage gestellt, ob ich mich selbst anders verhalten würde, wenn ich an ihrer Stelle wäre. Ich würde es mir natürlich wünschen, tolerant zu reagieren, aber ganz ehrlich, ich weiß es nicht!

Aber du hattest ja gefragt, warum die Eltern oft Gesprächen ausweichen. Ich glaube, für Väter ist es sowieso schwierig, mit ihrer Tochter über das Thema Sexualität zu sprechen. Und wenn aus dem kleinen Mädchen dann langsam eine erwachsene Frau wird, die auch noch mit einer anderen Frau Sex hat, dann übersteigt das wohl oft den väterlichen Horizont. Wahrscheinlich verallgemeinere ich das jetzt stark, aber es fängt ja schon mit der Menstruation an: Welcher Vater bringt denn schon seiner Tochter Binden oder Tampons mit? Das tun sie ja wahrscheinlich noch nicht mal für ihre eigenen Frauen. Ich weiß noch, als ich einmal meinen Vater bat, mir Slipeinlagen vom Supermarkt mitzubringen, da hat er einen knallroten Kopf bekommen, weil es ihm so peinlich war, worauf ich meine Bitte gnädig zurückgezogen und sie mir selbst gekauft habe.

Okay, eine Freundin von mir wächst bei ihrem alleinerziehenden Vater auf, und der geht durchaus für sie Tampons oder Binden kaufen – auch wenn er manchmal die falsche Größe mitbringt. Aber vielleicht ist das für ihn okay, weil er alleinerziehend ist und ja auch die Rolle der Mutter übernimmt. Trotz-

dem glaube ich, dass der weibliche Körper und gerade die Regelblutung für Jungs und Männer oft ein Buch mit sieben Siegeln ist.

Auf mein Coming-out hat mein Vater allerdings viel cooler reagiert als meine Mutter. Ich glaube, er würde gern mehr über mein Lesbischsein erfahren und traut sich aus dem gleichen Grund nicht, mich zu fragen, aus dem er mir damals die Slipeinlagen nicht mitbringen mochte: weil es ihm einfach peinlich ist, darüber zu reden. Von daher wäre für ihn so ein Ratgeber, den er allein für sich im Sessel lesen könnte, ohne dass er dabei beobachtet wird, bestimmt sehr gut. Sein Wissen beschränkt sich schließlich lediglich darauf, dass seine Tochter eine andere Frau liebt.

Aber welche Hürden man vielleicht auf dem Weg zur sexuellen Orientierung hat, wie befreiend es dann ist, wenn du weißt, was mit dir los ist, und wie schön es ist, das erste Mal ein Mädchen oder eine Frau zu küssen, das alles kann er natürlich nicht wissen. Oder dieses Gefühl nachvollziehen, wenn du mit einem Jungen zusammen bist und dich wunderst, dass du keine Schmetterlinge im Bauch hast, und dich fragst, ob alles in Ordnung ist. Das sind mit Sicherheit Fragen, die mein Vater sich niemals gestellt hat, weil er zum einen in seiner eigenen Heterosexualität nie vor solchen Fragen gestanden hat, zum anderen die eigene Tochter für ihn irgendwie immer noch ›die Kleine‹ ist, die kein sexuelles Begehren hat. Von daher denke ich, dass von einem Coming-out-Ratgeber alle Seiten profitieren.«

Alysha nimmt nach diesem langen Monolog einen großen Schluck von ihrer Saftschorle, und ich mache mir eifrig Notizen.

»Okay, jetzt hast du ja schon ein bisschen von deinen Eltern und deinem Coming-out erzählt. Kannst du noch etwas mehr zu deiner Familie sagen? Wie bist du aufgewachsen?«

»Wir leben in einer ganz klassischen Kleinfamilie. Damit meine ich, dass es sowohl einen Vater als auch eine Mutter gibt, die zudem auch noch miteinander verheiratet sind.«

Alysha fängt an zu lachen: »Das ist ja mittlerweile schon fast eine skurrile Ausnahme, denn die meisten aus meiner Klasse leben in Patchwork-Familien, also entweder mit einem fremden Vater oder einer anderen Mutter zusammen. Oder aber sie werden von einem Elternteil allein erzogen. Somit bin ich mit zwei Eltern fast schon eine Außerirdische. Manchmal finde ich das richtig langweilig, aber andererseits ist es auch schön, denn es gibt mir viel Sicherheit, dass beide für mich da sind. Ich weiß, dass einige Freundinnen von mir sich innerlich zerrissen fühlen durch die Trennung ihrer Eltern. Andererseits finden es andere auch wieder gut, bei nur einem Elternteil zu leben. Das kommt dann wahrscheinlich einfach auf die Eltern oder die jeweilige Bezugsperson an und was für ein Verhältnis man zu ihnen hat. Wir haben eigentlich einen ganz guten Draht zueinander, von den normalen Streitigkeiten und Konflikten mal abgesehen. Mensch, jetzt hätte ich fast meine ältere Schwester vergessen: Mit ihr verstehe ich mich auch richtig gut.«

»Das klingt ja alles ganz harmonisch, was du da erzählst. Manchmal ist es ja so, dass man als kleinere Schwester die Freunde der Älteren anhimmelt. War das bei dir auch so? Beziehungsweise hatte sie denn einen Freund, und wann hast du das erste Mal bemerkt, dass du dich eben nicht von Jungs, sondern von Mädchen angezogen fühlst?«

Wieder lacht Alysha laut auf.

»Klar hatte meine Schwester einen Freund, oder besser: einige Freunde. Aber da sie fünf Jahre älter ist als ich, habe ich nicht viel von ihr mitbekommen. Ihre Freunde oder ihre Interessen haben mich damals nicht wirklich interessiert, und irgendwann habe ich dann festgestellt, dass ich auf Mädchen stehe. Das ist allerdings eine ziemlich lange und verwirrende Geschichte, und ich weiß gar nicht, wo ich da anfangen soll.«

Ihr Blick bleibt gedankenverloren auf dem Bierdeckel haften, und ich gebe ihr Zeit zum Nachdenken.

»Ich glaube, ich war ungefähr dreizehn. Da bin ich mit meinen Eltern und meiner Schwester in den Sommerurlaub zum Zelten an die Ostsee gefahren. Meine Schwester hatte natürlich gleich am ersten Abend einen Verehrer, und wir haben sie kaum noch zu Gesicht bekommen. Auf dem Campingplatz gab es auch eine Jugendgruppe, an die ich wiederum schnell Anschluss gefunden habe. Vor allem ein Mädchen hat mich damals total angezogen, und ich war wahrscheinlich Hals über Kopf in sie verliebt. Damals konnte ich mir das natürlich gar nicht erklären, was da zwischen uns beiden ablief, wie gesagt, ich war ja auch erst dreizehn und noch nie zuvor verliebt, so dass ich das Gefühl einfach nicht einordnen konnte. Auf jeden Fall fand ich sie einfach toll, und wir haben die ganzen drei Wochen miteinander verbracht. Also, wir haben viel miteinander gequatscht und Fußball gespielt und so. Als wir uns dann am Ende des Urlaubs voneinander trennen mussten, habe ich Rotz und Wasser geheult. Ich erinnere mich, dass meine Mutter sagte, ich würde weinen wie ein verliebtes Mädchen. Das hat mich zwar irgendwie irritiert, aber ich habe den Gedanken ganz schnell weggeschoben, weil ich einfach nicht so viel damit anfangen konnte.«

»Du hattest also nicht das Gefühl, dass deine Mutter dich bei etwas ertappt hätte oder dass sie recht hatte mit ihrer Anspielung?«

Wieder versinkt Alysha in ihren Gedanken und Erinnerungen.

»Nein, wie gesagt konnte ich den Satz meiner Mutter nicht deuten. Ich merkte nur, dass ich total traurig war, dieses Mädchen nie wiederzusehen. Wir schrieben uns zwar noch ein paar Mal Briefe, aber das Ganze verlief dann doch relativ schnell im Sande und damit auch meine Traurigkeit.

Ein Grund dafür war wohl, dass wir nach den Schulferien eine neue Mitschülerin bekommen haben. Sie hieß Johanna, und irgendwie erinnerte sie mich an das Mädchen vom Campingplatz. Wir freundeten uns auch ganz schnell an und waren bald die dicksten Freundinnen. Es verging kaum ein Tag, wo wir uns nicht sahen, und ich merkte, wie man langsam über uns tuschelte. Ich war mittlerweile vierzehn, und das Gerede der anderen störte mich nicht. Ich habe mir da gar keine Gedanken drüber gemacht. Auch nicht, dass viele meiner Mitschülerinnen und Freundinnen, im Gegensatz zu mir, schon einen Freund hatten. Jetzt im Nachhinein kann ich mir das natürlich erklären. Aber damals habe ich das einfach nicht wahrhaben wollen, dass bei mir vielleicht irgendwas anders ist. Das kann man ja auch nicht so einfach. Du musst ja erst mal einen Namen für das finden, was da mit dir passiert. Auf jeden Fall – ich glaube, es war zwei Jahre später – kam plötzlich ein eindeutiges Gerücht über mich in Umlauf. Nämlich dass ich lesbisch wäre.«

»Wie ist es denn dazu gekommen? Gab es dafür einen konkreten Anlass, oder haben sich die Sprüche der anderen in Bezug auf dich und Johanna einfach verselbständigt?«

»Nein, mit Johanna hatte das gar nichts zu tun, und einen konkreten Anlass gab es auch nicht dafür. Obwohl, wenn ich darüber nachdenke, dann eigentlich doch. Wir hatten ziemlich viele Jungs bei uns in der Klasse, und die fingen langsam an, mich zu nerven. Ist ja klar, wenn man pubertiert und die Hormone verrückt spielen, verhält sich ja niemand mehr so wie früher. Mich hat das auf jeden Fall total abgenervt, obwohl ich überhaupt nichts gegen Jungs hatte. Im Gegenteil – früher habe ich immer mit ihnen Fußball gespielt und bin mit ihnen geskatet. Dass die nun nicht mehr ihre Freizeit mit mir verbringen wollten, das verstand ich einfach nicht. Andererseits hatte ich ja auch kaum noch Zeit, weil ich meistens mit Johanna abhing. Auf jeden Fall muss ich dann mal so einen Spruch losgelassen haben, dass mich die Jungs in meiner Klasse stressen würden. Und einen Tag später kursierte dann das Gerücht, dass ich lesbisch wäre.«

»Wie hast du darauf reagiert? Hast du danach deine Freundschaft zu Johanna mit anderen Augen gesehen?«

»Irgendwie war das komisch, weil mich das gar nicht unangenehm berührt hat. Das war vielmehr ein Aha-Erlebnis für mich. Als mich ein Junge blöd angemacht und mich als Lesbe beschimpft hat, da habe ich bloß gesagt: ›Na und? Wenn es so wäre, was wäre dann?‹

Natürlich hat er das nicht auf sich sitzen lassen, sondern noch weiter rumgemeckert, aber ich habe ihn einfach stehen gelassen, denn bei diesem Deppen hätten die besten Argumente der Welt ihre Wirkung verfehlt. Ich habe mich provokant bei Johanna untergehakt und bin mit ihr über den Schulhof gezogen, während dieser Kleingeist immer noch hinter uns hergrölte. Wir haben einfach nur über die Blödheit der anderen gekichert, auch wenn wir wahrscheinlich damit unsere eigene Unsicherheit zu überspielen versuchten. Aber dass wir eine lesbische Beziehung hatten, das schien uns doch ziemlich ausgeschlossen zu sein.

Ich bin durch dieses Gerücht, was über mich in Umlauf gebracht wurde, allerdings neugierig geworden und wollte wissen, was es mit Lesben eigentlich auf sich hat. Danach habe ich angefangen, mich im Internet mit dem Thema auseinanderzusetzen, und ich habe verschiedene Chatrooms und Foren besucht.«

»Was war denn nun mit deiner Freundschaft zu Johanna? Wart ihr ineinander verliebt? Und hast du ihr erzählt, dass du im Netz zum Thema Lesben recherchiert hast?«

»Nein, wir waren definitiv nicht ineinander verliebt, nur super gute Freundinnen. Aber ein paar Wochen später – da hatte ich schon viel Kontakt zu anderen Lesben –, habe ich ihr gesagt, dass ich glaube, lesbisch zu sein.«

»Wie ist denn der Kontakt zu den Lesben entstanden, und was hat Johanna zu deiner Vermutung gesagt?«

»Ich habe die Lesben alle im Internet aufgetan, bei einem Dating-Portal. Nicht dass ich auf eine Liebste aus gewesen wäre, aber ich suchte den Kontakt zu Gleichgesinnten und habe dabei festgestellt, dass es vielen wie mir geht und sie sich in ihrer sexu-

ellen Orientierung noch unsicher sind. Erst habe ich mich an den Foren beteiligt und dann in den unterschiedlichsten Chatrooms. Da kriegt man sehr schnell Kontakt zu anderen, und ich habe mich wohl schon vierzehn Tagen später mit dem ersten Mädel getroffen. Sie war ebenfalls unsicher, ob sie nun lesbisch war oder nicht, so dass wir uns super gut über unsere Zweifel und Sehnsüchte ausgetauscht haben. Wir sind übrigens immer noch miteinander befreundet, und sie hat letztens auch ihr Coming-out gehabt.

Tja, und was Johanna betrifft: Als ich ihr gesagt habe, dass ich glaube, lesbisch zu sein, da hat sie nur gelacht, mich geknuddelt und gemeint, dass ihr das schon die ganze Zeit klar gewesen wäre. Ich war dann ein bisschen zickig, weil sie anscheinend vor mir etwas über mich wusste, was mir noch lange nicht klar war. Offensichtlich hatte sie mich schon seit längerem als Lesbe gesehen, ohne ein Wort darüber zu verlieren. Aber meine Zickigkeit hat nicht lange angehalten, und bald konnten wir gemeinsam darüber lachen. Das Schöne daran ist, dass unsere Freundschaft dadurch noch intensiver geworden ist. Obwohl Johanna für sich ganz klar hat, dass sie eine Hetera ist, war das nie ein Problem zwischen uns. Wir haben uns dann gemeinsam ganz viele Schlachtpläne ausgedacht, wie ich ein Mädchen herumkriegen kann und sie einen Jungen.«

»Das klingt wirklich toll. Manchmal ist es ja so, dass die Hetero-Freundinnen die Entwicklung der anderen nicht nachvollziehen können und Schwierigkeiten damit haben, dass die andere sich als lesbisch definiert. Aber apropos definieren: Das heißt, dass du dein Coming-out gehabt hast, als du noch keine Liebesbeziehung zu einem Mädchen bzw. zu einer Frau hattest, und du warst dir trotzdem sicher, dass du lesbisch bist.«

»Genau, das stimmt. Ich habe mich als Lesbe definiert, obwohl ich noch keine Affäre oder Beziehung hatte. Es ist doch wirklich nicht das Entscheidende, ob man schon Sex mit einem

anderen Mädel hatte oder nicht, denn Liebe hat ja nicht nur was damit zu tun. Es geht doch mehr darum, dass man die eigenen Gefühle benennen kann. Daraufhin haben sich für mich ganz viele Dinge erklärt, die ich in der Vergangenheit erlebt hatte. Plötzlich wurde mir klar, dass ich mich irgendwie immer schon mehr für Mädchen interessiert hatte. Wenn die anderen in Fernsehserien oder Kinofilmen die Jungs bewunderten, dann hatte ich die Mädchen im Auge. Das heißt, dass die Orientierung offensichtlich immer schon da war, aber ich habe sie lange Zeit einfach ignoriert. Oder besser gesagt, sie war mir damals nicht bewusst. Das, was man fühlt oder denkt, ist einem ja nicht wirklich fremd, sondern erst im Vergleich mit anderen merkt man, dass irgendwas anders ist. Jetzt im Nachhinein haben dann viele Dinge einen Sinn ergeben. Beispielsweise dass mich die Jungs nur als Spielkameraden interessiert haben und ich mich von den Gesprächen meiner Mitschülerinnen, die sie über Jungs führten, gar nicht angesprochen gefühlt habe. Während sie sich aufgepimpt und rumgeflirtet haben, schwärmte ich für meine Banknachbarin, später dann auch für meine Mathelehrerin, und nun machen auch die Gefühle für dieses Mädchen vom Campingurlaub Sinn. Jetzt weiß ich, dass ich damals in sie verliebt war und dass meine Mutter vollkommen recht hatte mit ihrer Bemerkung, dass ich wie ein verliebtes Mädchen weinen würde.«

»Das heißt, du hast dich schon sehr früh vom gleichen Geschlecht angezogen gefühlt, aber weil es für dich keine Vorbilder oder Rollenmodelle gab, bist du dem nicht nachgegangen?«

»Richtig, so kann man das sagen. Denn meine Eltern haben nie mit mir darüber gesprochen, dass es auch Homosexualität gibt. Sie sind zwar relativ modern, aber ich glaube, dass es in ihrem persönlichen Weltbild nicht dazugehört. Ich wüsste auch niemanden in meinem Freundeskreis, wo sich die Eltern hingesetzt und gesagt hätten –« Alysha zieht eine Grimasse, verstellt *ihre Stimme und schlägt einen belehrenden Ton an – »›Weißt du, Tochter, es gibt die verschiedensten Formen von sexueller Orientierung. Da ist zum einen die Heterosexualität, zum anderen die Homosexualität, dann die Bisexualität und noch die eine oder andere Spielart mehr …‹«*

Wir lachen beide ironisch, weil wir wissen, dass solche Gespräche in der Realität wahrscheinlich die absolute Ausnahme bedeuten. In dieser Form werden sie wohl nur von homosexuellen Paaren mit Kindern geführt.

Alysha erzählt weiter: »Wie gesagt, vor meinem Coming-out gehörte Homosexualität nicht in das Weltbild meiner Eltern, aber dadurch ist Lesbischsein plötzlich ganz nah an sie herangekommen. Im wahrsten Sinne des Wortes.«

»Wann hast du dich denn deinen Eltern gegenüber geoutet? Waren sie geschockt, wie haben sie reagiert?«

»Tja, das ist ja so eine Sache mit den Eltern. Auch wenn ich wusste, dass sie sehr liberal in ihren Ansichten sind, so hatte ich dennoch gewisse Skrupel, es ihnen zu erzählen. Mein ganzer Freundeskreis wusste bereits, dass ich lesbisch bin, aber meiner Mutter und meinem Vater wollte ich es eigentlich erst sagen, wenn ich eine feste Freundin hätte. Da sich das aber irgendwie nicht ergeben hat, musste es dann doch früher geschehen.«

»Wieso wolltest du solange warten, bis du eine feste Freundin hast?«

»Ich dachte, dass ich sie dann vor vollendete Tatsachen stellen könnte. Dann hätten sie konkret ein Mädchen an meiner Seite gesehen, vor der sie nicht die Augen verschließen konnten und die sie vielleicht sogar sympathisch fanden. Außerdem hätten sie dann sehen können, dass Lesben ganz normale Menschen sind. Aber meine ganzen Netz-Surfereien haben mir leider nicht den ersehnten Erfolg gebracht, so dass es mir irgendwann zu bunt wurde. Es war ein spontaner Entschluss. Ich habe da gar nicht lange drüber nachgedacht, sondern bin eines Abends

nach Hause gekommen und traf meine Eltern vor dem Fernseher an. Ich war irgendwie noch völlig aufgedreht, weil ich den Abend mit Johanna verbracht hatte und wir uns wahrscheinlich wieder irgendwelche aberwitzigen Pläne ausgedacht hatten. Jedenfalls habe ich mich zu meinen Eltern gesetzt und mitten in die Tagesthemen reingequatscht. Ich hab ganz schlicht gesagt: ›Wenn ich übrigens mal jemanden mit nach Hause bringe, dann wird das ein Mädchen sein!‹«

Wieder versinkt Alysha in ihren Erinnerungen und grinst wie ein Honigkuchenpferd.

»Was haben sie darauf gesagt?«

»Ach, das war total witzig, weil mein Vater fahrig nach der Fernbedienung gegriffen und den Ausschalter erst nach mehrmaligem Drücken getroffen hat. Dann haben mich beide ungläubig angestarrt, und die Sekunden sind verstrichen. Ich habe dann bloß gesagt: ›Was?‹, und zurückgestarrt.

Na ja, meiner Mutter ist das ganz schön an die Nieren gegangen, und während mein Vater versucht hat, sie zu trösten, hat er gleichzeitig nach meiner Hand gegriffen und gesagt, dass das jetzt irgendwie überraschend käme.

Er hat den Fernseher angeguckt, als wären da noch Bilder zu sehen, und dann hat er gesagt, dass er das ja eigentlich schon geahnt hätte. Dann fing meine Mutter wirklich an zu heulen, murmelte etwas von ›keine Enkelkinder‹ und so ’n Kram, aber dann wurde es doch noch ein ganz lustiger Abend. Ausgerechnet mein Dad, von dem ich das überhaupt nicht erwartet hätte, versuchte meiner Mutter zu erklären, dass das mit den Enkelkindern doch immer noch gehen könne. Sie schluchzte nur noch mehr, fing aber zwischendurch auch an zu lachen und sagte, dass die Zeiten heute irgendwie anders als früher wären. Und die Hauptsache sei ja, dass ich glücklich werde. Als der Heulkrampf meiner Mutter aufhörte, konnten wir alle auch ganz normal miteinander reden. Seitdem verstehe ich mich mit meinen El-

tern besser als vorher. Zwar hat meine Mutter hartnäckig versucht, mir irgendwelche Jungs schmackhaft zu machen, weil sie die Hoffnung nicht so schnell aufgab, dass nur der Richtige erscheinen müsse und ich dann meine Meinung ändern würde. Aber ich hab ihr dann immer gesagt, dass das keinen Zweck bei mir hätte, weil ich mir ganz sicher sei, dass für mich nur Mädchen bzw. Frauen interessant sind. Nach außen hin habe ich mich jedenfalls so locker gegeben, aber die ständigen Versuche meiner Mutter, mich doch noch ›umzupolen‹, waren irgendwie auch demütigend für mich, weil sie mir damit ja immer wieder gezeigt hat, dass sie mich und meine Lebensweise nicht wirklich akzeptiert.

Das Ganze ist jetzt zwei Jahre her, und inzwischen habe ich auch eine feste Freundin, die sich total gut mit meinem Vater versteht. Selbst meine Mutter fängt nun an, sich daran zu gewöhnen, dass wohl statt eines Schwiegersohnes eine Schwiegertochter auftauchen wird.«

»Und wie ist das nun mit dem Kinderkriegen? Wird deine Mutter dahingehend Recht behalten, oder wünscht du dir selber Kinder?«

»Ich bin ja jetzt erst achtzehn, und da finde ich es eigentlich zu früh, um mir über solche Dinge Gedanken zu machen. Ich will erst mal studieren und einen Job finden. Aber Kinder finde ich schon toll. Wer weiß, vielleicht kriege ich ja tatsächlich welche? Aber wenn, dann nur weil ich welche will und nicht, weil es der Lebensplan meiner Mutter ist.«

»Im antiken Griechenland war die homosexuelle Liebe durchaus üblich« – Von Sappho über Stonewall zum World Pride

Die Anfänge

Lesbische Mädchen und Frauen hat es vermutlich immer schon gegeben. Die Bezeichnung Lesbe – auch wenn wir uns nicht immer sogenannt haben – leitet sich von der griechischen Insel Lesbos ab, auf der die antike Lyrikerin Sappho lebte. Sie versammelte um 600 vor unserer Zeitrechnung eine Gruppe von Freundinnen und Schülerinnen um sich, die sie in Dichtung, Musik und Tanz unterrichtete. Aber nicht nur das – sie verfasste außerdem auch Lieder mit eindeutigen Hinweisen auf die Liebe unter Frauen, und die nach ihr benannte »sapphische Strophe«, ein Vierzeiler nach einem bestimmten Schema, wird auch heute noch angewendet. Im antiken Griechenland war die homosexuelle Liebe durchaus üblich, und auch Sappho hatte erotische Beziehungen zu ihren Schülerinnen.

Die goldenen Zwanziger

Ich überspringe jetzt etwa 2500 Jahre, denn dies soll ja kein Geschichtsbuch werden, und gehe zum Ende des 19. Jahrhunderts. Um 1870 begann sich die Medizin mit dem Phänomen Homosexualität auseinanderzusetzen. Zu dieser Zeit betrachteten Mediziner Homosexualität weithin als krankhafte Erscheinung, und sicher auch deshalb wurde im Januar 1872 der Paragraph 175, der sexuelle Handlungen zwischen Männern unter Strafe stellte, in das Strafgesetzbuch aufgenommen. Bei späteren Reformen hatte man die Absicht, auch die lesbische Liebe unter diesen Paragraphen zu fassen, doch dies wurde glücklicherweise nie in die Tat umgesetzt. Ein Grund dafür ist sicher die Tatsache, dass Frauen lange Zeit ein eigenständiges sexuelles Begehren abgesprochen wurde.

1897 wurde die erste Homosexuellenorganisation, das Wissenschaftlich-humanitäre Komitee (WHK), ins Leben gerufen. Gründer war Magnus Hirschfeld, ein Sexualforscher, der sich damit für die Abschaffung des Paragraphen 175 einsetzen wollte. Sechsundzwanzig Jahre später, 1923, bildete sich der »Bund für Menschenrechte« (BfM), dem etwa 1500 Frauen angehörten und der mit ungefähr 50000 Gesamtmitgliedern als die größte Homosexuellenorganisation dieser Zeit in Deutschland galt. Er setzte sich ebenfalls für die Rechte homosexueller Menschen und die Abschaffung des Paragraphen 175 ein und trug zur Aufklärung über homosexuelles Leben bei.

Trotz schwieriger Umstände bildete sich im Rahmen der einsetzenden ersten Frauenbewegung eine lesbische Gemeinschaft, die aus Angst vor Diskriminierung allerdings weitgehend unsichtbar blieb. In den zwanziger Jahren veränderte sich jedoch die politische Situation, und aus dem Kaiserreich entwickelte sich die Weimarer Republik, eine Demokratie. Diese Liberalisierung machte sich unter anderem im gesellschaftlichen Leben bemerkbar, und Berlin erblühte in den zwanziger Jahren des letzten Jahrhunderts zum bedeutendsten Zentrum in Deutschland für die lesbische Welt. Es gab Zeitschriften wie *Frauenliebe* (später *Garçonne)* und *Die Freundin,* regelmäßige Veranstaltungen, bei denen gespielt, getrunken und getanzt wurde, und insgesamt etwa fünfzig Lokale und Clubs für lesbische Frauen. 1928 brachte die lesbische Autorin Ruth Margarete Roellig, die auch für die beiden genannten Zeitschriften schrieb, das Buch *Berlins lesbische Frauen* heraus, mit dem Anliegen, »der breiten Öffentlichkeit Aufklärung zu bringen über die Wesensart, den Charakter und Gewohnheiten dieser Menschengruppe, teils um eingewurzelte Vorurteile auszurotten, teils um gedankenlose

Ungerechtigkeiten und Härten gegen Andersfühlende zu zerstören.«*

Schon vor knapp hundert Jahren gab es also lesbische Vorkämpferinnen. Mehr über diese Zeit kann man bei der promovierten Soziologin und ehemaligen Gleichstellungsbeauftragten im »Referat für gleichgeschlechtliche Lebensweisen« des Berliner Senats Ilse Kokula nachlesen. Sie hat sich eingehend mit dieser Ära auseinandergesetzt und lesenswerte Aufsätze und Bücher über unsere Schwestern aus der Weimarer Republik verfasst. Und wenn du noch mehr über diese aufregende Zeit erfahren möchtest, dann bist du mit dem sehr lesenswerten Buch *Lila Nächte – Die Damenklubs im Berlin der 20er Jahre* (herausgegeben von Adele Meyer) bestens bedient.

Die Goldenen Zwanziger mündeten in die Diktatur Nazi-Deutschlands, und 1936 wurde die Abteilung »Reichszentrale zur Bekämpfung der Homosexualität« eingerichtet, die Homosexuelle erneut als krankhaft abstempelte, mit dem rosa Winkel (einer Kennzeichnung für Häftlinge) stigmatisierte und kriminalisierte. Sex zwischen Männern wurde mit bis zu zehn Jahren Haft bestraft. Frauen, denen man lesbische Neigungen nachsagte, wurden oftmals unter Vorwänden verhaftet, da weibliche Homosexualität nicht strafbar war. Sie wurden vermutlich nicht selten als »Asoziale« in Konzentrationslager gebracht und mussten dementsprechend den schwarzen Winkel (nicht den rosa Winkel der Schwulen) tragen. Über diese Zeit hat die Berliner Historikerin Claudia Schoppmann ein sehr empfehlenswertes Buch geschrieben: *Zeit der Maskierung – Lebensgeschichten lesbischer Frauen im »Dritten Reich«*.

---

* Zitiert nach: Ilse Kokula: *Freundinnen – Lesbische Frauen in der Weimarer Zeit.* S. 160. In: Kristine von Soden und Maruta Schmidt (Hg.): *Neue Frauen. Die zwanziger Jahre* (Berlin 1988).

Die deutsche Lesbenbewegung in den siebziger und achtziger Jahren

Erneut mache ich einen großen Sprung, lasse die Nachkriegszeit aus und tauche direkt in die politisch bewegten siebziger Jahre in der BRD ein. Helke Sander, Filmemacherin und Aktivistin im Berliner *Aktionsrat zur Befreiung der Frauen*, hält 1968 eine engagierte Rede gegen die gesellschaftliche Unterdrückung der Frauen, und als die Genossen des Sozialistischen Deutschen Studentenbundes (SDS) mit Ignoranz und Arroganz darauf reagieren, statt ihre Thesen zu diskutieren, wirft Sigrid Rügers die Tomate, die inzwischen Berühmtheit erlangt hat, und löst damit eine Welle der Frauenemanzipation aus. Die Frauen gründen »Weiberräte«, wollen endlich mitreden und selbst Politik machen; sie wollen nicht länger im Hintergrund bleiben, allein für die Reproduktion (das heißt auch für die Kinderversorgung) zuständig sein und den bärtigen Genossen die Bühne überlassen. Flugblattaktionen, politische Forderungen und Emanzipationsbestrebungen stehen im Vordergrund – das Patriarchat, also die Herrschaft der Männer, wird strikt abgelehnt. Viele (lesbisch-) feministische Journalistinnen, Autorinnen, Musikerinnen und Filmemacherinnen kämpfen öffentlich gegen die Unterdrückung und Ausbeutung von Frauen und setzen sich für ihre Befreiung ein. »Das Private ist politisch«, diesen Leitsatz, der von der Journalistin und späteren RAF-Mitbegründerin Ulrike Meinhof in die Öffentlichkeit getragen wird, erheben die Frauen zu ihrem Lebensmotto. Kommunen und Aktionszentren werden gegründet, und es entwickelt sich ein öffentliches feministisches Selbstverständnis.

Anfang der siebziger Jahre treffen sich erstmals auch Lesben beim Pfingsttreffen der Homosexuellen Aktion Westberlin (HAW) – eine Institution, die sich 1971 in Folge von Rosa von Praunheims Film *Nicht der Homosexuelle ist pervers, sondern die Situation, in der er lebt* bildete. Daraus entstand später das autonome Lesben-Pfingsttreffen, das schließlich in »Lesben-Frühlings-Treffen« umbenannt wird und bis heute jährlich an wechselnden Orten stattfindet.

Die Namen von Alice Schwarzer (Journalistin), Helke Sander (Filmemacherin) oder Verena Stefan (Autorin) fallen in dieser Zeit häufig – diese Frauen werden zu Galionsfiguren der neuen (westdeutschen) Frauen- und Lesbenbewegung. Es müssen aufregende Zeiten gewesen sein damals, und dem Engagement dieser sowie zahlreicher Frauen wie du und ich haben wir viele Freiheiten und Errungenschaften zu verdanken.

In den achtziger Jahren sind die ersten wichtigen Schritte in Richtung Emanzipation getan. Die Kämpfe und Forderungen richten sich nun zunehmend gegen den damaligen Aufrüstungswahn und die Atomkraft. Im Zuge dessen wird das sogenannte »Frauen-, Lesben- und Mädchenwiderstandscamp« im Hunsrück ins Leben gerufen. Damit einhergehend verbindet sich ein wachsendes ökologisches Bewusstsein. In den größeren Städten – vor allem in Berlin – kommt es vielfach zu Hausbesetzungen, weil sich die kämpferischen Frauen gegen den spekulativen Leerstand von Wohnungen und hohe Mieten engagieren. Außerdem wird gegen Kapitalismus, Faschismus, Sexismus und Rassismus demonstriert.

Zeitgleich entwickelt sich auch eine andere Lesbenszene, die wenig mit Politik im Sinn hat. In den achtziger Jahren tauchen die »Karstadtlesben« und sonnengebräunten »Sublesben« auf, denen Konsum und Fun-Faktor wichtiger sind als gesellschaftspolitische Veränderungen. Sie bilden das Gegenmodell zu den »Politlesben« und den »Ökolesben«. Birkenstock versus Cowboystiefel könnte man diese Zeit auch nennen, in der latente Grabenkämpfe untereinander ausgefochten werden. Welcher Szene frau sich auch zurechnete – die Vielfalt beweist, dass Lesben genauso unterschiedlich leben wie alle anderen Menschen auch.

Im Osten Deutschlands, der damaligen DDR, wurde Homosexualität bis in die siebziger Jahre hinein als etwas Krankhaftes und von der sozialistischen Moral Abweichendes betrachtet. Da der Zugang zur Öffentlichkeit für gewöhnliche DDR-BürgerInnen, erst recht für Minderheiten wie Homosexuelle, kaum möglich war, gab es lange Zeit weder Gruppen, noch öffentliche Räume und Veranstaltungen, um sich zu treffen, und viele hatten wohl das Gefühl, die einzige lesbische Frau auf der Welt zu sein. Nur langsam und zögerlich zeichnete sich eine Tendenz zur Entdiskriminierung und Enttabuisierung ab, und in Folge der international in Erscheinung tretenden Lesben- und Schwulenbewegung gründeten sich auch in der DDR erste lesbisch-schwule Gruppen, die wie viele Andersdenkende und Andersfühlende oft Zuflucht unter dem Dach der evangelischen Kirche fanden. So organisierten sich viele Lesben in kirchlichen Gruppen und trafen sich in sogenannten Arbeitskreisen Homosexualität (AKH), die sich ab Mitte der achtziger Jahre in mehreren Städten bildeten. Neben den kirchlichen Gruppen gab es auch Frauen und Männer, die sich außerhalb der Kirche zusammenschlossen. Die erste »weltliche« Gruppe gründete sich 1973 unter dem Namen Homosexuelle Interessengemeinschaft (HIB) in Berlin. Aus ihr ging 1986 der noch heute im Prenzlauer Berg ansässige Sonntags-Club hervor.

Anders als in der westdeutschen Bewegung arbeiteten in den ostdeutschen Gruppen und Arbeitskreisen die lesbischen Frauen oft mit schwulen Männern zusammen. Doch auch hier kam es zunehmend zu einer Abspaltung aufgrund unterschiedlicher Interessenlagen. Ungeachtet dessen verfolgten alle Gruppen das übergeordnete Ziel, die Diskriminierung von Homosexuellen zu beenden. Ab Mitte der achtziger Jahre erschienen auch in den ostdeutschen Medien gelegentlich Zeitungsartikel und Beiträge zum Thema Homosexualität, und langsam kam eine öffentliche Diskussion in Gang. 1987 organisierten Frauen in Jena das erste

DDR-weite Lesbentreffen, und zum Ende der DDR gab es acht autonome Lesbengruppen in verschiedenen Städten. Allerdings waren alle Gruppen und Arbeitskreise nur halböffentlich und informell. Bis 1989 gab es weder eine offiziell anerkannte Organisation noch einen eingetragenen Verein von Lesben und Schwulen.

Bei den großen politischen Aktionen und Demonstrationen zur Wendezeit waren immer auch lesbische Frauen aktiv. In Folge der politischen Veränderungen entstanden viele neue Frauen/Lesben-Gruppen, die sich bewusst gegen männliche Dominanz aussprachen und politische Forderungen stellten. Mit der Wiedervereinigung von Ost und West und dem Ende der DDR fand die junge DDR-Lesbenbewegung allerdings ein Ende. Viele Frauen setzten sich nach der Wende für die Bildung von Frauenzentren ein und engagierten sich auf breiterer frauenpolitischer Ebene.

Viele von euch sind in den achtziger und neunziger Jahren geboren. Das heißt, ihr habt eure Kindheit in einer Zeit verbracht, in der es erneut einen Wandel in der Lesbenszene gab. Wir sind immer sichtbarer geworden, sei es durch lesbische Schauspielerinnen in Fernseh-Soaps, lesbische Pop-Musikerinnen oder zahlreiche Filme mit lesbischem Inhalt. Einmal mehr haben sich die »Szenen« ausdifferenziert. So bildeten sich beispielsweise Initiativen von schwarzen oder von türkischen Lesben oder neue Zusammenschlüsse von Lesben und Schwulen, die gemeinsam für ihre Gleichberechtigung eintreten. Das Zauberwort *queer* gesellte sich in den Sprachgebrauch ebenso wie »Homo-Ehe« und Regenbogen-Familie. Wenn wir bedenken, wo wir zu Beginn des letzten Jahrhunderts angefangen haben, so sind wir heute an einem Punkt angelangt, der den Schritt zum Coming-out doch sehr viel leichter macht.

Dies ist nur ein kurzer Abriss unserer lesbischen Geschichte. Wenn du neugierig geworden bist, dann lies das Buch *In Bewe-*

gung bleiben – 100 Jahre Politik, Kultur und Geschichte von Lesben, das 2007 erschienen ist und mit zahlreichen Bildern und informativen Texten ein spannendes Lesben-Lese-Buch darstellt.

Vom CSD zum World Pride

Für viele ist der Christopher Street Day (CSD) ein wahres Freudenfest, ein fröhlicher Straßenumzug von Schwulen und Lesben. Für die Dauer von etlichen Wochen könnte man von Stadt zu Stadt reisen und an den Feiern teilnehmen. Einige wissen vielleicht gar nicht, dass es sich beim CSD ursprünglich um einen politisch motivierten Protestmarsch handelte. 1969 war die Gesellschaft noch viel konservativer als heute: Homosexualität war keineswegs akzeptiert und wurde von der Weltgesundheitsorganisation (bis 1992) noch immer als (psychische) Krankheit betrachtet. Trotz dieses feindlichen Klimas gab es natürlich immer schon Homosexuelle, doch traten sie öffentlich weniger in Erscheinung und trafen sich in kleinen, meist versteckten Bars. Eine dieser Bars, das »Stonewall Inn«, befand sich in New York in der Christopher Street (danach der Name Christopher Street Day). Zu jener Zeit waren Polizeirazzien in homosexuellen Clubs gang und gäbe. Mit willkürlicher Gewalt ging die Staatsmacht gegen die vermeintlich Unnormalen vor. In den frühen Morgenstunden des 28. Juni 1969 begann eine solch gewalttätige Aktion und führte zu tagelangen Straßenschlachten zwischen Homos und Polizei.

Im darauffolgenden Jahr gedachten die homosexuellen New YorkerInnen der Ereignisse des vergangenen Sommers und gingen in einem Demonstrationsmarsch (»Christopher Street Gay Liberation Day March«) von Greenwich Village, dem Stadtteil, in dem das »Stonewall Inn« lag, in Richtung Central Park. Dies war die Geburtsstunde der Homosexuellenbewegung und des CSD in den USA, der übrigens nur im deutschsprachigen Raum so heißt – in den meisten anderen Ländern ist von »Gay Pride« die Rede (wörtlich übersetzt »homosexueller Stolz«), um die Interessen von Lesben, Schwulen, Bisexuellen und Transgendern zu bündeln.

Für die BerlinerInnen mussten noch acht Jahre vergehen, bis auch dort zum CSD aufgerufen wurde. Somit findet im Jahr 2008 der dreißigste Marsch in der Spree-Metropole statt. Da bei der ganzen Feierei à la Love Parade und Karneval das Politische irgendwann fast ganz auf der Strecke geblieben ist, bildete sich in Berlin Ende der neunziger Jahre eine alternative Gegenveranstaltung, der »Transgeniale CSD«. Die VeranstalterInnen wollen damit gegen die Kommerzialisierung und den Verlust der einstigen Ideale vorgehen.

Last but not least gibt es seit 1992 auch den Euro Pride, der in Städten stattfindet, die zuvor von der »European Pride Organizers' Association«, dem europäischen Dachverband der Veranstalter von Lesben- und Schwulenparaden, ausgewählt werden. Seit 2000 in Rom gibt es zusätzlich noch den World Pride mit TeilnehmerInnen aus der ganzen Welt. Sinn und Zweck dieser noch größer angelegten Demonstrationen ist es, mehr internationale Beachtung zu bewirken und eine größere Lobby für die queere Community zu schaffen.

»Die ist ein wirklich nettes Mädchen«

In Flip-Flops zum Berliner CSD

Der Dezember war sehr schneereich, und von allen Seiten bekam man eine heile Welt vorgegaukelt. Als ich mich in den klapprigen Wagen setzte, war mir hundeelend zumute. Heute also würde der Tag sein, an dem ich es meiner Mutter sagen wollte. Ich hatte es immer wieder hinausgezögert, weil ich Angst vor den Reaktionen meiner Eltern hatte. Mein inneres Coming-out hatte ich schon vor einer ganzen Weile und auch eine lesbische Beziehung, aber bisher hatte ich es nicht fertig gebracht, es meinen Eltern zu erzählen. Ich fand es so viel bequemer. Weil ich wegen meiner Ausbildung in eine andere Stadt gezogen war, konnte ich mein Privatleben auch ziemlich gut vor meinen Eltern abschotten. Aber ich hatte dieses ewige Verbiegen satt und wollte mich nun unbedingt dieses Weihnachten outen. Eigentlich ein wenig zu spät, schoss es mir durch den Kopf, als ich die Auffahrt zur Autobahn entlangfuhr. Fluchend über einen rasant beschleunigenden Mercedes-Fahrer, der es nicht für nötig hielt, auf die linke Spur zu wechseln, knatterte ich in zaghaftem Tempo den Standstreifen entlang, bevor ich mich einfädeln konnte.

Wo war ich doch gerade? Ach ja, genau, zu spät. Zu spät losgefahren, zu spätes Coming-out. Mein Leben war wie immer von Chaos beherrscht, und ich wollte endlich für Klarheit sorgen.

Während ich meinen Gedanken nachhing, fielen die Schneeflocken so dicht, dass es mir vor den Augen flimmerte. Ich drosselte das Tempo ein wenig und wartete darauf, dass es im Wagen wärmer wurde. Der CD-Player spielte die neueste Rosenstolz-CD, und ich begann ein wenig aufzutauen. Ausgerechnet der Song »Liebe ist alles« dudelte aus den kleinen Boxen meines Autos. Krass, wie weh das tat!

Manchmal ist das Timing einfach schlecht, dachte ich, und wehmütig erinnerte ich mich an meine Ex. Sie hatte von heute auf morgen und für mich völlig überraschend Schluss gemacht. Und dieser Rosenstolz-Song war unser Lied gewesen! Dabei hätte ich es doch wissen müssen. Aber ich war mit Blindheit geschlagen gewesen, denn sonst hätte ich gemerkt, dass sie sich seit dem CSD im Sommer in Berlin verändert hatte. Der Ausflug, den wir mit unserer Clique von Münster aus – das ist die nächstgrößere Stadt bei Telgte, wo ich in der Ausbildung zur Versicherungskauffrau steckte – über die A2 Richtung Weltstadt machten, war wie immer eine einzige große Party. Mit drei Autos, voll beladen mit lebenslustigen lesbischen Mädels, waren wir am Freitagabend losgefahren und hatten uns bei Freundinnen, Freundinnen von Freundinnen und Schwestern einquartiert. Und da hätten bei mir schon die Warnleuchten heftig aufblinken müssen. Denn Julie hatte sich allzu schnell bereit erklart, mit Kathleen zusammen bei der Ex einer Ex zu übernachten, anstatt mit mir zusammen bei meiner Schulfreundin in Neukölln. Ich war tierisch enttäuscht, dachte aber, dass das wahrscheinlich gar nichts zu bedeuten hätte bzw. dass das mal wieder eine von Julies Zickennummern wäre. Frei nach dem Motto, dass sie ja auch ihr eigenes Leben hätte und ihr unsere Beziehung irgendwie zu eng wäre. Natürlich reagierte ich da überhaupt nicht drauf, weil mir das zu kleinlich vorgekommen wäre und ich noch hoffte, dass sie vielleicht doch mit mir zusammen übernachten würde. Allerdings musste ich kurze Zeit später feststellen, dass es in der Tat ihr Ernst gewesen war, denn kaum waren Kathleen, Julie und ich in der kleinen Einzimmerwohnung meiner Schulfreundin Nadine in Neukölln angekommen, da zogen Julie und Kathleen schon in Richtung Kreuzberg los. Zum Abschied griffen sie sich den Schlafsack von Julie, eine Flasche Pro-

secco und ließen die Wohnungstür lautstark hinter sich zuknallen mit den Worten: »Wir sehen uns dann morgen um zwölf auf dem Nollendorfplatz!« Ihre klappernden Schritte und das Gelächter im Treppenhaus ließen mich energisch zum Sixpack greifen.

»Was soll's«, sagte ich mit einem verunglückten Grinsen zu Nadine. Innerlich fühlte ich mich jedoch total scheiße! Was war das denn jetzt für eine Nummer? Hatte ich irgendwas nicht richtig verstanden oder was falsch gemacht? Das konnte doch nicht sein, dass sie jetzt wirklich einfach so abzog, denn wir hatten doch gemeinsam nach Berlin fahren und hier feiern wollen. Ich war hilflos und enttäuscht, ehrlich!

»Komm, wir schmeißen uns schnell 'ne Pizza in den Ofen und ziehen dann auch mal los in Richtung Kreuzberg oder so«, versuchte Nadine mich aufzuheitern und knuffte mir liebevoll auf den Oberarm.

»Klar, ist ja auch nur meine Süße, die da gerade verschwunden ist«, gurgelte ich schon etwas bierselig hervor. Der Sabber, der mir dabei aus dem Mundwinkel lief, war so nicht geplant, und wir kicherten vor uns hin. Aber ich war immer noch total geknickt und irgendwie auch frustriert. Ich verstand es nicht, dass meine Liebste einfach so mit einer anderen abzog und mir noch nicht mal Zeit für Fragen gab. Sie war einfach weg. Und ich saß da mit meiner Schulfreundin und einer Pizza.

Zehn Minuten später war der Ofen vorgeheizt, und Nadine schob die Tiefkühlpizzen hinein. »Okay, in einer Viertelstunde haben wir 'ne solide Grundlage im Bauch, dann knallt das Bier auch nicht so doll«, sagte sie, und ich setzte mich auf den winzigen Küchenboden vor das Backofenfenster. Es gibt in der Tat nichts Schöneres, als vor erleuchteten Backöfen oder rotierenden Waschmaschinen zu sitzen – Frontlader, versteht sich. Ich kenne keine sinnlosere Beschäftigung, die mehr Spaß macht. Somit hatte Nadine genau das richtige Mittel gegen meine drohende

Depression gefunden. Der Pizza-Duft aus dem Ofen zog verführerisch durch die klitzekleine Küche.

»Rück mal 'n Stück!« Nadine setzte sich zu mir und versuchte mit dem Einwegfeuerzeug die Bierflasche aufzuhebeln. Als es ihr endlich gelang, flog der Kronkorken in weitem Bogen aus dem Küchenfenster, und wir hörten, wie unten auf der Straße jemand fluchte. Als unsere Lachtränen endlich getrocknet waren, glotzten wir beide versonnen auf den langsam verlaufenden Käse der Pizza im Ofen.

»Was ziehst 'n du eigentlich morgen auf dem CSD an? Hast du irgendein Kostüm dabei, oder gehst du so wie immer?« Nadine nahm einen tiefen Schluck aus ihrer Flasche und betrachtete meine Converse, die ungleich praktischer für einen langen Protestmarsch waren als die Flip-Flops, die sie anhatte. Sie folgte meinem Blick und sah nun ebenfalls auf ihre Füße.

»Na ja, die wollte ich morgen nun wirklich nicht anziehen. Aber sag mal ehrlich, verkleidest du dich oder gehst du in deinem Landlesbenstyle?«

Verstört sah ich auf mein weites T-Shirt und meine Shorts, spielte an meinem Augenbrauen-Piercing und verstand nicht recht, was sie meinte. Liebevoll wuschelte sie mir durch die Haare und sagte: »Ach komm, das war doch nur 'n Joke. Sieht doch cool aus, was du anhast. Los, jetzt grüble nicht so rum. Bring mal ein scharfes Messer mit auf den Balkon. Ich glaube, die Pizza ist fertig.«

Nadines winzige Wohnung verfügte über den großen Luxus eines kleinen Balkons. Wir setzten uns auf umgedrehte Bierkästen, teilten die Pizzen und verschlangen sie gierig.

»Also wenn du schon mal in Berlin bist und mir ganz allein gehörst, dann lass uns jetzt mal losziehen. Wir könnten ja mal ins Möbel Olfe schauen.«

»Häh, Möbel Olfe? Was sollen wir denn um diese Uhrzeit in einem Möbelladen?«, fragte ich deutlich irritiert.

»Quatsch«, korrigierte Nadine mich, »das ist doch kein Möbelgeschäft, sondern ein total cooler schwullesbischer Laden in Kreuzberg. Keine Ahnung, woher der Name kommt, aber das ist jedenfalls 'ne Kneipe. Ist voll krass da, und die haben 'nen Kicker und total geiles polnischen Bier. Vielleicht ist das auch tschechisch, ich weiß nicht so genau, ist aber auch egal, weil's einfach tasty ist.«

Die Flip-Flops machten lustig platschende Geräusche, als Nadine vor mir die Treppe hinunterlief, und meine Turnschuhe quietschten nur ganz leise auf den gebohnerten Stufen. Im Hof schlossen wir die beiden Räder los und radelten – ich nun doch ganz vergnügt – in Richtung Kreuzberg 36. Ich war jedes Mal begeistert, wenn ich durch das nächtliche Berlin fuhr. Viel zu selten führte mich mein Weg hierher, denn von Telgte bis nach Berlin war es einfach zu weit. Ich war ziemlich knapp bei Kasse, und auch Mitfahrgelegenheiten strapazierten den Geldbeutel. Umso glücklicher war ich, wenn ich dann doch mal Nadine besuchen und die Luft der Großstadt schnuppern konnte, in der so vieles möglich war. Überall liefen Schwule und Lesben herum, die sich eine queere Community und ein Vergnügungsparadies geschaffen hatten. In Telgte sah das ganz anders aus.

Nur noch ein Jahr, dann hatte ich meine Lehre beendet. Dann würde ich nach Berlin ziehen – ich hatte es mir fest vorgenommen – und Julie auch. Glaubte bzw. hoffte ich damals noch. Dass dann alles ganz anders kommen sollte, hätte mich in diesem Moment, wo ich mit Nadine durch Kreuzberg fuhr, mit Sicherheit traurig gemacht. Wie gut, dass man nicht in die Zukunft blicken kann!

Als wir die Tür zum Möbel Olfe aufdrückten, erklang ein lautes »Hallooooooooo« vom hinteren Ende des Tresens. Tanja, Nadines Kommilitonin, fuchtelte mit beiden Händen, um auf sich aufmerksam zu machen. Das wäre gar nicht nötig gewesen, denn wegen ihrer pink gefärbten Haare wäre sie selbst der kurz-

sichtigsten Frau aufgefallen. Lautstark gingen wir zu ihr, und sie umarmte uns stürmisch.

»Hey, Mädels, hier geht grad ganz großes Kino ab! Da haben sich doch tatsächlich zwei Bräute wegen des Kickers in die Haare bekommen. Voll der Zickenalarm, ey. Aber unser Glück, denn nun sind wir dran!« Sofort sprang sie auf, schob uns in Richtung Kicker, blieb vor einem gepiercten und total cool aussehenden Mädel stehen und säuselte: »Na, Süße, Lust auf 'ne Partie?«

Die Andere – Meleen hieß sie – strahlte mit Tanja um die Wette, als hätten sie eben einen Sechser im Lotto gewonnen. Offensichtlich hatten die beiden schon vorher eifrigen Blickkontakt gehabt.

»Na klar will ick. Wat gloobst 'n du?«

Zu viert nahmen wir unsere Positionen am Kicker ein, und eine ausufernde Ballschlacht begann. Der Abend endete für Tanja und Meleen irgendwo auf einem kuscheligen Futon (wie ich mir anderntags habe erzählen lassen) und für mich bei Nadine auf einer weniger kuscheligen Iso-Matte.

Der CSD war wie immer ein einziges Fest. Wir tanzten uns die Wagen entlang. Nadine kannte auf fast jedem Truck irgendjemanden, so dass wir kaum für unseren Sekt bezahlen mussten und das letzte Stück des Weges auf einer vibrierenden Ladefläche neben dröhnenden Boxen zurücklegen konnten. Eine Freundin hatte Mitleid mit Nadine gehabt, die in ihren Flip-Flops (!) nicht mehr von der Stelle kam. Irgendwie wurde ich aber das Gefühl nicht los, dass Nadine das von langer Hand eingefädelt hatte ...

Julie sah ich das ganze Wochenende nicht mehr, denn obwohl wir verabredet waren, erschien sie nicht am Nollendorfplatz. Ich starrte zwar ständig auf mein Handy, aber sie schickte mir weder eine SMS, noch rief sie mich an. Ich war zu stolz, als dass ich sie angesimst hätte, aber meine Enttäuschung und auch mei-

ne Wut waren groß. Als wir uns alle wieder zu unserem Autokonvoi am Sonntagabend einfanden, war Julie seltsam ruhig und entrückt.

»Und – Fun gehabt?«, fragte ich sie möglichst locker. Das Krächzen meiner Stimme verriet jedoch meine eigentliche Stimmung. Julie sah mich mit einem langen, tiefen Blick an, seufzte leise und sagte nur: »Ja, war schon ganz okay. Und was ging bei dir?«

Das war so ungefähr das Einzige, was wir während der stundenlangen Heimfahrt sprachen. Als sie in Münster aus dem Auto stieg, sah es wie eine Flucht aus. Mit den Worten »Man sieht sich!« hastete sie davon und vergaß ihren Schlafsack auf dem Rücksitz. Mein Magen zog sich zusammen, und ich konnte nicht glauben, dass sie einfach so weglief. Ich weiß noch, dass meine Augen höllisch brannten, weil ich die Tränen krampfhaft zurückdrängte. »Wegen der heule ich nicht!«, sagte ich mir. »Wegen der bestimmt nicht!«

Natürlich habe ich geheult, und meine Freundinnen haben mich getröstet und gesagt, dass das eine ganz fiese und linke Nummer von Julie war. Genutzt hat mir das für meine Beziehung allerdings nicht viel, denn ich habe Julie nur noch einmal gesehen, als sie einige Tage später ihren Schlafsack und ein paar andere Sachen bei mir abholte. Sie hat sich noch nicht mal bei mir entschuldigt oder versucht, mir irgendwas zu erklären. Ich habe ihr noch einige Wochen lang Briefe geschrieben, ihr SMS geschickt und sie versucht anzurufen, aber sie hat sich einfach sang- und klanglos aus meinem Leben zurückgezogen.

Aber das war nun ein halbes Jahr her, und mittlerweile – es sei denn, ich hörte den Rosenstolz-Song – hatte ich mich an den Gedanken gewöhnt, dass sie nur noch meine Ex ist. Nicht mehr und nicht weniger.

Der Schneefall hatte etwas nachgelassen, die CD fing von vorne an zu spielen, und ich war auf dem Weg zu meinen Eltern zum Weihnachtsessen. Ich hasste diese Feiertage, aber mir blieb nichts anderes übrig, als hinzufahren. Denn ich hatte mir dieses angeblich heilige Fest ausgesucht, um meiner Mutter zu sagen, dass ich lesbisch bin. Trotzig trat ich das Gaspedal durch und wurde mit einem Schlingern des Autos auf der glatten Fahrbahn bestraft. Sofort hob ich den Fuß ein wenig und fuhr wieder gleichmäßig dahin.

Ich hatte schon von Freundinnen gehört, dass das Coming-out vor den Eltern etwas völlig anderes ist als das im Freundeskreis. Nicht ohne Grund hatte ich es immer wieder hinausgezögert, mit meinen Eltern darüber zu sprechen. Aber was sollte schon großartig passieren, versuchte ich mich zu beruhigen. Eigentlich waren beide ja ganz liberal und tolerant eingestellt. Meine Mutter war sogar Sozialarbeiterin, so dass ich von ihrer Seite keine Probleme befürchtete. Bei meinem Vater war ich mir allerdings nicht so sicher, dass er meine Neuigkeiten gut aufnehmen würde ...

Die meisten, die sich ihren Eltern gegenüber outen wollen, kennen vermutlich dieses Gefühl der Unsicherheit und der Angst, dass die Eltern irgendwie abwehrend reagieren könnten. Es gibt wohl kaum eine Tochter, die das Coming-out völlig souverän und ohne Nervosität über die Bühne bringt. Da man ja die Reaktionen der Umwelt wirklich nicht vorhersagen kann, ist diese Anspannung wohl ganz natürlich, doch meistens legt sie sich nach den ersten Minuten auch wieder. Wenn man erst mal den entscheidenden Satz über die Lippen gebracht hat, dann ist das Schwierigste wohl auch schon überstanden. Es gibt viele Möglichkeiten, die Eltern (und natürlich auch jeden anderen Menschen) mit dem eigenen Lesbischsein zu konfrontieren. Manche wählen den direkten Weg und sagen einfach, dass sie lesbisch sind. Andere wählen die Umschreibung, dass sie auf Mädchen (oder Frauen) stehen oder dass der Schwiegersohn eine Schwiegertochter sein würde. Welche Worte man auch immer wählt, sie sind mit Herzklopfen verbunden und mit der Frage: »Wie werden sie reagieren?«

Eben wegen der unkalkulierbaren Reaktion ihrer Eltern hat Kathi ihr Coming-out hinausgezögert. Aber seit der Trennung von Nadine hat sie viel nachgedacht und ist nun zu dem Schluss gekommen, dass sie endlich reinen Tisch bei ihren Eltern machen will. Die Worte hat sie sich schon zurechtgelegt. Sehen wir weiter, wie ihre Eltern tatsächlich reagieren.

Für alles gewappnet, bog ich in die Hofeinfahrt, die fein säuberlich vom Schnee befreit war. Meine Mutter erwartete mich schon und winkte mir durchs Küchenfenster entgegen.

»Hallo, Kathi«, begrüßte sie mich und gab mir einen Kuss auf die Wange, den ich widerwillig ertrug – ich mochte es einfach nicht, wenn sie mich so innig herzte. »Hast du eine gute Fahrt gehabt? Ich habe mir die ganze Zeit Sorgen gemacht. Bei dem Schnee und deinem alten Auto macht man sich ja so seine Gedanken. Du solltest wenigstens Winterreifen aufziehen lassen – ich gebe dir auch das Geld dafür –, damit ich ruhiger schlafen kann ...« So sprudelte ein Redeschwall aus ihr heraus.

»Jaja«, brummelte ich und folgte ihr ins Haus. Mein Vater war gerade dabei, den Kamin anzuheizen, und der Weihnachtsbaum war wie jedes Jahr von meiner Mutter über und über geschmückt. Ein beklemmendes Gefühl beschlich mich.

»Wir wollen uns gleich zu Tisch setzen – der Braten ist schon fertig.«

Sie bugsierte mich ins Esszimmer und richtete mir Grüße von allen Tanten und Onkeln aus, die ich anderntags beim Kaffeetrinken sowieso sehen würde. Meine Freude hielt sich in Grenzen.

Während des Essens plauderten wir über dies und das, aber ich war nicht bei der Sache, weil ich mir überlegte, wie ich es am

Besten anstellen könnte, meine Mutter allein zu sprechen. Dann kam mir die zündende Idee, und ich fragte: »Du, Mama, wollen wir nicht nach dem Essen einen Spaziergang durch den Schnee machen?«

Erstaunt sah sie mich an, willigte aber sofort ein. Mein Vater meinte, dass er lieber die Nachrichten sehen wolle und dass seine beiden Frauen mal allein in die Kälte hinausgehen sollten. Dankbar griff ich mir meinen Mantel und wickelte mir den Schal um.

Die Straßen lagen einsam und verlassen in der Dunkelheit. Der Schnee dämpfte unsere Schritte.

»Kathi, was ist denn los mit dir? So lange ich dich kenne, wolltest du noch nie freiwillig mit mir spazieren gehen. Liegt dir etwas auf der Seele?«

Ich bückte mich kurz, formte einen Schneeball und warf ihn mit aller Kraft weit weg.

»Ja, ich will in der Tat mit dir reden, aber ... Ich weiß nicht so recht, wie ich es anfangen soll.«

»Ist was mit deinem Ausbildungsplatz? Oder mit Kai? Von dem hast du ja schon lange nichts mehr erzählt.«

»Nein, nein. Da ist alles in Ordnung. Und Kai geht's super.« Verdammt, jetzt denkt die auch noch, ich wäre mit Kai zusammen, oder was? Na, das kann ja lustig werden.

»Nee, also ich ... Weißt du, mir ging es in der letzten Zeit nicht besonders. Ich habe mich von meiner Beziehung getrennt, und das war ganz schön hart für mich.«

Tief eingehüllt in ihre Steppjacke wurden die Schritte meiner Mutter langsamer.

»Aber ich wusste ja gar nicht, dass du einen Freund hast! Wie heißt er denn? Wieso hast du nie von ihm erzählt?«

»Genau das ist es ja, worüber ich mit dir sprechen wollte. Ich hatte eben keinen Freund, sondern ... Mama, ich liebe Frauen!« So, jetzt war es raus, jetzt gab es kein Zurück mehr.

Meine Mutter blieb fassungslos stehen, und eine Hitzewelle überkam mich.

»Ja, aber ... Geht denn das?«

Ich verstand sie nicht recht. »Wie – geht was?«

»Na«, erwiderte meine Mutter mit ziemlich dünner Stimme, »mehrere Frauen gleichzeitig lieben?«

Jetzt war ich fassungslos. Was glaubte denn meine Mutter eigentlich?

»Mama, ich habe den Plural gebraucht, weil ich das verallgemeinern wollte, und nicht um dir zu sagen, dass ich mehrere Frauen gleichzeitig liebe.«

Wir gingen weiter, und meine Mutter fing still an zu weinen.

»Hab ich denn was falsch gemacht? Wieso liebst du Frauen? Das kann ich jetzt irgendwie gar nicht glauben.«

»Mama, das ist doch Quatsch, natürlich hast du nichts falsch gemacht. Man verliebt sich doch nicht in Menschen, weil andere was falsch gemacht haben. Aber wieso bist du denn jetzt so überrascht? Du musst doch irgendwas gemerkt haben? Du kannst mir doch nicht erzählen, dass du von meiner Beziehung zu Julie nichts mitbekommen hast?«

»Ach, Julie war es.« Sie schniefte leise, und ich reichte ihr ein Taschentuch. »Die ist ein wirklich nettes Mädchen. Wieso seid ihr denn jetzt nicht mehr zusammen? Ich verstehe das alles nicht.«

Wieder blieb sie abrupt stehen, sah mich an und sagte vorwurfsvoll: »Dann bekomme ich ja gar keine Enkelkinder. Wie soll das denn jetzt weitergehen?«

»Wieso bekommst du jetzt keine Enkelkinder? Ich habe ja immer noch einen Bruder, der, soviel ich weiß, heterosexuell ist. Und außerdem kann ich als Lesbe ja trotzdem Kinder kriegen.«

»Wie du das sagst. Das klingt ja wie ein Schimpfwort. Muss man das denn immer alles so deutlich benennen? Kannst du denn nicht ein anderes Wort dafür finden?«

Langsam wurde ich ärgerlich. So viel zur Reaktion meiner toleranten Mutter. Für alle und jeden hat sie Verständnis, aber wenn die eigene Tochter sich ihr gegenüber outet, dann denkt sie nur an Enkelkinder. Es gibt doch wirklich Wichtigeres im Leben.

Verbissen stapfte sie neben mir durch den Schnee. Dann sagte sie: »Ich möchte jetzt gerne umkehren. Das Weihnachtsfest hatte ich mir ehrlich gesagt ein bisschen anders vorgestellt.«

Schweigend gingen wir zurück und betraten das überheizte Haus. Offensichtlich hatte mein Vater den Kamin mit Erfolg zum Brennen gebracht. Er selbst stand kurzärmlig und mit einem Glas Wein vor dem Weihnachtsbaum und betrachtete stolz die funkelnde Tanne.

»Na, ihr beiden, war's schön draußen?«

Dann bemerkte er verwundert die rotgeweinten Augen meiner Mutter, sagte aber nichts, als sie wortlos an ihm vorbeistürmte und sich im Badezimmer einschloss.

Was soll's, dachte ich. Eigentlich kann ich mich auch gleich noch meinem Vater gegenüber outen. Dann habe ich es hinter mir.

Er nahm mir den Mantel ab und holte mir ebenfalls ein Glas Wein aus der Küche. Immer noch versonnen den Baum betrachtend, wagte ich meinen Vorstoß bei ihm.

»Weißt du, warum ich mit Mama spazieren gehen wollte?« Ich nahm einen tiefen Schluck Rotwein und sah ihn an.

Er wandte sich mir zu und schüttelte den Kopf.

»Ich wollte ihr etwas sagen, was mir schon lange auf der Seele liegt, und sie hat es leider nicht so gut aufgenommen.«

Das Feuer knisterte im Kamin, und mein Vater sah mich neugierig an.

»Ich habe ihr nämlich gesagt, dass ich Frauen liebe.« So, das war dann also die Nummer zwei des heutigen Abends. Derber als bei meiner Mutter konnte es ja eigentlich nicht werden.

Mein Vater sah mich weiterhin an und sagte dann: »Kathi, ich bin ja nicht blind. Für mich kommt das nicht überraschend, und ich habe mich schon die ganze Zeit gefragt, wann du es uns endlich sagen würdest. Da fällt mir was ein – guck mal, was ich letztens gelesen habe.« Aufgeregt ging er den Zeitungsstapel neben dem Sofa durch und zog eine ältere Ausgabe der Wochenendausgabe hervor. »Das fand ich total interessant.« Er setzte sich die Brille auf und überflog leise murmelnd den Artikel, bis er fand, um was es ihm ging.

»Hier steht, dass in Tschechien nun auch Homosexuelle heiraten können und dass sich dort mittlerweile über zweihundert Paare das Jawort gegeben haben. Ich finde das toll, dass ihr das nun auch könnt.«

Ich war völlig verblüfft. So eine Reaktion hätte ich von meinem Vater niemals erwartet. Ausgerechnet er, den ich für spießig gehalten hatte, reagierte völlig cool auf mein Coming-out. Meine Mutter hingegen blieb hartnäckig im Badezimmer, und wir hörten in regelmäßigen Abständen, wie sie sich lautstark schnäuzte.

Mein Vater klopfte mir beruhigend auf die Schulter und sagte: »Sie wird sich schon wieder einkriegen. Gib ihr ein wenig Zeit, dann wird das schon. Ich finde es gut, dass du es mir endlich gesagt hast, denn ich hatte das Gefühl, dass das immer ein wenig zwischen uns stand.«

Er stand auf, um eine neue Flasche Wein zu öffnen, und ich starrte in die flackernden Flammen des Kaminfeuers. Ob ich gleich morgen bei meiner Verwandtschaft weitermachen sollte? Ach, nun mal die Füße ruhig halten. Zwei Coming-out an einem Tag waren schon mehr, als ich geplant hatte. Der Rest der Verwandtschaft würde es schon noch rechtzeitig mitbekommen. Und wer weiß, vielleicht kämen auch von ihnen Reaktionen, die ich nicht erwartet hätte. Langsam begann mir das richtig Spaß zu machen.

Und um meiner Mutter die noch offene Frage zu beantworten: Natürlich geht das!

»Ich glaube, Tom will was von mir, aber irgendwie …«

Verliebt in die beste Freundin

Ich weiß, meine Geschichte klingt total unglaubwürdig, aber sie ist wahr! Und deswegen möchte ich sie euch erzählen. Begonnen hat alles damit, dass sich meine Mutter von meinem Vater getrennt hat. Ich war gerade mal zehn Jahre alt, und mein Leben veränderte sich von einem auf den anderen Moment. Ich war total durcheinander, weil mein Vater plötzlich keine Rolle mehr in meinem Leben spielte. Die neue Situation war nicht leicht für mich, weil nicht nur mein Dad weg war, sondern sich auch alles andere in meinem Leben wandelte. Meine Mutter beschloss nämlich nach der Trennung von meinem Vater, in eine Frauen-WG zu ziehen, aber ich konnte damit noch nicht allzu viel anfangen. Von diesem Zeitpunkt an gab es ausschließlich Frauen in meinem Umfeld.

Bald war ich zur viel gerühmten Außenseiterin oder eher noch zu einem schrillen Individuum an meiner Schule geworden, was mich aber nicht weiter störte. Während des Unterrichts kamen dauernd irgendwelche blöden Sprüche, denen ich aber coole Klamotten und unbegrenzte Freiheit entgegensetzen konnte. Meine Mitschülerinnen mussten abends gegen sieben mit ihren Eltern, das heißt Vater und Mutter oder auch deren Freund oder Freundin, manchmal auch das ein oder andere Geschwisterchen, zu Abend essen. Wenn auf ihrem Tisch die heißen Spaghetti dampften oder das Schnitzel in der Pfanne brutzelte, wurden mir vegetarische Genüsse in Form von Gemüseaufläufen oder gekochtem Getreide vorgesetzt. Kein Abendessen verlief bei uns ohne große politische Diskussionen, von denen ich anfangs gar nichts, später zumindest die Hälfte verstand. Zwischen all diesen Frauen, die mir unendlich alt vorkamen, besetzte ich den Platz des Nesthäkchens. Verhätschelt und vertätschelt von all den starken Frauen um mich herum, gewöhnte ich mich rasch an diese ungewollte, aber irgendwie doch auch schöne Situation.

Mit dreizehn, vierzehn war ich so weit in meine Rolle hineingewachsen, dass ich mit Stolz von meiner WG erzählte und niemand aus meinem näheren Umfeld daran Anstoß nahm. Ich war einfach Lucie, die bei und mit anderen Frauen lebte. Punkt. Mehr gab es ab diesem Zeitpunkt nicht zu erzählen. Ich war eine von ihnen, auch wenn mein Leben völlig anders aussah als das meiner Mitschülerinnen und selbst das Leben in den buntesten Patchwork-Familien in den Schatten stellte.

In diese Zeit müssen auch die sogenannten Aufklärungsversuche meiner Mutter gefallen sein. Als eines Tages ein lesbisches Paar zu Besuch in die Wohngemeinschaft kam und sich dann auch noch küsste, da kullerten mir fast die Augen aus dem Kopf. Meine Mutter, gerade frisch verbändelt mit einem zehn Jahre jüngeren Studenten, hielt mir einen stundenlangen Vortrag darüber, dass es doch ganz normal sei, wenn zwei Frauen sich küssten. Es gäbe eben verschiedene Lebens- und Liebesformen, unter anderem eben Frauen, die Frauen liebten, und Männer, die Männer liebten. Man dürfe da nicht so hinstarren, das gehöre sich einfach nicht. Heimlich blickte ich aber dennoch über den Küchentisch und sah die Frauen an, die sich völlig unbeschwert in den Armen lagen und heiße Küsse miteinander tauschten.

Das war also meine erste Begegnung mit einem lesbischen Paar. Sie freundeten sich immer mehr mit meiner Mutter und unserer WG an, und bald entwickelte sich daraus ein regelmäßiger Freitagabend-Termin, an dem wir zusammen aßen, stundenlang das kultige Brettspiel Die Siedler von Catan *spielten und immens viel Spaß miteinander hatten. Judith und Elmira hießen die beiden, und sie wurden so etwas wie Ersatzmütter für mich. Egal welchen Kummer ich hatte, zu ihnen konnte ich jederzeit gehen und mein Herz ausschütten. Aber in einer Sache konnte ich mich nicht an sie und auch an sonst niemanden wenden: Ich war umgeben von heterosexuellen Frauen und Lesben, aber Jungs und Männer spielten in unserem Leben nur eine geringe Rolle. Von daher fand ich es einerseits nicht weiter verwunderlich, dass ich – im Gegensatz zu meinen Mitschülerinnen – noch keinen Freund hatte, andererseits quälte mich aber auch der Gedanke, wie meine WG wohl darauf reagieren würde, wenn ich mit einem Jungen nach Hause käme. Irgendwie hatte ich das Gefühl, dass alle in mir eine künftige Lesbe sahen, aber ich hatte keine Lust, so einfach ihren Erwartungen zu entsprechen. Allerdings hat keine von ihnen je etwas in der Richtung geäußert, so dass dieses vage Gefühl von mir vielleicht reine Einbildung war. Vielleicht war das eine Art Selbstschutz? Ich weiß es nicht genau. Vielleicht wollte ich ja einen Jungen mit nach Hause bringen, fürchtete aber, dass das in unserer WG nicht gehen würde.*

Eines Abends, wir saßen wieder beim »Siedeln« zusammen, hatte Judith eine andere Frau an ihrer Seite. Ich hatte ihren Beziehungsstress in den Wochen davor zwar mitbekommen, aber dass sie jemand Neues kennen gelernt hatte, war mir entgangen. Mittlerweile war ich im ersten Jahr auf der Oberstufe, und ich merkte, wie mich diese neue Frau neben Judith krass irritierte. Ich schüttete viel zu viel Wein in mich, und irgendwie erinnerte mich dieser Abend sehr an den von vor drei oder vier Jahren. Verstohlen sah ich den Frischverliebten zu, wie sie sich pausenlos küssten und aneinanderklebten.

Nachts in meinem Bett tauchten die Gesichter der beiden Frauen immer wieder vor meinem inneren Auge auf, und ich fühlte mich wie ertappt. Verärgert schob ich die Gedanken an die beiden von mir, knipste das Licht wieder an und griff zu dem Buch, das wir für den Deutschleistungskurs lesen sollten. Ich verschlang es noch in derselben Nacht und fiel dann in einen unruhigen Schlaf. Den Traum aus dieser Nacht habe ich jedoch bis heute nicht vergessen: Es war dunkel, und ich schlich durch die Nachbarschaft. Aus einem Fenster drang ein sanfter Lichtschein, der mich neugierig machte. Verstohlen ging ich näher heran und blinzelte durch die Gardinen in das Wohnungsinnere. Was ich sah und hörte, ließ mir den Atem stocken: Leise Klaviermusik drang zu mir auf die Straße, und ich beobachtete zwei Frauen, die sich langsam die Kleidung abstreiften. Wie gebannt hing mein Blick an dem Oberarm der einen, auf dem ein wunderschönes Tattoo war. Sie griff mit ihrer Hand in das lange schwarze Haar der anderen Frau, zog deren Oberkörper sanft nach hinten und küsste sie zärtlich auf den Hals. Mir blieb die Luft weg, als die andere sich rückwärts fallen ließ und ihre Freundin mit sich zog. Erschrocken wich ich ein wenig zurück, um dann abermals an das Fenster zu treten. Nun lagen sie beide nackt auf dem Sofa, und ich konnte kaum fassen, was ich dort sah …

Verschwitzt erwachte ich aus diesem Traum und blieb noch eine Weile verwirrt in meinem Bett liegen. Dann schob ich die Erinnerung daran energisch zur Seite und machte mich fertig für die Schule. Kaum war ich aus der Tür, da lief mir auch schon Tom über den Weg. Wir legten den Rest des Weges zusammen zurück und quatschten über die folgenden Schulstunden.

»Hast du das mit Physik kapiert?«, fragte er mich mit seiner tiefen Stimme.

»Nö!«, antwortete ich einsilbig, weil mich immer noch der Traum verfolgte und mir das Verdrängen doch nicht so gut gelang, wie ich gehofft hatte.

»Wollen wir die zweite Stunde blaumachen? Da ist eh nur Geschichte dran, und ich hab' da echt keinen Bock drauf«, murmelte er und blickte mich von der Seite an.

»Ja, okay, lass uns doch 'n bisschen durch die Fußgängerzone latschen, vielleicht treffen wir ein paar von den anderen.«

Unsere Schritte in Richtung Schule wurden immer langsamer, und Tom zog ein Päckchen Zigaretten aus der Jeansjacke.

»Willste auch eine?«, fragte er mit einer Selbstverständlichkeit, als ob wir schon seit Ewigkeiten Kippen qualmen würden.

Entgeistert starrte ich auf seine ausgestreckte Hand, die mir die Zigarettenschachtel verlockend vor die Nase hielt.

»Ähm, ja klar ey, warum nicht.« Tapfer nahm ich mir einen Glimmstängel aus der Schachtel und hustete bereits vor dem ersten Zug. Mir wurde leicht schwummerig vor Augen, und Tom hielt mich mit seinen starken Armen fest, damit ich nicht umfiel. So nah an seinem Körper fühlte ich mich plötzlich sicher und geborgen, und ich klammerte mich an ihn, als würde ich damit den Traum loslassen können. Etwas tollpatschig umarmte er mich und blickte mich mit verschleierten Augen an, bevor er mir seine Lippen auf den Mund drückte.

Tom schlich schon seit längerer Zeit auffallend um mich herum, aber ich hatte ihn nur als homie betrachtet. Als er mich nun so überraschend küsste, wurde mir schlagartig klar, dass er wohl mehr von mir wollte als ich von ihm. Ich meine, es war schon irgendwie okay, ihn zu küssen, aber das große Herzrasen, so wie ich es mir immer gewünscht hatte, blieb aus. Es war für mich das erste Mal, dass ich jemanden küsste, und ich fühlte mich mit einem Schlag erwachsen, aber trotzdem war ich hinterher irgendwie ernüchtert. Der Traum der vergangenen Nacht glitt an mir vorbei, und ich griff nach Toms kräftigem Arm. Einigermaßen stolz blickte ich zwei Mädels aus der Zwölften an, die kichernd an uns vorübergingen. Trotzdem fühlte es sich irgendwie nicht richtig an.

»Hast du Lust, heute Abend mit mir ins Kino zu gehen?«, fragte Tom mich, und ich betrachtete irritiert sein Ziegenbärtchen.

»Tja, heute Abend ist nicht so gut. Eine aus meiner WG will uns ihre Urlaubsfotos zeigen, und ich schätze mal, ich muss dabei sein.«

In diesem Moment war der Diavortrag von Eveline, auf den

ich bis dahin absolut keine Lust gehabt hatte, eine willkommene Ausrede, um nicht mit Tom weggehen zu müssen.

Etwas betrübt sah er mich an und meinte: »Na ja, ist schon okay, vielleicht können wir dann ja die Tage mal was miteinander unternehmen?«

»Ja klar, können wir machen«, sagte ich, während ich schon die Stufen zum Chemiesaal hinaufstieg. Sein Kuss begleitete mich die ganze Unterrichtsstunde. Aber nicht etwa, weil ich davon total begeistert war. Etwas anderes regte sich in mir. Es war eher die Erkenntnis, dass es das jetzt nicht gewesen sein konnte.

»Lucie, können Sie uns bitte Ihre Aufmerksamkeit schenken und uns etwas über die Säure-Base-Reaktionen an die Tafel schreiben?!«

Die Aufforderung meines Chemielehrers drang zu mir durch, und ich reagierte halbherzig auf seine Aufforderung. Mit Mühe schrieb ich das, was ich wusste, auf die Tafel (obwohl es ja wirklich zum Grundwissen gehörte), und glitt dann heilfroh auf meinen Platz zurück. Die Stunde schien kein Ende zu nehmen, und ich kritzelte gedankenverloren irgendwelche Muster auf meine Unterlagen. Das Klingeln der Schulglocke erlöste mich von der Qual des Unterrichts. Aber schon fiel Lina über mich her, die über meine Knutscherei bereits Bescheid wusste. Lina war seit langem meine beste Freundin, und nichts entging ihrer Aufmerksamkeit.

»Sag mal, was war denn das heute mit Tom?«, fragte sie mich neugierig.

»Ach«, sagte ich und versuchte die Situation herunterzuspielen, »da war nix Besonderes. Ich glaube, Tom will was von mir, aber irgendwie …«

Ich schwieg, und Lina sah mich gespannt an.

»Na ja, was soll ich schon sagen. Da läuft nichts zwischen uns, wenn du das wissen willst.«

Lina ließ es damit auf sich beruhen, und wir verabredeten uns für den nächsten Abend. Wir wollten zusammen in den Film Aimée und Jaguar *gehen, der gerade als Sondervorstellung im Kino lief, und ich war halbwegs aufgeregt wegen des Films. Ich hatte etliche Kritiken gelesen, die in den letzten drei Jahren dazu erschienen waren, so dass ich über die Handlung halbwegs Bescheid wusste. Mich interessierte der Film vor allem wegen des historischen Hintergrunds – dem Zweiten Weltkrieg. Das versuchte ich mir jedenfalls einzureden. Aber die Liebesgeschichte zwischen den zwei Frauen, einer Jüdin und einer Deutschen, interessierte mich ehrlich gesagt noch viel mehr ...*

»Okay, dann hol mich doch um halb acht zu Hause ab«, meinte Lina, und ich nickte, bevor ich in den Hauseingang meiner WG trat.

Ausgestattet mit Popcorn und Cola betraten Lina und ich am nächsten Abend das Kino. Die lokale Werbung zog sich endlos hin, bis der Hauptfilm anfing. Ich war hingerissen von Maria Schrader, die in dem Film die Jüdin Felice Schragenheim spielt. Zu diesem Zeitpunkt konnte und wollte ich es mir noch nicht eingestehen, aber die Liebesszenen zwischen den beiden Hauptdarstellerinnen brachten mich genauso durcheinander wie die neue Freundin von Judith.

Als wir das Kino verließen, war ich ungewöhnlich schweigsam, und Lina schob meine Einsilbigkeit auf die Besonderheit des Themas. Ja klar, das Dritte Reich und Hitler können einer schon die Sprache verschlagen. Mein Schweigen allerdings war anders begründet. Ich umarmte Lina kurz, bevor ich den Heimweg antrat. Maria Schrader mit ihren schwarzen Locken in den Armen der blonden Juliane Köhler war der wahre Grund, warum ich so desorientiert durch die Gegend lief. Die Liebesszenen des Films erinnerten mich an meinen Traum, und ich wollte nur noch meine Ruhe haben. Tom erschien zwar wieder vor meinem geistigen Auge, aber das löste nur ein innerliches Schulter-

zucken aus. Ich spürte, dass dieser Film, diese beiden Frauen etwas ganz Entscheidendes für mich bedeuteten.

Zu Hause angekommen, reagierte ich auf die freudige Begrüßung meiner Mutter und unserer Mitbewohnerinnen ziemlich mürrisch. Ich wollte nur noch ins Bett und alleine sein. Die Frauen waren irritiert, genau wie Lina, als ich mich wie auf der Flucht von ihr verabschiedet hatte.

Was passierte hier eigentlich mit mir? Ich wusste es nicht, aber irgendwas war komisch. Ich legte mich ins Bett und stellte den Fernseher an, um irgendwie runterzukommen. Als ich ein wenig rumzappte, blieb ich bei MTV hängen. Zwei Mädels, beide mit Krawatte, weißem Hemd und schwarzem Minirock bekleidet, tauchten auf dem Bildschirm auf. Die Band hieß »t.A.T.u.«, eine schwarzhaarig, die andere rotblond – genau wie ich und Lina, schoss es mir durch den Kopf –, und sie spielten den Song »All the things she said«. Ich war auf einen Schlag hellwach. Die Mädels umarmten und küssten sich sogar heftig in dem Video-Clip. Wie sie sich suchten und fanden und obwohl sie hinter Gittern saßen, standen sie zu ihrer Liebe – der Regen perlte an ihrer Kleidung herunter, und sie küssten sich immer wieder – ich sog die Musik, den Text und vor allem die Bewegungen der beiden Sängerinnen in mich ein. Wie konnte es so ein Video geben? Ich hatte nie zuvor etwas Ähnliches gesehen – außer an unserem Küchentisch – und hatte das Gefühl, dass das, was ich da auf dem Bildschirm sah, all meine Träume auf einen Punkt brachte.

»All the things she said ... this is not enough!« Wow! Was für ein Erlebnis! Ich war regelrecht betäubt von diesem Clip, und ganz plötzlich hatte ich die Antwort auf so viele Fragen. Nicht Tom war es, den ich begehrte, sondern Lina! Am liebsten hätte ich sie sofort angerufen, aber die späte Uhrzeit machte es unmöglich. Mir war mit einem Mal alles klar. Da war meine Sportlehrerin in der vierten Klasse, die mir immer wieder Herzrasen

bereitete, Maja aus der sechsten, der ich immer von meinen Süßigkeiten anbot, und nun: erst Aimée und Jaguar, und jetzt auch noch t.A.T.u. Mit Herzklopfen stellte ich den Fernseher aus und versuchte einzuschlafen. Lange noch lag ich wach und stellte mir Lina anstelle von Tom vor. Dann knipste ich das Licht energisch wieder an und schrieb Tom einen langen Brief. Dass er mir nicht böse sein solle, dass das nichts mit ihm zu tun hätte, aber dass ich einfach nicht verliebt in ihn sei. Dass ich ihm das jetzt nicht alles erklären könne, aber in einigen Wochen vielleicht mit mir ins Reine gekommen wäre und ihm dann alles erzählen könnte.

Irgendwie fühlte ich mich ihm gegenüber schuldig, so als hätte ich seine Gefühle verraten, aber gleichzeitig wusste ich, dass ich, wenn er mich nicht geküsst hätte, wohl noch lange im Ungewissen geblieben wäre. Somit musste ich ihm wirklich dankbar sein – aber ob er das auch so sah? Trotz dieser Zweifel wegen Tom schlief ich irgendwann endlich ein – überglücklich, weil ich nun wusste, wie mein Weg weitergehen würde.

»Süße, Telefon für dich.« Meine Mutter reichte mir den Hörer ins Bett, und ich griff verschlafen danach.

»Hi, hier ist Lina. Sag mal, alles okay mit dir? Du warst gestern so komisch nach dem Kino.«

Ich räusperte mich ein wenig, weil ich gerade erst aufgewacht war, und dennoch raste mein Herz, als hätte ich eben einen Dauerlauf hinter mir.

»Hey, ist ja toll, dass du anrufst. Nö, alles in Ordnung. Ich war gestern nur ein wenig neben der Spur, weil ...« Was sollte ich ihr bloß sagen? Mein Sprachzentrum schien auszusetzen, und ich schob mir das Kopfkissen unter den Nacken, um überhaupt etwas zu tun.

»Bist du noch dran?«, fragte Lina, und ich hörte ihren Atem durchs Telefon.

»Jaja, klar ey. Bin nur noch 'n bisschen müde«, erwiderte ich

lahm. »Ähm, sag mal, kennst du diese russische Band t.A.T.u.?«
Schweigen bereitete sich zwischen uns aus.
»Jaaaah«, kam es verhalten von Lina. »Wieso fragst du?«
»Na ja, als ich gestern nach Hause gekommen bin, da hab ich noch MTV geguckt, und da lief dieses Video ...«
Wieder Schweigen.
»Und?«, fragte ich. »Kennst du die nun, oder nicht?«
»Ja, also ...«
Linas Einsilbigkeit machte mich fast wahnsinnig.
»Wie findest du die denn?«
»Na ja, also, ich find die irgendwie ganz cool. Irgendwie anders ...«, kam es mir vom anderen Ende der Leitung entgegen.
»Hm-mh«, entgegnete ich bestätigend.
Wieder Schweigen.
Damit es nicht endlos ausuferte, fragte ich: »Sag mal, wollen wir heute Abend nicht tanzen gehen?«
Lina schien erleichtert, dass ich das Thema t.A.T.u. beiseite gepackt hatte.
»Ja, super Idee. Lass uns heute Abend ins Foxy gehen.«
Wir sprachen noch ein wenig über die Schule und so und machten unsere Verabredung für den Abend klar. Auf dem Weg zur Schule warf ich den Brief für Tom ein und betete inständig, dass wir uns nicht irgendwo begegneten. Mir war echt nicht danach.
Der Tag zog sich endlos in die Länge. Nach der Schule räumte ich mein Zimmer auf und ordnete die seit Wochen herumliegenden Unterrichtsmaterialien. Es schien mir eine gute Idee, kurz vor den Sommerferien ein wenig Ordnung in meine Sachen zu bringen. Allzu viel Zeit hatte ich nicht mehr, denn in vier Wochen wollte ich für ein Jahr nach Israel gehen. Viele aus meinem Jahrgang hatten sich zu einem Auslandsaufenthalt entschlossen, aber ich war die Einzige, die sich für Israel begeisterte und die es nach Jerusalem zog. Dort würde ich anfangs im

Schmidt's Girls' College in der Kinderbetreuung arbeiten, später dann als Volontärin im Behindertenheim Ain Karim, das etwa zehn Kilometer außerhalb der Stadt liegt. Hebräisch konnte ich zwar noch nicht, aber mit meinen guten Englischkenntnissen sollte die Anfangszeit dort leicht zu überbrücken sein, und vor Ort würde ich dann Ivrit, also die hebräische Sprache, lernen. Ich freute mich riesig darauf, denn ich hatte mich lange und intensiv auf dieses Jahr vorbereitet. Aber mein Weggang würde natürlich auch Probleme mit sich bringen. Was sollte ich mit meinen neuentdeckten Gefühlen für Lina anfangen? Sie selbst würde bereits am kommenden Wochenende für ein Jahr nach England gehen, und ich konnte mir eine Trennung von ihr zum gegenwärtigen Zeitpunkt überhaupt nicht vorstellen. Der Gedanke, sie so lange nicht zu sehen, zerriss mir fast das Herz, auch wenn ich ihr von meinen Gefühlen für sie noch nichts gesagt hatte. Wie also weitermachen?

Nachdem ich grob Ordnung in mein Chaos gebracht hatte, fuhr ich ins Foxy. Der Abend verlief total klasse, und Tom war weit und breit nicht zu sehen. Als wir nach Hause aufbrechen wollten, überkam Lina und mich dann allerdings doch ein Gefühl von Traurigkeit. Zu sehr war uns der baldige Abschied voneinander bewusst. Wir hielten uns einen Moment im Arm, und Lina sagte zu mir: »Du, ich fahre zwar am Sonntag nach England und hab ja am Samstag meine Abschiedsparty, aber ich möchte gerne auch noch ein bisschen mit dir allein sein. Hast du nicht Lust, nach der Party bei mir zu übernachten?«

»Ja klar, unbedingt! Es wird bestimmt ganz schrecklich werden, dich ein Jahr lang nicht zu sehen. Das macht mich jetzt schon ganz traurig.«

Ein letztes Mal umarmten wir uns, dann radelte ich nach Hause. In der Nacht konnte ich kaum schlafen, weil ich hin- und hergerissen war zwischen der Vorfreude auf Israel und der Furcht vor der Trennung von Lina.

Die Party am Samstag war ein voller Erfolg. Tom war zwar auch da, mied aber jeden Kontakt mit mir. Offensichtlich hatte er den Brief bekommen, und irgendwie tat er mir leid. Aber ich konnte seine Gefühle einfach nicht erwidern. Bis weit nach zwei Uhr nachts hörten wir laute Musik, tranken Sektbowle und quatschten und tanzten. Die meisten, die sich von Lina verabschiedeten, hatten Tränen in den Augen. Ein Jahr war eine lange Zeit, aber gleichzeitig erwartete ja einige von uns ein Auslandsaufenthalt, so dass sie mit einem lachenden und einem weinenden Auge gingen.

Als Lina und ich aufgeräumt hatten, zündeten wir ein paar Kerzen an und kuschelten uns aufs Bett. Uns würden nur noch wenige Stunden bleiben, bevor sie zum Flughafen aufbrechen musste. Wenn ich ihr jetzt nicht von meiner Liebe zu ihr erzählte, bekäme ich wahrscheinlich nie wieder die Chance. Im Kerzenschein sah ich sie an, und dann sprudelte es aus mir heraus.

»Lina, ich muss unbedingt was loswerden, bevor du abreist.« Ich atmete noch mal tief durch. »Wir haben in den letzten Wochen fast jeden Tag was zusammen gemacht, und wenn wir uns nicht gesehen haben, dann haben wir wenigstens telefoniert oder gesimst. Dass du nun für ein Jahr nach England gehst, heißt, dass diese Zeit nun erst mal zu Ende ist. Und das macht mich total traurig, weil ...« Hier stockte ich einen Moment, fuhr aber dann fort: »... weil ich mich in dich verliebt habe!«

Ich sah sie an und wartete etwas unsicher auf ihre Reaktion. Sie riss die Augen weit auf, dann breitete sich ein Lächeln auf ihrem Gesicht aus, und sie robbte zu mir heran.

»Lucie, weißt du denn nicht, dass es mir genauso geht?«

Wir sahen uns tief in die Augen, und langsam näherten sich unsere Lippen. Als sie sich berührten und ich den winzigen Flaum auf ihrer Oberlippe spürte, breitete sich ein warmer Strom in meinem Bauch aus.

Wir hielten uns die ganze Nacht im Arm, küssten uns immer

wieder und verfluchten uns, dass wir nicht schon viel früher offen miteinander geredet hatten. Nun blieben uns nur noch wenige Stunden und die Gewissheit der Trennung.

Als ich sie am nächsten Tag mit unseren Freundinnen zum Flughafen brachte, musste ich mich sehr zusammenreißen, um nicht als heulendes Häufchen Elend zurückzubleiben. Ich sah dem Flugzeug nach, das langsam in den Himmel stieg, und plötzlich durchströmte mich ein wahnsinniges Glücksgefühl. Ich hatte eine Liebste! Diese Erkenntnis berauschte mich dermaßen, dass ich mich zu den anderen umdrehte und sagte: »Wisst ihr was? Ich bin total glücklich, weil ich verliebt bin. Und wisst ihr, in wen? In Lina, und wir sind ein Paar.«

Am liebsten hätte ich es der ganzen Welt erzählt. Ich fuhr ganz schnell nach Hause, um es meiner Mutter zu sagen. Die reagierte natürlich total relaxt und sagte, dass sie das eh schon gewusst hätte, so wie ich in der letzten Zeit Judith angestarrt hätte, und dass sie sich für mich freuen würde.

Ich weiß, die meisten wünschen sich so eine Reaktion von ihrer Mutter, aber ich wünsche mir manchmal eine etwas spießigere Mutter, denn wenn immer alles nur toll gefunden wird, was man macht, dann ist das auch ganz schön langweilig. Aber gut, ich will mich nicht wirklich beschweren. Meine Erfahrungen waren auf jeden Fall so, dass mein ganzes Umfeld total positiv auf mein Coming-out reagiert hat. Niemand hat mir blöde Sprüche an den Kopf geworfen oder so. Wahrscheinlich lag das auch daran, dass ich sehr offen mit meinem Lesbischsein umgegangen bin und allen von meiner Liebe zu Lina erzählt habe. Ich war einfach so glücklich in dieser Zeit, dass das wahrscheinlich ansteckend war und sich die anderen mit mir freuten.

Die anschließende Zeit der Trennung verging wie im Flug. Wir besuchten uns, so oft unser Geldbeutel und unser Programm es zuließen, und wir hatten auch bald Sex miteinander. Für mich war es das erste Mal, und ich fand das natürlich alles sehr auf-

regend und stellte mich anfangs vielleicht manchmal ein bisschen unbeholfen an. Bei Lina hatte ich allerdings irgendwie das Gefühl, dass sie ein Naturtalent war. Sie versicherte mir zwar, dass es für sie auch das erste Mal gewesen sei, aber ich staunte über ihre rege Phantasie. Unsere Neugier und unsere Lust aufeinander wurden immer größer, so dass wir allerhand ausprobiert haben.

Leider nicht nur miteinander, denn Lina verliebte sich, kaum dass sie nach Deutschland zurückgekehrt war, in eine andere – sagte sie zumindest. Ich hingegen wurde das Gefühl nicht los, dass sie bereits in London eine Affäre gehabt hatte. Aber das ist eine andere Geschichte, die sie selbst erzählen soll.

»Ich merkte, wie ich ein totales Verlangen hatte, sie zu küssen«

Lina und der Sexratgeber

Als Lucie mir vor einigen Monaten ihre Liebe gestand, da wäre ich vor Glück fast geplatzt. Es war sowieso schon eine turbulente Zeit mit den Reisevorbereitungen und der ganzen Aufregung und Neugier und so. In dem Hochgefühl, eine Freundin zu haben, reagierte ich völlig überdreht, was mich sehr merkwürdige Dinge tun ließ.

Schon im Flieger nach England machte ich etwas, was ich mir heute gar nicht richtig erklären kann. Ich glaube, dass mein Hormonhaushalt durch die Sache mit Lucie irgendwie durcheinandergeraten war. Sehnsüchtig blickte ich auf die Erde hinunter, die immer kleiner wurde, und bald waren wir über den Wolken. Als die Stewardess mit den Tabletts herumging und mich fragte, was ich trinken wollte, sah sie mir tief in die Augen. Und anstatt an Lucie zu denken und von ihr zu träumen, bestellte ich mit softer Stimme einen Tee und schenkte ihr mein verführerischstes Lächeln.

Auf dem Airport in Heathrow war ich um eine Telefonnummer und die Aussicht auf ein Date reicher. Ein latent schlechtes Gewissen Lucie gegenüber überkam mich, aber die Neugier auf die verdammt gutaussehende Engländerin beflügelte mich auch wieder.

Ach, was soll's, versuchte ich mich zu beruhigen, noch ist ja nichts passiert, und von wem sollte Lucie auch davon erfahren?

Meine Zweifel wurden schnell von einer lautstarken, quirligen Familie verdrängt – meine Gastfamilie für das kommende Jahr –, und wir waren uns auf den ersten Blick sympathisch. Steve und Anne versuchten ihre drei aufgedrehten Kinder zu bändigen, was ihnen nur schlecht gelang. Wir quetschten uns zu sechst in ihren Wagen, und ich musste mich erst mal an den Linksverkehr gewöhnen – es irritierte mich total, dass Anne sich die ganze Zeit zu mir umdrehte, während sie mit mir sprach, obwohl sie doch auf der vermeintlichen Fahrerseite saß. Die drei Jungs plapperten aufgeregt durcheinander, und ich verstand von allem nur die Hälfte. Ich würde wohl noch eine Menge Vokabeln lernen müssen. Egal, das würde schon alles noch kommen, und wer weiß, vielleicht hätte ich ja bald meine persönliche Nachhilfelehrerin …

Die Beziehungsformen von Menschen sind sehr unterschiedlich. Manche führen immer nur kurzfristige Beziehungen, andere wiederum sehnen sich nach der großen Liebe, mit der sie ein ganzes Leben lang zusammenbleiben wollen, auch wenn sich dieser Traum nur selten erfüllt. In jungen Jahren (im Alter von 14 bis 25) liegt die Dauer von lesbischen (wie auch heterosexuellen) Beziehungen zwischen drei Monaten und zwei Jahren. Für die einen läuft Letzteres schon unter Langzeitbeziehung, während sich für andere vielleicht erst ab diesem Zeitpunkt das Gefühl einstellt, eine solide Basis gefunden zu haben, um die nächsten Jahre anzugehen. Lina ist gerade mal siebzehn, und das Leben liegt noch vor ihr. Ihre Euphorie und ihr Lebenshunger bringen sie dazu, kaum dass sie die ersten Küsse mit Lucie ausgetauscht hat, mit der Stewardess zu flirten. Wer weiß, vielleicht hätte sie sich das gar nicht getraut, wenn sie vorher nicht die Erfahrung mit ihrer Freundin gemacht hätte? Sie will sich ausprobieren, will herausfinden, welche Wirkung sie auf andere Frauen hat, und sie ist vor allem eines: neugierig.

Das ist nicht verwerflich. Sie hat Lucie keine Treue geschworen – dafür war sowieso keine Zeit – und muss sich in der neuen Welt der Sexualität erst mal zurechtfinden. Sie entdeckt ihr Begehren und ihre Lust und möchte beides gern mit anderen erkunden und genießen. Lucie ist weit weg. Die kann ihr nicht helfen, sich zu orientieren. Für Lina waren die Zärtlichkeiten mit Lucie sozusagen der Beginn ihres Sexlebens. Sie ist zwar total verknallt in sie, aber sie merkt, dass auch andere Frauen sie antörnen. Bis sie und Lucie sich wiedersehen, werden noch einige Wochen vergehen, und Lina spürt, wie die Anonymität in London sie regelrecht animiert, hier ein völlig neues und anderes Leben zu führen. Wer kann es ihr verübeln?

Nach meinem ersten Tag in der Schule genoss ich die Freiheit, mit der Tube durch London zu fahren. Meine Gasteltern stellten sich als sehr tolerant und großzügig heraus, und ich durfte bis nachts um zwölf wegbleiben. In einem Zeitungskiosk besorgte ich mir das Londoner Stadtmagazin Time Out *und setzte mich in das nächste Café. Neugierig durchblätterte ich das Heft und war überrascht, wie viele Veranstaltungen es für Schwule und Lesben gab. Ich hatte das sichere Gefühl, dass ich in den nächsten Monaten viel Spaß haben würde.*

Mein Handy vibrierte – eine SMS! Lässig zog ich das Nokia heraus und starrte aufs Display. Die Nummer sagte mir nichts, und neugierig las ich die message. Wow, meine süße Stewardess wollte mich sehen. Heute noch! Genauer gesagt in zwei Stunden in der Candy Bar. Sie hatte mir die U-Bahnstation Tottenham Court Road genannt, und ich schickte ihr rasch eine SMS zurück. Na klar würde ich kommen!

Während ich mich auf den Weg nach Soho machte, überlegte ich, wie unser Treffen wohl verlaufen würde, was mich in der Candy Bar und vor allem, was mich nach der Candy Bar erwartete. Ich überquerte den Soho Square, und meine Schritte wurden immer langsamer. Die Stewardess hatte es mir total angetan, aber ich war auch nervös, weil sie viel älter war als ich und mit Sicherheit schon eine Menge Erfahrung hatte. Verliebt war ich nicht, da war ich mir sicher, aber ich merkte, wie ich ein totales Verlangen hatte, sie zu küssen und vielleicht auch mehr mit ihr zu machen. Richtigen Sex hatte ich bisher noch nicht gehabt, und ich hatte eine Heidenangst davor, mich vielleicht zu blamieren. Das Kaugummi in meinem Mund musste meine ganze Anspannung aushalten, und bevor ich die Tür zur Bar aufmachte, spuckte ich es in hohem Bogen auf die Straße. Es war kurz vor acht.

Mein Blick traf auf rotes Licht und pinkfarbene Barhocker, auf denen ein paar Frauen saßen und sich unterhielten. Selbst der Billardtisch war mit pinkfarbenem Filz bezogen, und es war, als würde ich in eine andere Welt eintauchen. Meine Stewardess lehnte lässig an der Theke und winkte mir zu. Sie sah atemberaubend aus mit ihren langen lockigen Haaren und der weitausgeschnittenen Bluse, unter der ein olivfarbener Spitzen-BH hervorlugte. Ich kam gar nicht dazu, ihr hallo zu sagen, denn sie küsste mich zur Begrüßung einfach auf den Mund – was mich total flashte – und fragte mich, was ich trinken wolle.

»'ne Cola wäre prima«, sagte ich, und meine Lippen fühlten sich irgendwie betäubt an. So offensiv und unkompliziert wie sie mit mir umging, war ziemlich klar, worauf der Abend hinauslaufen sollte, und kurzfristig bekam ich Panik. Ich blieb aber dennoch, und nach einer halben Stunde waren unsere Gläser leer. Sie sagte, dass sie ganz in der Nähe wohnen würde. Ob ich Lust hätte, noch auf einen Drink mit zu ihr zu kommen.

Und ob ich Lust hatte! Wir gingen die Dean Street entlang, und tatsächlich zückte sie nach kurzer Zeit ihren Wohnungsschlüssel. Im Treppenhaus nahm sie meine Hand und zog mich die zwei Stockwerke bis zu ihrer Wohnung förmlich hoch. Noch bevor sie die Tür zu ihrem Apartment aufgeschlossen hatte, explodierte die Spannung, die sich in der Candy Bar zwischen uns entwickelt hatte. Wir konnten unsere Lust aufeinander nicht mehr zügeln und küssten uns heftig. Ich folgte ihr willenlos in den Flur und von dort direkt ins Schlafzimmer. Wir fielen aufs

Bett, und ich überlegte die ganze Zeit, ob ich ihr sagen sollte, dass das mein erstes Mal wäre. Aber ich wollte nicht als die kleine dumme Austauschschülerin dastehen und hoffte, dass sie es nicht merken würde.

Gerade das »erste Mal« ist für viele mit Unsicherheit und Nervosität verbunden. Lina ist sehr spontan und offen. Sie geht mit ihrer Stewardess nach Hause und lässt sich auf das Abenteuer ein. Trotz ihrer Unsicherheit sollte unsere Abenteurerin jedoch die wichtigsten Grundregeln beim Sex nicht vergessen.

Das Stichwort heißt »Safer Sex«, also verhältnismäßig sicherer Sex, denn von absolut sicher kann keine Rede sein – ein Restrisiko bleibt immer bestehen. Viele Mädchen und Frauen machen sich keine Gedanken darüber, dass es auch bei lesbischem Sex zur Übertragung von Krankheiten kommen kann. Viren und Bakterien können durch den Austausch von Körperflüssigkeiten übertragen werden, wozu nicht nur Sperma zählt, sondern auch Blut, Speichel, Vaginalsekret, Muttermilch und Tränenflüssigkeit. Zu den möglichen Krankheiten gehört beispielsweise die Syphilis, eine bakterielle Infektion, die, wenn sie nicht behandelt wird, tödlich verlaufen kann. Auch mit Hepatitis A, einer Virusinfektion, die umgangssprachlich Gelbsucht genannt wird, kannst du dich sehr leicht anstecken. Hepatitis C, eine weitere Form der Leberentzündung, wird durch Blut übertragen und kann ebenfalls tödlich enden. Einzig gegen Hepatitis B kannst du dich impfen lassen – am besten umgehst du die Ansteckung aber durch Safer Sex. Daneben gibt es unter anderem noch Gonorrhoe (Tripper), Chlamydien, Feigwarzen, die Infektion mit Papillomaviren sowie eine genitale Form von Herpes. Im ungünstigsten Fall kannst du dich sogar mit dem HI-Virus infizieren und dadurch an der Immunschwächekrankheit Aids erkranken. Dabei kannst du all diese Infektionen durch Safer-Sex-Praktiken und den Gebrauch von Utensilien, die dich schützen, verhindern. Zum einen gibt es Latextücher, die einen direkten Kontakt zwischen deiner Zunge und der Möse oder dem Arsch deiner Geliebten vermeiden.

Apropos Arsch und Möse: Ich habe lange nach Worten gesucht, die die Anatomie von uns Frauen in eine schöne sprachliche Form kleiden. Es ist nicht einfach, und auch meine Interviewpartnerinnen hatten keine wirklich neuen Begriffe parat. Sprechen wir von Scheide, dann klingt das irgendwie trocken und altmodisch. Sagen wir, Mumu oder Muschi, dann ist das Kindersprache. Fotze geht auch nicht gut, weil das so vulgär klingt, Pussy hingegen eher niedlich. Schamlippen oder Schamhaare implizieren, dass wir uns irgendwie schämen sollten, was wir aber eigentlich nicht wollen. Manche bringen hier die Sterne ins Spiel und reden von Venushügel und Venuslippen. Vagina hat einen medizinischen Touch. Vulva klingt vielleicht recht literarisch, aber auch irgendwie altbacken – mal ehrlich, wer von uns spricht schon so? Möse scheint letztlich doch der gebräuchlichste Begriff zu sein, auch wenn er lautmalerisch jetzt nicht wirklich der Hammer ist. Für Po oder Popo gilt das gleiche wie für Mumu oder Muschi: Sie gehören der Kindersprache an und passen nicht zum Sex von erwachsenen Menschen. Anus geht wieder in die medizinisch-sachliche Richtung, und Arsch klingt manchmal vulgär. Wie auch immer, ich habe mich entschieden, im Folgenden die Wörter Möse und Arsch zu benutzen. An dieser Stelle kannst du gern selbst erfinderisch werden und dir neue Begriffe ausdenken oder aber auch altbekannte verwenden, ganz wie du magst.

Doch weiter mit dem Thema »Safer Sex«. Neben den Lecktüchern, die auch Dental Dams heißen, gibt es noch Latexhandschuhe und Fingerlinge, die beim Eindringen in die Möse oder in den Arsch schützen, denn Verletzungen an den Händen und Fingern, wie Schnitte oder offene Wunden, können zu Infizierungen führen, da dadurch ein Austausch von Körperflüssigkeiten möglich ist.

Dann gibt es natürlich noch Kondome, die du über deine Sextoys stülpen kannst. Auf dem Markt erhältst du welche mit oder ohne Geschmack, mit oder ohne Gleitmittel. Du solltest sie über Dildos, Vibratoren, Gurken, Möhren und vieles mehr ziehen – was immer du auch benutzt, um Spaß mit deiner Geliebten zu haben –, denn auch hier besteht die Möglichkeit der Infektion. Wenn ihr beide im Wechsel dasselbe Sexspielzeug benutzt, ohne es zwischendurch abzuwaschen oder ein neues Kondom draufzuziehen, könnte es dadurch zu einem Austausch von Körperflüssigkeiten kommen. In Philadelphia ist beispielsweise ein Fall bekannt geworden, wo eine junge Frau sich mit dem HI-Virus infiziert hat, weil sie mit ihrer HIV-positiven Partnerin dasselbe Sextoy benutzt hat, ohne es zu säubern oder ein neues Kondom zu verwenden.

Lange Zeit galt die Ansteckung mit HIV zwischen Frauen als unmöglich. Dies ist allerdings ein Irrglaube, und Institutionen wie Aids-Hilfen oder die Kampagne »Gib AIDS keine Chance« von der Bundeszentrale für gesundheitliche Aufklärung bemuhen sich, diesen Irrtum zu korrigieren. Zwar stimmt es, dass die Ansteckungsgefahr bei Lesben geringer ist, weil der Analverkehr – er gilt als Hauptübertragungsweg, da die Schleimhäute des Anus wesentlich verletzlicher sind als die der Vagina – beim lesbischen Sex eine geringere Rolle spielt als beispielsweise bei Schwulen. Aber auch für Lesben besteht hier Ansteckungsgefahr, wenn zum Beispiel infizierte Scheidenflüssigkeit mit den empfindlichen Darmwänden in Berührung kommt.

Das Lecken der Möse scheint unter Lesben wesentlich beliebter zu sein als das des Arsches, so dass vor allem hierbei das Risiko einer Infektion gegeben ist, denn das Virus wird durch Körperflüssigkeiten wie Blut und Vaginalsekret übertragen und kann bei den kleinsten Verletzungen durch die Schleimhäute im Mundraum (wie auch im Vaginal- und Analbereich) in den Körper eindringen. Das Virus wird nicht durch Speichel übertragen, somit ist Küssen also ungefährlich! Es sei denn, eine Partnerin hat starkes Zahnfleischbluten und die andere eine offene Stelle im Mund, wodurch es zu einer Übertragung von Bakterien oder Viren kommen kann. Aber auch dann wird das Virus nicht über den Speichel, sondern über das Blut übertragen.

Der lesbische Sexratgeber

Als ich zwei Stunden später ihre Wohnungstür schloss und wieder auf dem Weg Richtung Tottenham Court Road war, ließ ich die vergangenen Stunden noch mal vor meinem inneren Auge ablaufen. Ich fühlte mich hin- und hergerissen zwischen dem unglaublich guten Gefühl, nun »dazuzugehören«, und einem schlechten Gewissen Lucie gegenüber. Außerdem war das Erlebnis mit der Stewardess jetzt nicht so abgespaced gewesen, als dass ich mein Leben lang davon träumen würde. Auf einer Skala von supergut bis ultrascheiße lag es irgendwo in der Mitte. Es war schon ganz okay, was da zwischen uns beiden abgelaufen war, aber einen Orgasmus hatte ich nicht gehabt, soviel stand fest. Also, das ist mit Sicherheit ausbaufähig, dachte ich, und mir kam die Idee, mir ein Buch mit Sextipps zu besorgen.

Anderntags lag ich abends bei meiner Gastfamilie auf meinem Bett und schlug begierig den lesbischen Sexratgeber auf, den ich nachmittags bei »Silver Moon«, dem größten Frauenbuchladen Europas, gekauft hatte. Die Adresse des Shops hatte ich ebenfalls aus der Time Out, *und ich dachte mir im Stillen, dass sich die Investition von 2,95 £ schon mehrfach bezahlt gemacht hatte.*

Wissbegierig studierte ich das Inhaltsverzeichnis des Sexratgebers und schlug das erste Kapitel auf: »Kickoff«. Da stand:

»**Die Aufwärmphase:** Damit du mit deiner Süßen so richtig in Fahrt kommst, bevor ihr dann weitergeht. Hierbei streichelt, reibt und/oder küsst ihr euch, und erlaubt ist dabei natürlich alles, was dir und deiner Partnerin gefällt. Du solltest dich langsam vortasten – im wahrsten Sinne des Wortes – und nichts überstürzen. Küss deine Süße zärtlich hinter dem Ohr, wandere mit deiner Zungenspitze in die Ohrmuschel und langsam den Hals hinab zum Schlüsselbein oder wohin deine Zunge dich auch immer führen mag. Im günstigsten Fall erkennst du an der Reaktion deiner Freundin, ob es ihr gefällt oder ob sie vielleicht deine Zunge in ihrem Ohr – oder wo auch immer – unangenehm findet. Jede Frau ist unterschiedlich und hat ihre eigenen erogenen, das heißt sexuell erregbaren Stellen. Was für die eine ein sinnliches Erlebnis ist, ist für die andere vielleicht eher eine Spaßbremse. Das müsst ihr miteinander herausfinden, und das geht am Besten, wenn ihr darüber redet – Sex muss nicht schweigend verlaufen. Frag die andere, was für Phantasien sie hat oder was sie sich von dir wünscht. Erzähl ihr, was du gern von ihr möchtest, und scheu dich nicht, die Dinge an- und auszusprechen, auch wenn dir vielleicht anfangs die richtigen Worte dafür fehlen. Frauen sind keine Hellseherinnen, und laut Susie Bright, einer amerikanischen Sex-Kolumnistin, ist Kommunikation das Allerwichtigste beim Sex. Probiert es miteinander aus, und du wirst sehen, dass ihr unglaublich viel Spaß miteinander haben könnt. Natürlich wird es nicht beim Küssen bleiben. Eure Hände werden sich über die Haut, den Körper der anderen vorantasten. Streichle ihre Brüste, umkreise die Brustwarzen mit den Fingerspitzen und knabbere sanft daran. Frag sie, ob sie auf zarte Berührungen steht oder ob sie lieber etwas fester angefasst werden möchte oder ob sie überhaupt an den Brüsten berührt werden mag. Es gibt Frauen, denen das keine Freude bereitet oder die es schlichtweg unangenehm finden.

Eine der gängigsten Sex-Praktiken von Lesben ist das Eindringen mit einem oder mehreren Fingern in die Möse der anderen. Beim Masturbieren wirst du das bei dir selbst vielleicht auch schon gemacht haben. Damit es für die andere schön wird, muss genügend Feuchtigkeit vorhanden sein, denn sonst könnte es unangenehm sein oder gar weh tun. Falls sie (oder du) noch nicht feucht genug ist, so muss das nicht unbedingt heißen, dass sie keine Lust auf dich hat, sondern es kann beispielsweise am Hormonzyklus liegen oder auch an Medikamenten, die die Schleimhäute austrocknen. Auch Alkoholkonsum oder Stress können ›Trockenheit‹ erzeugen. Für diese Fälle gibt es spezielle Gleitmittel, die in unterschiedlicher Zusammensetzung und verschiedenen Geschmacksvarianten angeboten werden. Ein Klecks davon auf die Möse deiner Liebsten, und alles läuft wie geschmiert. Notfalls kannst du auch mal zum Pflanzenöl aus der Küche greifen, doch wasserlösliche Gleitmittel sind auf jeden Fall besser für die Mösenschleimhaut. Einen großen Bogen solltest du um parfümierte Körperlotionen oder Vaseline machen. Erstere greifen die empfindliche Mösenschleimhaut an, letztere ist nicht wasserlöslich und verklebt folglich deine Möse. Außerdem schädigen alle nicht wasserlöslichen Öle Sextoys aus Latex, so dass sie mit der Zeit brüchig werden. Und das wollt ihr ja nicht. Also immer auf die Angabe ›wasserlöslich‹ oder ›kondomsicher‹ achten. Silikongleitgels bleiben besonders lange gleitfähig, du musst also nicht ständig ›nachschmieren‹. Sie lassen sich prima als Massageöl einsetzen, werden aber nicht von allen Frauen vertragen oder gemocht.«

Ich legte das Buch zur Seite und hatte nicht das Gefühl, viel Neues erfahren zu haben. Was es allerdings mit den Sextoys auf sich hatte, war mir schleierhaft. Aber das würde hoffentlich in einem späteren Kapitel noch erklärt werden. Ich lehnte mich erst mal entspannt zurück und versank in der Erinnerung an die sanft-wilden Stunden mit meiner Stewardess.

In diesem Moment rief mich meine Gastmutter zum Supper, und ich musste die weitere Lektüre – leider – auf einen späteren Zeitpunkt verschieben.

Mit vollem Bauch und den Worten, dass ich sehr müde sei, zog ich mich nach dem Abendessen wieder in mein Zimmer zurück und blätterte weiter in dem Buch. Das nächste Kapitel klang vielversprechend, auch wenn mir der Titel »Tribadie« erst mal nichts sagte:

»**Tribadie** ist ein altmodischer Ausdruck für das Reiben vor allem der Klitoris und der Venuslippen am Körper der Partnerin. Dabei ist es gleich, an welchen Stellen du dich an ihr reibst, ob nun am Schienbein, Oberschenkel, Hüftknochen oder oder oder ... Es sollte nur genügend Feuchtigkeit – sei es durch die Scheidenflüssigkeit oder wie gesagt durch ein Gleitgel – dabei im Spiel sein, damit das Reiben nicht unangenehm wird. Für viele ist dies *das* Vorspiel, um sich so richtig anzuheizen. Den Genuss kannst du noch steigern, indem du deine unteren Lippen auseinanderziehst, so dass du intensiveren Kontakt auf der Haut deiner Liebsten hast. Auch sie wird dies vermutlich genießen, und es kann absolut erotisch sein, wenn ihr beide eure Mösen oder Klits auf diese Weise aufeinanderlegt. (Safer Sex ist das allerdings nicht!) Manch eine Frau findet dies schon dermaßen stimulierend, dass sie dadurch zum Orgasmus kommt.«

Hey, das klingt ja wirklich interessant, dachte ich und bedauerte, dass ich vor allem die letzte Stellung mit meiner Stewardess nicht ausprobiert hatte. Vielleicht sollte ich ihr eine SMS schicken, um das nachzuholen? Aber erst einmal wollte ich weiterlesen, was mein künftiges Sexleben noch so alles bereithielt. Das nächste Kapitel hieß »Oraler Sex«.

»Hierbei stehen, wie könnte es anders sein, die Zunge und der Mund im Vordergrund, denn das Wort ›oral‹ kommt aus dem Lateinischen und bedeutet sinngemäß ›durch den Mund‹. Es kann eine sehr intensive und im wahrsten Sinne des Wortes schmackhafte Erfahrung sein, die Partnerin an der wohl intimsten Stelle – ihrer Möse – zu beriechen, zu lecken und daran zu knabbern. Vielleicht habt ihr anfangs Vorbehalte, das zu tun. In dem Fall solltet ihr das ansprechen und euch nicht scheuen, eure Bedenken zu äußern. Vielleicht lassen sich eure Vorbehalte ja zerstreuen. Wenn ihr euch entschieden habt, die Möse der anderen zu lecken, dann kostet den Geschmack der Liebsten aus und erkundet mit der Zungenspitze jeden Millimeter dieser natürlichen Lustquelle. In der Klitoris (oder dem Kitzler) sind zahlreiche Nervenendigungen, die besonders berührungsempfindlich sind und nur darauf warten, von eurer Zunge umspielt zu werden. Dieses Erlebnis ›pur‹ ist allerdings keine Safer-Sex-Praktik. Wenn ihr schon länger zusammen seid und von ärztlicher Seite bestätigt wisst, dass keine von euch eine ansteckende Krankheit hat und ihr mit keiner anderen Frau Sex habt, dann könnt ihr euch dafür entscheiden. Bei einem One-Night-Stand oder bei Sex mit einer Unbekannten solltet ihr aber unbedingt auf geschützten Sex achten und Dental Dams, also Leckläppchen benutzen. Frag deine Liebste auch, ob sie es mag, nicht nur geleckt zu werden, sondern gleichzeitig einen oder mehrere Finger in ihrer Möse zu spüren.

Ihr könnt es so machen, dass du dich erst von ihr verwöhnen lässt und du anschließend ihr ›Territorium‹ erforschst. Ihr könnt aber auch die sogenannte Stellung 69 ausprobieren, bei der beide Partnerinnen einander gleichzeitig lecken, so wie es die Zahl 69 veranschaulicht, wenn man sich statt der Ziffern zwei Körper vorstellt. Dies kann besonders reizvoll sein, und vielleicht kommt ihr dabei beide gleichzeitig zum Orgasmus. Sex muss aber nicht immer einen Orgasmus mit einschließen – manchmal fühlt eine sich auch ohne ganz befriedigt, und manchmal braucht eine auch sehr viel Vertrauen und Entspannung, um zu kommen, und es setzt sie vielleicht unnötig unter Druck, wenn sie sehr auf den Höhepunkt fixiert ist. Natürlich ist es schön, einen Orgasmus zu haben, vor allem auch zusammen, aber Sex ist mehr als nur das!

Wenn ihr beim Lecken seid, dann könnt ihr natürlich auch mit dem Mund analen Sex haben. Der Arsch kann ebenso erforschenswert sein wie die Möse, aber auch hier sollte ein Dental Dam benutzt werden, denn gerade hierbei kann unter anderem sehr leicht Hepatitis A übertragen werden. Ihr könnt wahlweise ein besonders großes Lecktuch benutzen, womit ihr sowohl Möse als auch Arsch bedeckt, oder aber ihr nehmt zwei kleinere, die ihr separat für die einzelnen Lustzonen benutzt. Unbedingt darauf achten, dass ihr nicht dasselbe Tüchlein vom Arsch auf die Möse legt, denn dabei werden Bakterien übertragen, die zu Infektionen führen können.«

Aha, dachte ich mir und überlegte, ob man bei Gelbsucht tatsächlich ein gelbes Gesicht bekommt. Ich sah in den Spiegel neben meinem Bett, konnte aber keine ungewöhnliche Hautfarbe erkennen. Okay, dann mal weiter mit diesem phantastischen Buch.

Das nächste Kapitel hatte die Überschrift »Sextoys«, und ich war sehr neugierig, denn bereits im ersten Kapitel hatte ich dieses Stichwort gelesen, wusste aber nicht allzu viel damit anzufangen. Dass es sich hier nicht um Matchbox-Autos handeln würde, war jedenfalls klar.

»**Sextoys** (Sex-Spielzeuge) bieten eine schöne Alternative zur herkömmlichen ›Handarbeit‹. Hier soll jetzt erst einmal nur auf Dildos und Vibratoren eingegangen werden, da sich das letzte Kapitel noch intensiver mit Toys beschäftigt.

Vibratoren gibt es sowohl in unterschiedlichen Formen und Farben als auch aus verschiedenen Materialien. Man kann sie in die Möse oder den Arsch einführen oder einfach nur auf dem Körper hin- und hergleiten lassen, was ebenfalls zu erotischen

Gefühlen führen kann. Sie besitzen einen kleinen Elektromotor, der wahlweise batteriebetrieben ist oder an die Steckdose angeschlossen wird und der das Spielzeug in Schwingungen, also Vibrationen versetzt, wodurch die Stimulation erhöht wird. Bei den batteriebetriebenen Toys kann es leider schon mal passieren, dass sie zu unpassender Zeit ihren Geist aufgeben, weil die Batterien leer sind; bei den Steckdosen-Vibratoren ist das Kabel wiederum ein wenig nervig.

Neben diesen kleinen motorisierten Helfern gibt es noch die Dildos, die ebenfalls aus unterschiedlichen Materialien bestehen und in allen möglichen Größen, Formen und Farben angeboten werden. Sie haben keinen Motor, allerdings oft am Ende eine Art Sockel, so dass sie in einen Harness (englisch: Geschirr) eingespannt werden können. Dieses Geschirr wird um den Körper geschnallt; es besteht aus Lederriemen mit diversen Ringen und Verschlüssen, ist individuell verstellbar und hat im Bereich des Venushügels einen Ring, durch den man den Dildo stecken kann.

Dann gibt es noch sogenannte Anal-Plugs, die du in den Arsch einführen kannst. Sie ähneln Dildos, sind aber insgesamt eher kegelförmig und haben am Ende einen verbreiterten Sockel, damit er nicht auf Nimmerwiedersehen verschwindet. (Keine Angst: Wenn mal ein Toy ohne Sockel ›verloren geht‹, wird es auf jeden Fall irgendwann ausgeschieden.) Sie sehen ein bisschen wie die Spielfiguren von ›Mensch ärgere dich nicht‹ aus, wenngleich sie natürlich größer sind, und bestehen entweder aus weichen Materialien wie Silikon oder Latex oder aus harten Stoffen wie Metall, Holz oder Glas.

Ebenso sind natürliche ›Hilfsmittel‹ wie Gurken, Möhren, Bananen oder sonstiges Obst und Gemüse herzlich willkommen, aber auch hier gilt wie schon bei Dildo & Co: Kondom drüber! Egal, ob ihr es zu zweit benutzt oder von der Möse zum Arsch wechselt. Beim Alleingang ohne Kondom nur Bioware verwenden – denk an Pestizide!«

Das wird ja immer schöner, grinste ich, legte die Broschüre aber trotzdem zur Seite, weil ich müde war. Eigentlich jedoch hatte mich die Lektüre des Ratgebers ziemlich heiß gemacht, so dass ich mir nun selbst ein wenig Freude bereiten wollte. Dabei fiel mir meine Schulfreundin Susi ein, die lange Zeit überhaupt nicht wusste, dass frau sich auch selbst befriedigen kann. Komisch, oder? Es ist doch das Natürlichste auf der Welt!

Mit Gedanken an meine Stewardess betastete ich meine lustgeschwollene und liebesbedürftige Klit und streichelte mich in Richtung Orgasmus.

Am anderen Morgen war ich bereit für die nachfolgenden Kapitel. Was folgte, war definitiv etwas, von dem ich noch nie gehört hatte, und ich wusste auch nicht, ob mir das je zusagen würde. Aber darüber Bescheid zu wissen konnte ja nicht schaden.

»**Fisting:** Eine Form von Sex, die manch eine zunächst vielleicht befremdet. Dabei ist – dies sei noch einmal ausdrücklich gesagt – alles, was beiden Spaß macht, unbedingt erlaubt! Fisten ist so zusagen die gesteigerte Form von vaginalem oder analem Sex. Das heißt, dass du nicht nur einen oder zwei oder drei Finger in die Möse (oder den Arsch) deiner Partnerin einführst, sondern mehr als das: nämlich die ganze Faust. Das geht nicht? Natürlich geht das! Wenn ein Baby durch die Vagina zur Welt kommen kann, dann kannst du vielleicht auch nachvollziehen, dass eine Faust – behutsam eingeführt – ebenso dort hineinpasst. Wahrscheinlich ist dies eine Sexpraktik, die sich nicht gerade für ›Anfängerinnen‹ empfiehlt, aber wenn du und deine Partnerin Lust darauf habt, dann tut es! Wichtig dabei ist vor allem, dass ihr behutsam miteinander um- und vorgeht und dass ihr auf kurzgeschnittene, glattgefeilte Fingernägel achtet. Gerade hier bitte zu eurer beider Sicherheit wieder Latexhandschuhe zum Einsatz kommen lassen. Die Hygiene spielt eine große Rolle, denn wie immer, wenn du in deine Partnerin eindringst, sollte

Sauberkeit das oberste Gebot sein, um keine Infektionen hervorzurufen. Zeit spielt beim Fisten ebenfalls eine große Rolle. Und vor allem: Lust! Die Möse (oder der Arsch) deiner Geliebten muss bereit dafür sein, denn Wollen und Entspannung sind hier entscheidend – und massenhaft Gleitmittel.

Du fängst damit an, dass du jeden deiner Finger nacheinander in sie einführst, bis alle fünf den Eingang geweitet haben, so dass der Raum für mehr entsteht. Dabei hast du ja noch die andere Hand frei, mit der du deine Partnerin an anderen Stellen, zum Beispiel an der Klitoris, an den Brüsten oder wo immer du (und vor allem sie!) willst, berühren und verführen kannst. Oft geht es überraschend schnell, dass du den Rest deiner Hand in sie hineingleiten lassen kannst, wenn erst einmal die breiteste Stelle erreicht ist. Das, was dich und sie nun erwartet, kann ein unvergesslich schönes Gefühl sein. Du wirst im wahrsten Sinne des Wortes von ihr umschlossen, und deine Hand formt sich fast von allein zu einer Faust. Keine Panik, wenn die Muskelbewegungen ihres Orgasmus deine Hand in ihrer Möse eingeschlossen haben: Mach ihr einfach Luft, indem du die Venuslippen mit einem weiteren Finger lockerst und die Hand mit viel Gefühl und noch mehr Gleitmittel wieder herausziehst. Oder, wenn es für dich okay ist, warte, bis sie sich wieder entspannt hat.«

Na ja, das war mir jetzt doch eine Spur zu heftig für den Anfang, und ich konnte mir das auch nicht wirklich vorstellen. Es schien mir eher für Fortgeschrittene zu sein, aber gut, wenn eine darauf steht ... Jede, wie sie Lust hat!

Vielleicht konnte ich ja mit dem nächsten Kapitel wieder etwas mehr anfangen. »G-Punkt« war es überschrieben, und ich hatte irgendwann schon mal davon gehört. Was genau es damit auf sich hatte, wusste ich allerdings nicht. Deswegen war ich neugierig. Und ehrlich gesagt, war ich auch froh, die Fisting-Geschichte abgeschlossen zu haben. Da stand also:

»**G-Punkt:** sehr einfallslos benannt nach dem männlichen Entdecker dieses sagenumwobenen, absolut weiblichen *Glückstreffers*. Herr Gräfenberg – wieso hat eigentlich mal wieder ein Mann Forschung in Sachen Frauenfragen betrieben und keine Frau? – beschrieb 1950 erstmals diesen geheimnisvollen sexuellen Lustpunkt bei Frauen.

Dieser G-Punkt – der eigentlich eine G-Zone ist – liegt bei jeder Frau ein bisschen woanders, und du musst dich bei deiner Geliebten langsam vortasten. Aber wenn du ihn einmal gefunden hast, dann wird sie es dir nie vergessen! Er liegt etwa vier bis fünf Zentimeter an der inneren Vorderwand der Vagina (also gut mit dem Finger zu erreichen) und besteht aus schwammartigem Drüsengewebe von etwa zwei Zentimetern Durchmesser, wobei es allerdings etwas Zeit, Geduld und Übung braucht, ihn ausfindig zu machen. Bei Stimulation schwillt das Gewebe an und produziert ein Sekret, das stoßweise freigesetzt wird, weswegen in diesem Fall auch von ›weiblicher Ejakulation‹ oder auch ›Freudenfluss‹ gesprochen wird. Manche Frauen glauben, sie hätten gepinkelt, wenn diese Flüssigkeit austritt, da das Sekret oft farblos und wässrig ist, aber es kann auch milchig und zähflüssig sein und besitzt einen ganz besonderen Geruch. Wie auch immer es aussieht – wenn du deinen G-Punkt gefunden hast und durch dessen Reizung zum Orgasmus kommst, dann gehörst du zu den glücklichen dreißig Prozent von Frauen, die dies erleben. Denn jede Frau besitzt zwar einen G-Punkt, aber nicht alle empfinden dessen Berührung als erregend.«

Okay, diesem Punkt will ich auf die Spur gehen, dachte ich und machte es mir erneut unter meiner Bettdecke gemütlich, nicht ohne den Gedanken an meine Stewardess. Spätestens am nächsten Tag würde ich ihr eine SMS schicken, damit ich einen Teil meines neuen theoretischen Wissens mit ihr in der Praxis ausprobieren konnte ...

Nachdem ich zwar meinen G-Punkt noch nicht gefunden, mir aber trotzdem ein schönes Vergnügen bereitet hatte, wollte ich schnell noch das letzte Kapitel dieses vielversprechenden Büchleins lesen. Es hieß: S.M.

»**SM,** die Kurzbezeichnung für Sadomaso(chismus), geht literarisch zurück auf den Marquis de Sade und Leopold von Sacher Masoch, die sich mit dem Thema des Zufügens von Schmerzen und des Verlangens nach Unterwerfung auseinandersetzten. Heute beschreibt SM ein Spektrum an sexuellen und erotischen Praktiken, bei denen es zum Beispiel darum geht, in Rollenspielen Dominanz und Unterwerfung auszuleben oder mit den unterschiedlichsten Empfindungen (beispielsweise heiß und kalt) bis hin zum Schmerz zu spielen. Entscheidend ist dabei, dass alle Beteiligten sich abgesprochen haben, was passieren soll und jederzeit mit allem, was geschieht, einverstanden sind. Freiwilligkeit unterscheidet SM von Gewalt. Die Beteiligten legen im Voraus verbindliche Codewörter fest (verbreitet: 1. ›Gelb‹, 2. ›Rot‹), damit sie im Zweifelsfall – also wenn es der einen oder anderen doch zuviel werden sollte – ein Signal geben können, dass ihnen irgendetwas beispielsweise gerade zu schnell geht oder um das Spiel ganz abbrechen zu können.

Es gibt verschiedene Spielzeuge, mit denen ihr euch in Spielen, Szenen oder Sessions amüsieren könnt. Dazu gehören beispielsweise Seile, Hand- und Fußfesseln, die ein (hoffentlich) angenehmes Gefühl des Ausgeliefertseins erzeugen können. Oder Schlagwerkzeuge wie ›Flogger‹, Peitschen aus weichen bis schweren Lederstreifen oder auch aus Gummi oder Stoff. ›Einschwänzige Peitschen‹ oder auch mehrschwänzige wie die ›Neunschwänzige Katze‹ mit neun (eventuell geknoteten) Lederriemen sind schwer zu handhaben und für Anfängerinnen nur bedingt geeignet.

Neben Fesseln und Schlagwerkzeugen gibt es noch viele andere spannende Instrumente: Da wären beispielsweise Messer, um das Wachs von Haushaltskerzen von der Haut zu schaben, das man vorher auf den Körper geträufelt hat. (Bitte niemals Bienenwachs verwenden – es wird zu heiß!) Küchengeräte vom Holzspatel über Wäscheklammern bis Frühstücksbrettchen sind eine feine (und vor allem kostengünstige) Sache. Das wichtigste Werkzeug von allen ist jedoch: eure Phantasie. Der sind keine Grenzen gesetzt, ganz gleich, ob ihr Prinzessin oder Pony spielen wollt – es geht, worauf ihr Lust habt.

Allerdings bringen viele SM-Praktiken erst so richtig Lust, wenn die Spielerinnen über das nötige Know-how verfügen und Risken weitestgehend ausschließen können. Es empfiehlt sich, vorher ein SM-Sicherheitshandbuch – beispielsweise von Pat Califia – zu lesen, online zu recherchieren (www.schmacht.org) oder, noch besser, einen der SM-Stammtische oder SM-Workshops zu besuchen, die in größeren Städten angeboten werden, um sich über die verschiedenen Spielarten, über Sicherheitsrisiken und nötige Vorsichtsmaßnahmen zu informieren. Am besten ist es wohl, sich eine erfahrene Begleiterin zu suchen, damit das Ganze lustvoll und vergnüglich bleibt und nicht gefährlich und zur Qual wird! Du solltest auch hier unbedingt wieder auf Nummer Sicher gehen und auf Safer Sex achten: Kondome, Handschuhe, Dental Dams!«

»Hm.« Ich ließ das Buch sinken. Mir schwirrte der Kopf von all den verschiedenen Sexpraktiken und Sextoys, von denen ich zum großen Teil noch nie etwas gehört hatte. Ich musste das alles erst mal verdauen. Aber dann würde ich bei nächster Gelegenheit auf jeden Fall das eine oder andere ausprobieren, das sich in meinem Hinterkopf zu schemenhaften Bildern formte. Wie wäre es mit einer Schokoladenorgie? Oder einem Obstgelage? Ich griff nach meinem Handy und schickte meiner Stewardess eine SMS.

»Dabei hat doch alles so gut angefangen …«

Gewalt in lesbischen Beziehungen

Als ich aufwache, tut mir mein linkes Auge tierisch weh. Also beschließe ich, erst mal liegen zu bleiben. Sicher ist sicher …

Nach gefühlten zwei Tagen – sicherlich ist nur eine halbe Stunde vergangen – rolle ich mich doch zur Seite, um nach den Zigaretten auf dem Nachttisch zu greifen. Da ich mein linkes Auge nicht aufmachen kann, muss das rechte die Arbeit für beide übernehmen. Na ja, zur Not kann ich mich ja auch noch auf meine Hände verlassen. Die würden schon alles Nötige finden. Tun sie auch. Meistens jedenfalls. Gestern wohl nicht.

Verdammte Scheiße, geht es mir durch den Kopf. Wenn ich mich morgens so beschissen fühle, dann ist meistens meine Freundin daran schuld.

»Argh …« Ich wälze mich auf den Bauch und starre den roten Blutfleck auf meinem Kopfkissen an. Nicht auch das noch, denke ich und beschließe, doch erst mal weiterzuschlafen.

Als ich irgendwann später wieder aufwache, geht es mir schon deutlich besser. Ich rolle mich aus dem Bett und besehe mir die Bescherung etwas genauer. Mein zugeschwollenes Auge und die blutigen Spuren auf der Bettwäsche rufen mir die vergangene Nacht wieder deutlich in Erinnerung. Wieder einmal ist Julia, meine Freundin, total ausgeklinkt. Langsam bin ich davon wirklich angepisst. Vor allem weil das irgendwann nicht nur ein Ende haben soll, sondern muss! Kaspar, mein Hund, liegt schwanzwedelnd vor dem Bett, und mir wird klar, dass ich erst mal mit ihm raus muss. Auch mir wird die frische Luft bestimmt guttun!

Während ich im Fritz-Schloss-Park meine Runden ziehe, quatsche ich mit ein paar Leuten und treffe auch auf Tina, die

Tresenfrau aus meiner Stammkneipe. Tagsüber studiert sie und abends jobbt sie in der Kneipe. Irgendwann, als sie Dienst hatte, erzählte sie mir von ihrer Freundin. Dass die von Zeit zu Zeit ausrasten und dann auch handgreiflich werden würde. Es tat gut, mit einer anderen darüber zu reden, und damals haben wir uns geschworen, unseren Freundinnen den Laufpass zu geben. Als Tina nun mein mitgenommenes Gesicht sieht, ist ihr sofort klar, dass ich immer noch in der Beziehung stecke. Ohne große Worte nimmt sie mich in die Arme, und ich weiß, dass jetzt endlich was geschehen muss.

Gewalt in lesbischen Beziehungen – wie auch in heterosexuellen – ist keine Seltenheit. Es ist ein Irrglaube, dass Aggressivität ein rein männliches Phänomen ist. Nele kann sich ihrer Freundin gegenüber normalerweise gut behaupten, aber wenn Julia ausrastet, fehlen ihr jegliche Möglichkeiten, konstruktiv damit umzugehen. Gewalt kann und darf nicht beschönigt oder entschuldigt oder toleriert werden – sie führt zur Zerstörung jeder Beziehung und jedes Menschen. Aus welchem Grund sie auch immer geschieht – es darf nicht sein! Körperliche oder psychische Übergriffe sind eine massive Grenzüberschreitung, die keine Frau dulden muss und erst recht nicht verdient hat! Als Außenstehende würden wir natürlich sagen, dass man die andere bei der ersten Handgreiflichkeit auf der Stelle verlassen sollte. Aber wenn eine Frau in einer gewalttätigen Beziehung lebt, dann hindern sie oft ihre Gefühle, die Erinnerung an die früheren schönen Momente, die Sehnsucht nach einer funktionierenden Beziehung, die Angst vor dem Alleinsein und vielleicht auch der Wunschtraum von einer – trotz allem – gemeinsamen harmonischen Zukunft mit der anderen daran, den Schlussstrich zu ziehen. Für Nele war die Aktion der vergangenen Nacht allerdings der Tropfen, der das Fass zum Überlaufen gebracht hat, und sie zieht in den nächsten Tagen die Konsequenz daraus.

Dabei hat doch alles so gut angefangen ... Wir sind schon zwei Jahre zusammen, und meine Eltern haben sich mittlerweile an den Gedanken gewöhnt, dass ich lesbisch bin. Wobei meine Mutter von Anfang an kein Problem damit hatte, da ihr Bruder schwul ist und das auch schon lange wusste. Bei meinem Vater sieht das ganz anders aus. Der lästert in einer Tour gegen Homos, und wenn ich meine Freundin mit nach Hause bringe, dann gibt er ihr immer ätzende Spitznamen. Da ich schon viele Freundinnen hatte, gibt es dementsprechend viele dieser Namen. Angefangen von »Flachtitte« über »Truckerlesbe« bis hin zu »Bulldogge« – nichts lässt er aus. Aber um ehrlich zu sein, mich berührt das nicht sonderlich. Denn er hat für seine gesamte Umwelt derartige Äußerungen parat, so dass ich das einfach an mir vorbeigehen lasse. Ich sage dann lediglich meiner aktuellen Freundin, dass sie – wenn mein Vater so was sagen würde – einfach nicht darauf reagieren soll. Man kann ihn eh nicht ändern.

Aber meine Mutter ist irgendwie schon cool. Ich weiß noch, als ich meine erste Freundin hatte, da war ich ungefähr vierzehn. Ich habe mir da nie viel Gedanken drüber gemacht, ob nun Junge oder Mädchen, sondern es war einfach so, wie es ist. Klar habe ich auch mal mit Jungs rumgeknutscht, aber mir war relativ schnell klar, dass da nichts weiter laufen würde, sondern dass ich auf Mädels stehe.

Beim ersten Mal, als ich mich in ein Mädchen verliebt habe (wobei da sexuell noch gar nichts lief), da war das zwar schon irgendwie komisch, aber es kam noch gar kein Gedanke ans Lesbischsein auf. Es waren einfach neue und ungewohnte Gefühle, die ich bis dahin nicht gekannt hatte, und deswegen konnte ich das wohl auch nicht einordnen. Trotz meines schwulen Onkels hatte ich mir nie wirklich den Kopf darüber zerbrochen, ob ich wohl lesbisch sein könnte. Erst beim zweiten Verliebtsein in ein Mädchen fiel bei mir langsam der Gro-

schen. Dann ging das mit den Mädels alles irgendwie ganz schnell, und ich ging von einer Affäre in die andere, von einer Beziehung in die nächste – was auch wirklich super schön war –, aber ich habe mich überhaupt nicht mit dem Thema Homosexualität befasst. Es war keine Zeit dazu – und warum auch? Mir kam gar nicht die Notwendigkeit in den Sinn, denn irgendwie wusste ich, dass das alles richtig ist, so wie es war. Ich habe auch nie bewusst den Umgang mit anderen Lesben gesucht, das wäre mir irgendwie zu dicht oder zu ausgrenzend oder was auch immer gewesen. Ich hatte mich halt verliebt, und es war eben ein Mädchen, statt ein Junge. Punkt. Wo sollte also das Problem sein? Das muss ungefähr sieben Jahre her sein, dass ich meine ersten Erfahrungen in dieser Richtung gemacht habe.

Ich war damals vierzehn und hatte das erste Mal Sex. Ich war unsterblich verliebt in das Mädchen – Caro hieß sie – und ich wollte die ganze Zeit einfach nur bei ihr sein. Sie war mein einziger Lebensinhalt. Dafür schwänzte ich sogar den Unterricht und hing die ganze Zeit an ihrer Schule rum, stand draußen vor dem Gebäude und starrte in ihr Klassenzimmer. Ich rauchte eine Kippe nach der anderen, himmelte sie an und zählte die Sekunden bis zum Ende der Stunde. Natürlich blieb das nicht lange unbemerkt. Zum einen weil die Kreidekratzer meiner Freundin mich da draußen immer wie einen Schornstein haben rauchen sehen, zum anderen weil sich wiederum meine Lehrer über meine Abwesenheit Gedanken machten.

Das Ende vom Lied war, dass ich wegen meiner Schwänzerei eine Verwarnung vom Schuldirektor bekam und mich meine Eltern abwechselnd zur Schule brachten. Die Lehrer achteten darauf, dass ich nicht vorzeitig den Unterricht verließ, und ich musste ein Hausaufgabenheft führen, was von meinen Eltern gegengezeichnet wurde, und die Mutter meiner Freundin verbot uns beiden den Umgang miteinander. Fuck ey!

Meine Mutter fand dann irgendwann einen Brief von Caro, in dem stand, dass sie mich liebt und all dieses Zeug. Kurzerhand sprach mich meine Mum darauf an, ob ich mit Caro eine Liebesbeziehung hätte. Für mich war es das Natürlichste auf der Welt ja zu sagen – was hätte ich sonst antworten sollen? Und damit war das Thema durch. Meine Mutter meinte nur, dass das für sie völlig okay wäre, denn schließlich hätte sie ja einen schwulen Bruder. Die Reaktion meines Vaters würde bestimmt ganz anders sein, und sie wollte bei ihm deswegen mal vorsichtig nachhaken. Ich weiß gar nicht, ob sie dann wirklich mit meinem Vater geredet hat. Aber vermutlich schon, denn bald darauf kamen deutlich mehr blöde Sprüche von ihm, die in die homofeindliche Richtung gingen. Aber das hat mich nie wirklich tief berührt, da er eh immer blöde Sprüche losließ – gegen wen auch immer. Für mich war bloß wichtig, dass meine Mutter zu mir hielt, und das tat sie. Egal was für Probleme wir in der Vergangenheit hatten, mein Coming-out hatte – ich nenne das jetzt einfach so, auch wenn mir der Begriff nicht wirklich viel sagt – eine große Bedeutung für unsere weitere Beziehung. Es hat mich und meine Mutter irgendwie näher gebracht, auch wenn mir das erst einige Jahre später klar wurde, aber vermutlich habe ich das damals unbewusst auch schon gespürt. Denn wenn sie zu der Zeit auch gegen mich gewesen wäre, dann hätte ich es zu Hause wohl nicht ausgehalten. Ihr war wirklich nur wichtig, dass ich glücklich bin. Ob nun mit »Männlein oder Weiblein«, wie sie sich immer ausdrückte. Ich fand das wirklich total cool von meiner Mutter!

Auf jeden Fall war für uns beide das Thema damit vom Tisch und irgendwie auch für mich persönlich. Seitdem – obwohl, ehrlich gesagt habe ich mir vorher auch nie wirklich Gedanken darüber gemacht – ist für mich die ganze Sache abgehakt. Ich suche komischerweise auch keine lesbische Community oder wie man das auch immer nennen will, sondern ich bin in meinem

Kiez und mit den Menschen zufrieden, die um mich herum sind. Auch bei meiner früheren Ausbildungsstelle als Kfz-Mechanikerin hatte ich keine Probleme. Und das ist ja wirklich ein ziemlich männerdominierter Beruf, was man auch an der Berufsschule gemerkt hat, denn neben mir war nur noch ein anderes Mädel im Unterricht. Aber auch dort hat es niemanden gekratzt, dass ich Frauen liebe. Für mich ist es wichtig, dass ich von meiner Umgebung akzeptiert werde, dass es keinen Stress gibt und dass jeder so lebt, wie er leben möchte. Eine reine Lesbenrunde wäre mir irgendwie komisch, denn das finde ich auch ausgrenzend. Spielt es denn überhaupt eine Rolle, wen man in sein Bett holt? Ich finde nicht! Eigentlich ist es doch völlig egal, ob man Jungs oder Mädels liebt. Die eine fühlt sich halt zu Frauen hingezogen, die andere mehr zu Männern. Das wirkt sich doch nicht wirklich auf das andere Leben aus – finde ich jedenfalls. Und im Allgemeinen fahre ich auch ganz gut mit meiner Liebe zu Frauen. Ich binde das nicht jedem auf die Nase oder gehe damit hausieren, aber ich verheimliche auch nichts. Wenn irgendjemand fragt, dann sage ich ganz ehrlich, dass ich mit einer Frau zusammen bin und dass mich Männer sexuell nicht interessieren, aber ansonsten habe ich ja nichts gegen sie.

Na klar, manchmal kommen schon blöde Sprüche wie »Lesbenfotze« oder so was in der Richtung, aber diese Nullchecker kann man eh nicht ernst nehmen. Die haben sowieso an jedem was auszusetzen. Das hat mit Homos nichts zu tun.

Nele hat in ihrem direkten Umfeld – außer dem ätzenden Vater – überwiegend positive Erfahrungen in Bezug auf ihr Coming-out und ihr Lesbischsein gemacht. Sie selbst nennt es noch nicht einmal Coming-out, weil für sie die Tatsache, dass sie mit Frauen eine Beziehung leben will und auch lebt, so selbstverständlich ist, dass sie keine Notwendigkeit sieht, daraus ein großes politisches Statement zu machen. Das Beispiel zeigt, wie unterschiedlich die einzelnen Lebens- und Lesbengeschichten verlaufen können. Nicht jede stellt sich die Frage, ob das denn jetzt okay ist, was sie da macht, oder ob das gesellschaftlich schwierig werden könnte, sondern manch eine sieht das als das Selbstverständlichste von der Welt an – was es ja schließlich auch sein sollte.

Neles Einstellung hat weder etwas mit ihrer Schulbildung zu tun, noch mit ihrem beruflichen Status in der Gesellschaft. Jede von uns ist anders, und mit Sicherheit hat die positive Unterstützung ihrer Mutter zu Neles Selbstbewusstsein ebenso beigetragen wie das Wissen um ihren schwulen Onkel von frühester Kindheit an. Er hat ihr durch seine schwule Lebensweise eine Möglichkeit von vielen gezeigt, in unserer Gesellschaft glücklich zu werden. Das heißt, sie hat sehr früh mitbekommen, dass es sowohl Heterosexualität als auch Homosexualität gibt. Mit Sicherheit ist das eher die Ausnahme, denn die wenigsten von uns haben wohl offen schwullesbische ältere Verwandte. Aber wenn Familienangehörige und Bekannte so offen und tolerant sind wie Neles Mutter, dann ist vieles einfacher. Man muss sich nicht entschuldigen für das eigene »So-Sein«, für das vermeintlich »Andere«, was für eine selbst doch das Normalste der Welt ist.

Den eigenen Weg zu gehen ist manchmal schwierig, vor allem wenn man noch sehr jung ist und die Lebenserfahrung fehlt, die vor Anfeindungen von außen schützen kann. Fest seht, dass der überwiegende Teil der Bevölkerung heterosexuell ist und wir Homosexuellen in der Minderheit sind. Dadurch, dass wir die Liebe unserer Wahl treffen – für uns Lesben sind das eben Frauen und nicht Männer –, stellen wir uns in die Gegenposition zur »normalen« Gesellschaft. Aber mit dieser Entscheidung können wir wesentlich glücklicher und befreiter leben, als wenn wir uns verbiegen und nicht unseren Gefühlen folgen. Neles Situation ist von außen betrachtet nicht einfach. Sie lebt in einem Stadtteil, in dem der Anteil von Homosexuellen nicht sonderlich hoch ist (wie beispielsweise im Berliner Bezirk Schöneberg, einer

Hochburg der schwullesbischen Community). Das gleiche könnte für eine ländliche Region gelten, in der offen lebende Lesben und Schwule rar gesät sind. Dennoch hat Nele keine Probleme mit ihrer Umwelt. Das Zauberwort heißt in ihrem (und im besten) Fall wahrscheinlich »Offenheit«. In dem Moment, in dem eine versteckt lesbisch lebt, macht sie sich angreifbar. Wenn sie aber offen damit umgeht, nimmt sie den GegnerInnen den Wind aus den Segeln.

Bei Nele kommt noch dazu, dass sie in einem sozialen Brennpunkt der Hauptstadt lebt. Das heißt, die Arbeitslosenquote ist sehr hoch ist, das Bildungsniveau eher niedrig und der Anteil an MigrantInnen groß. Der Sozialpsychologe Prof. Dr. Bernd Simon hat der Öffentlichkeit im Herbst 2007 eine Studie vorgestellt, die ein Jahr zuvor vom Lesben- und Schwulenverband in Deutschland (LSVD) in Auftrag gegeben und mit Mitteln des Bundesfamilienministeriums finanziert wurde. Darin wurden über 900 Berliner GymnasiastInnen und GesamtschülerInnen deutscher, russischer und türkischer Herkunft zu ihrer Einstellung gegenüber Lesben und Schwulen befragt. Die Auswertung hat ergeben, dass Menschen mit Migrationshintergrund – im Gegensatz zu »Alteingesessenen« – homosexuellenfeindlicher sind. Dies darf nicht als pauschale Verurteilung von Menschen mit Migrationshintergrund missverstanden werden, aber diese Studie hat ebenfalls ergeben, dass von Familien mit besagtem Hintergrund die traditionellen Männlichkeits- und Weiblichkeitsnormen oft unhinterfragt akzeptiert werden und dass mit zunehmender Religiosität ebenfalls eine zunehmende Homosexuellenfeindlichkeit zu Tage tritt. Im Gegensatz dazu gaben laut dieser Studie etwa siebzig Prozent der alteingesessenen Deutschen und christlich sozialisierten Menschen an, dass sie nichts gegen Homosexuelle einzuwenden hätten, allerdings nahm diese Akzeptanz deutlich ab, wenn das eigene Kind lesbisch oder schwul wäre. Die Ergebnisse der Studie von Prof. Dr. Bernd Simon sind ohne Frage beunruhigend, aber dennoch sollten wir uns nicht davon abbringen lassen, ein selbstbestimmtes Leben zu führen und stolz und offen mit unserem Lesbischsein umzugehen.

Nun aber zurück zu Nele:

Während ich mit Kaspar im Park Meter um Meter zurücklege, wird mein Ärger auf meine Freundin immer größer. Ich habe das sichere Gefühl, dass ihre nächtliche Aktion die letzte dieser Art war, denn ich will mich nicht mehr von ihr schikanieren lassen. Wie gesagt, in den ersten anderthalb Jahren hatten wir eine total relaxte Zeit miteinander. Wir hatten super viel Spaß und verbrachten jede freie Minute zusammen. Ich glaube, das hat sich alles geändert, als Julia arbeitslos wurde. Sie war deswegen total frustriert und wusste wohl keinen anderen Weg, als mit mir Streit anzufangen. Sie konstruierte alle möglichen Szenarien, gab mir für alles die Schuld, und ich ließ ihren Psychoterror und ihre Brüllereien kommentarlos über mich ergehen. Aber in den letzten Wochen ist eben auch körperliche Gewalt dazugekommen. Beim ersten Schlag war ich einfach nur baff und dachte, dass es ein Ausrutscher gewesen wäre. Sie hat sich dann am nächsten Morgen auch reumütig bei mir entschuldigt und geschworen, dass es nie wieder vorkommen würde. Natürlich habe ich ihr geglaubt. Beziehungsweise: Ich wollte ihr glauben. Aber dann ist es wieder und wieder passiert, und die gestrige Nacht hat mir die Augen geöffnet, dass es wohl immer so weitergehen würde. Ich finde, dass ich es wirklich nicht nötig habe, mich so behandeln zu lassen. Niemand hat das! Also werde ich mich von ihr trennen!

Glücklich, eine Entscheidung getroffen zu haben, gehe ich mit Kaspar nach Hause und packe meine wenigen Sachen. Als Julia nachmittags heimkommt, sind meine Klamotten schon bei einer Freundin untergebracht, und ich beende die Beziehung.

Sie heult natürlich, sagt, ich könne das nicht machen, und fleht mich an, bei ihr zu bleiben. Aber ich bleibe bei meinem Entschluss und sage, dass sie sich ändern müsste, wenn wir überhaupt noch etwas miteinander zu tun haben wollen. Und dann gehe ich.

Natürlich bin ich traurig über die Trennung, denn wir hatten ja eigentlich andere Pläne miteinander gehabt, aber ich bin auch irgendwie erleichtert. Die letzten Wochen waren echt nervig für mich, und nun fühle ich mich irgendwie befreit.

Gewalt in lesbischen Beziehungen ist keine Seltenheit, ebenso wenig wie in heterosexuellen, und sie beschränkt sich auch keineswegs auf ein bestimmtes Milieu oder bestimmte soziale Gruppen. Dabei scheinen die Verhaltensmuster immer die gleichen zu sein. Die Schlägerinnen geloben Besserung, diejenige, die geschlagen wird, glaubt der Anderen, aber immer wieder kommt es zu demütigenden und auch brutalen Situationen. Dabei fängt Gewalt nicht erst bei körperlichen Übergriffen an – auch Psychoterror ist ein extremes Druckmittel.

Dass sich diejenige, die körperliche und psychische Gewalt anwendet, sich ohne Hilfe von außen ändert, ist erfahrungsgemäß unwahrscheinlich. Und auch diejenige, die Gewalt erleidet, sollte sich ruhig Hilfe holen – sie muss die Situation nicht allein bewältigen. Oftmals jedoch verhindern Scham und Schuldgefühle, sich Unterstützung zu beschaffen. Dafür gibt es spezielle Anlaufstellen, wie beispielsweise die Lesbenberatungen, die in solchen Fällen telefonisch, per Mail oder persönlich Rat und Hilfe anbieten. Wenn du in einer Gewaltbeziehung leben solltest, dann scheue dich nicht, dieses Angebot anzunehmen. Jede von uns hat ein Recht darauf, gut behandelt zu werden. Keine von uns hat es verdient, misshandelt zu werden.

»Bis ich kapiert habe, dass ich lesbisch bin, hat es wirklich eine kleine Ewigkeit gedauert«

Von Budapest nach Berlin

Dieses Mal treffe ich meine Gesprächspartnerin Milena bei ihr zu Hause. Das letzte Interview hatte ich mit Alysha in einer öffentlichen Kneipe geführt und festgestellt, dass der Rahmen für ein Gespräch über die intimen Geschichten eines Lebens nicht angemessen war. Nun sitze ich also in einer super stylischen Altbauwohnung, die Milena sich mit einer Freundin teilt, und blicke versonnen auf den Park gegenüber, während meine Gastgeberin uns einen Espresso zubereitet. Ein fröhliches Singen ist aus der Küche zu hören, und ich gehe ein letztes Mal meine Interviewfragen durch.

Aus Ungarn kommt sie also. Ich stöbere in dem Weltatlas, der auf dem Wohnzimmertisch liegt. Im Vergleich zu Deutschland ist es ein kleines Land, vor allem was die Einwohnerzahl betrifft. Viel weiß ich nicht von diesem Donaustaat, außer dass er seit 2004 Mitglied der Europäischen Union und sein Aushängeschild der Balaton ist, auch Plattensee genannt. Gespannt erwarte ich Milena, die immer noch singend und pfeifend den Kaffee zubereitet. Wie ist wohl ihr Coming-out verlaufen? Unterscheidet es sich vom Coming-out einer Frau, die in Deutschland aufgewachsen ist?

»Voilà!« Milena stellt geschickt ein Tablett mit frischgebrühtem Espresso und Keksen auf den Tisch. Eine Gastgeberin par excellence!

»Ich bin doch ziemlich aufgeregt, muss ich sagen, denn wann wird man schon wegen seines Coming-out befragt?«, sagt sie in fast akzentfreiem Deutsch.

Nach einigen privaten Anfangsworten stellt sich schnell eine sehr persönliche und angenehme Atmosphäre zwischen uns ein, so dass ich direkt zu meinen Fragen kommen kann.

»Ich würde gerne von dir wissen, ob deine Eltern früher mit dir darüber gesprochen haben, dass es sowohl homo- als auch heterosexuelle Menschen gibt, oder ist dir das erst bewusst geworden, als du dich das erste Mal in ein anderes Mädchen oder eine andere Frau verliebt hast?«

»Nein, meine Eltern haben niemals etwas in dieser Richtung geäußert, und die ungarische Gesellschaft ist ziemlich traditionell verhaftet. Auch wenn wir seit einigen Jahren Mitglied in der Europäischen Union sind, so ist das Land im Vergleich zu Deutschland alles in allem ziemlich konservativ. Das habe ich auch an meinen Eltern gemerkt, denn für sie – vor allem für meinen Vater – gibt es einfach keine Schwulen und Lesben. Das Leben meiner Eltern ist heterosexuell ausgerichtet, und ich glaube, dass mein Vater gar nicht weiß, dass es homosexuelle Menschen gibt. Das heißt, um deiner Frage gleich zuvorzukommen, er weiß nicht, dass ich lesbisch bin. Glaube ich zumindest ...«

»Okay, zu dem Coming-out gegenüber deinen Eltern kommen wir später noch, denn sonst wären wir ja quasi schon am Ende deiner Geschichte. Vorher musst du unbedingt erzählen, wie du überhaupt festgestellt hast, dass du lesbisch bist.«

Milena greift nach ihrem Espresso und trinkt einen Schluck.

»Na ja, das ist natürlich eine lange Geschichte«, sagt sie dann. »Bis ich kapiert habe, dass ich lesbisch bin – es fällt mir übrigens immer noch schwer, das Wort Lesbe auf mich persönlich anzuwenden, ich verwende lieber die Umschreibung, dass ich Frauen liebe –, hat es wirklich eine kleine Ewigkeit gedauert.

Ich bin vor ein paar Jahren nach Deutschland gekommen, um hier zu studieren. Das hatte aber nichts mit meinem Lesbischsein zu tun, denn damals wusste ich ja noch gar nicht, dass ich Frauen liebe. Als ich aus Ungarn wegging, da sah man im Stra-

ßenbild so gut wie gar keine Homosexuellen. Das hat sich mittlerweile geändert, aber seinerzeit – Anfang 2000 – konnte man sein Lesbischsein nur im Geheimen ausleben. Natürlich gab es auch Bars und so, aber es kam einer Gratwanderung gleich, dort zu verkehren, weil die öffentliche Diffamierung ziemlich stark war. Vielleicht war es mein Glück, dass ich Schwierigkeiten mit dem Begriff Lesbe hatte, denn dadurch habe ich mich nicht mit diesen Menschen identifiziert, sondern einfach meine Gefühle ausgelebt. Ich wusste, dass es gesellschaftlich als nicht richtig galt, als Frau eine andere Frau zu lieben, aber ich habe mir da keine großartigen Gedanken gemacht.

Ich hatte mich einfach in eine Frau verliebt, auch wenn mir das damals noch nicht so bewusst war. Sie war zudem auch noch viel älter als ich, eine Schauspielerin übrigens, deren Lebensweise aufgrund ihres Berufes ein wenig verpönt war. Wir haben sexuell nie etwas miteinander angefangen, aber dennoch war das wohl mein Einstieg ins lesbische Leben. Ich sah sie eines Abends im Theater und war sofort entflammt. Daraufhin schrieb ich ihr viele Briefe, besuchte fast jede Vorstellung von ihr und wurde bald in ihre Garderobe gebeten. Wahrscheinlich tat sie das nur, weil ich so rasend jung war und sie sich nichts dabei dachte. Während ich so manches Mal bei den Textproben half, ihr beim Abschminken zusah oder ihr zuhörte, wie sie die Highlights oder die Schwächen des vergangenen Auftritts beschrieb, hatte ich nur für eines Augen: für sie!

Mir war natürlich in dem Moment überhaupt nicht klar, was das für ein Gefühl war. Ich genoss es einfach, dass ich mit dieser tollen Schauspielerin in einem Raum sein durfte und sie mir so viel Persönliches von sich zeigte. Ich fühlte mich wahnsinnig geschmeichelt und aufgewertet, aber ich glaube nicht, dass das schon etwas mit sexueller Anziehung zu tun hatte, denn damals war ich noch weit davon entfernt, überhaupt zu wissen, was es mit Sex auf sich hatte. Ich war einfach glücklich, bei ihr zu sein und sie in meiner Nähe zu wissen. Heute kann ich ganz klar sagen, dass ich verliebt in sie war. Aber damals …«

Milena sieht versonnen in die Ferne, und eine kleine schwarzweiße Katze kommt ins Zimmer gelaufen, die sich von ihr streicheln lässt. Es vergehen einige Minuten, bis sie mit dem Reden fortfährt.

»Na ja. Sie hatte relativ schnell danach einen jungen Schauspielerkollegen kennengelernt und mir von ihrer Verliebtheit erzählt. Ich merkte sofort, wie ein komisches Gefühl in mir hochstieg und wie sehr mich die Zuneigung, die sie für diesen Mann empfand, verletzte. Heute weiß ich, dass es Eifersucht war. Natürlich habe ich ihr nichts von meiner Enttäuschung erzählt, zumal der Grund mir damals eben nicht wirklich bewusst war. Ich habe dann einfach meine Besuche bei ihr eingestellt. Es kam danach auch nie ein Anruf oder ein Brief von ihr, in dem sie mir mitgeteilt hätte, dass ich ihr fehlte, so dass ich – wahrscheinlich zu Recht – das Gefühl hatte, dass ich ihr ziemlich egal war. In ihren Augen war ich wahrscheinlich einfach nur ein dummes junges Mädel, das für eine Theaterschauspielerin schwärmte.

Der Kontaktabbruch hat mir allerdings dann doch sehr weh getan, aber ich habe versucht, ihn durch andere Dinge zu kompensieren. Ich stürzte mich wahnsinnig in meine Schularbeiten, weil ich mir vorgenommen hatte, später im Ausland zu studieren. Dieses Ablenkungsmanöver hat insofern auch tatsächlich geklappt, als ich mit überdurchschnittlichen Leistungen meinen Schulabschluss machte. Und der verschaffte mir dann in der Tat – über einen kleinen Umweg – den erhofften Auslandsaufenthalt.

Ich zog zuerst von meiner Geburtsstadt nach Budapest und schrieb mich dort zum Studium der Theaterwissenschaften ein. Dort war natürlich alles viel weltoffener und lebendiger als in dem Ort, aus dem ich kam.«

Ich ahnte zwar, was sie meinte, fragte Milena dann aber dennoch: »Was meinst du mit ›natürlich weltoffener‹?«

»Na ja, dadurch dass Budapest – das übrigens auch gerne als Paris des Ostens bezeichnet wird – Universitätsstadt ist und mit einer Einwohnerzahl von zwei Millionen die größte Stadt Ungarns, liegt es nahe, dass es weltoffen ist. Es ist ja in der Tat so, dass, je größer die Städte sind, natürlich auch mehr Einflüsse und Kulturen und eben auch andere Lebensformen sichtbar sind. Budapest ist für Ungarn wahrscheinlich das gleiche wie Berlin für Deutschland. Ganz viele Menschen kommen nach Budapest, die in ihrem Dorf oder in ihrer Kleinstadt das Gefühl haben, dass ihnen alles zu eng wird. Dass die Menschen zu konservativ sind, dass es zu wenig kulturelle Angebote gibt oder was auch immer. Ich glaube, dass das in jedem Land der Welt so ist. Für mich galt natürlich das gleiche. Eine Universitätsstadt bietet ungleich mehr Möglichkeiten als zum Beispiel ein kleiner Ort, der überwiegend von der Landwirtschaft lebt. So war Budapest für mich nicht nur die Stadt, in der ich studieren konnte, sondern es bot mir auch die Möglichkeit, meinen kulturellen Interessen verstärkt nachzugehen.

Meine Begeisterung für diese Schauspielerin hat die Wahl meines Studiengangs mit Sicherheit sehr beeinflusst, und ich suchte auch im privaten Leben wieder die Theaterkreise auf. Ich hatte mir mittlerweile ernsthaft Gedanken darüber gemacht, welche Art Gefühle ich denn nun für diese Schauspielerin gehabt hatte, aber ich kam zu keinem Ergebnis. Allerdings bekam ich durch die Theaterwelt in Budapest Zugang zu einer sehr bunten und unkonventionellen Szene. Dazu gehörten auch einige Schwule und Lesben, denn gerade im künstlerischen Milieu können sie ihre sexuelle Orientierung besser nach außen tragen als beispielsweise in einem kaufmännischen Beruf, weil das künstlerische Ambiente eben nicht die klassisch-konservativen Einstellungen hat wie die ›normale‹ Arbeitswelt.

So hatte ich in Budapest also das erste Mal Kontakt zu Homosexuellen, was ich super spannend fand, und ich erfuhr, dass es dort auch eine gewisse Szene gibt. Damals bin ich allerdings noch nicht auf die Idee gekommen, dass ich selbst lesbisch sein könnte. Ich genoss einfach diese neuen Erfahrungen und Lebenswelten, besuchte die Aufführungen, die Konzerte, private Partys oder was auch immer. Bald gehörte ich zu dem Dunstkreis dieser Welt, und ich fühlte mich dort ausgesprochen wohl.

Allerdings fehlte mir etwas. Ich fühlte mich trotz allem eingeschränkt, und mein Wunsch, ins Ausland zu gehen, wurde immer stärker. Ich entschied mich für Deutschland, wobei diese Entscheidung nichts mit meinem Lesbischsein zu tun hatte, denn damals wusste ich ja noch gar nicht, dass ich lesbisch bin. Mir kam Ungarn irgendwie zu klein vor, und ich wollte mehr von der Welt sehen, auch andere Theaterlandschaften kennenlernen, so bin ich dann – vor allem wegen Bertolt Brecht – nach Deutschland gegangen, um hier weiterzustudieren und meinen Schwerpunkt auf das epische Theater zu legen.

Ich schrieb mich an der Humboldt-Universität in Berlin ein, und von diesem Zeitpunkt an hat sich mein Leben drastisch geändert. Anfangs war es mir noch ein wenig fremd, weil ich mich als nicht zugehörig empfand, aber das hat sich relativ schnell geändert. Ohne dass ich es bewusst angegangen wäre, bekam ich dann Kontakt zu Lesben. Auslöser war eine Erstsemesterparty im Café Krähenfuß, auf der ich Valesca begegnete. Sie knutschte wild mit einem Mann herum, und ich hing wie gebannt an ihren Lippen. Warum auch immer, es irritierte mich, dass sie einen Mann küsste, und ich wünschte mir ihre Lippen auf meinen. Das war wohl das erste Mal, dass ich konkret sexuelles Verlangen nach einer anderen Frau verspürte. Das Gefühl war einfach so da, es fühlte sich irgendwie richtig und gut an, und in diesem Moment ahnte ich, was mir in der Vergangenheit immer gefehlt hatte, allerdings war es wirklich nur eine Ahnung. Ich musste auch wieder an die Schauspielerin in Budapest denken, und in meinem Kopf schwirrten nebulöse Bilder und Gefühle herum, die ich aber noch nicht richtig zuließ oder deuten mochte.

Irgendwann später am Abend saßen Valesca und ich nebeneinander auf der Couch, und sie erzählte mir, dass sie eigentlich mit Frauen zusammen sei. Ich sah sie geflashed an und fragte sie, warum sie denn dann mit einem Typen rumgeknutscht hätte. Sie guckte mich nur grinsend an und sagte, dass das eine doch mit dem anderen nichts zu tun hätte.

Für mich war das an diesem Abend nicht wirklich nachvollziehbar. Ich sah sie, wie sie mit einem Typen knutschte, und gleichzeitig erzählte sie mir, dass sie lieber mit Frauen zusammen war. Wie passte das zusammen?

Alles in allem war ich nach der Party also ziemlich verwirrt, und ich weiß, dass ich ein paar Tage lang wie Falschgeld über den Campus gelaufen bin. Eine Woche später traf ich Valesca zufällig in der Mensa, und wir tranken einen Kaffee zusammen. Von da an ging alles ziemlich schnell. Ich spürte, wie mich Valescas Leben faszinierte, wie sie mich als Frau faszinierte. Wir trafen uns immer öfter, und ich stellte fest, dass es eine ganze Menge lesbischer Frauen in meinem Studienbereich gab. Sie waren mir vorher einfach nicht aufgefallen, bzw. konnte ich die Zeichen nicht deuten. Dank Valesca wurde ich ziemlich schnell in diese Kreise eingeführt, und mir war klar, dass dieses lesbische Leben ganz viel mit mir zu tun hatte, auch wenn ich mich zu diesem Zeitpunkt noch längst nicht als Lesbe bezeichnete.

Obwohl ich mein inneres Coming-out noch nicht abgeschlossen hatte, engagierte ich mich bald darauf bei »mutvilla«, dem Referat für ›LesBiSchwulQueer‹ der Universität. Dadurch dass das kein ausschließliches Lesbenreferat war, hatte ich wohl auch keine Berührungsängste. Aber je länger ich dann dabei war, desto mehr öffneten sich mir die Augen. Alles, was die Frauen sagten, so wie sie lebten, schien genau das zu sein, wonach ich immer – wenn auch unbewusst – gesucht hatte. Es war nie ein

Problem, dass ich Ausländerin war, sondern die Frauen nahmen mich herzlich in ihrer Mitte auf. Das liegt alles nun schon ein paar Semester zurück, ich habe mittlerweile mein Coming-out gehabt, und mein Freundeskreis besteht eigentlich ausschließlich aus lesbischen Frauen.«

»War es denn das, was du wolltest? Einen rein lesbischen Freundeskreis?«

»Es ist ja immer die Frage, ob wir so genau wissen, was wir wollen. In Ungarn hatte ich nur das unbestimmte Gefühl, dass ich nicht richtig glücklich mit meinem Leben war. Es fühlte sich so an, als ob da eine große Leerstelle wäre. Womit ich die aber ausfüllen wollte, das war mir nicht klar. Woher auch? Wie gesagt, zu Hause war ich nie auf Homosexuelle gestoßen, und in meinem Elternhaus wurde das auch nie thematisiert. Mir haben Rolemodels gefehlt, und Sendungen wie Queer as Folk *oder* The L-Word *gab es bei uns nicht zu sehen. Das ist hier schon anders, auch wenn es mittlerweile in Ungarn etwas entspannter ist. Immer wenn ich nach Hause fahre, dann gehe ich dort abends auch lesbisch aus, weil es mittlerweile selbst in meiner Heimatstadt ein paar schwullesbische Kneipen gibt. Vor ein paar Jahren wäre das undenkbar gewesen.*

Dass mein Freundeskreis rein lesbisch ist, hat aber gar nichts mit Ausgrenzung oder Dogmatismus zu tun, auch wenn sich das jetzt vielleicht so anhören mag. Ich fühle mich einfach wohler mit Frauen, und wahrscheinlich liegt es auch an meinem Engagement bei »mutvilla«, dass ich so viele Lesben kenne. Neben dem Studium und der Referatsarbeit bleibt einfach auch nicht mehr so viel Freizeit, um vielleicht noch andere Leute kennenzulernen. Außerdem habe ich seit einem Jahr eine Liebste – es ist übrigens nicht Valesca –, und als ich das erste Mal mit ihr zusammen war, da wusste ich wirklich, dass ich lesbisch bin. Ich war einfach nur glücklich, und der lange Weg des Suchens war damit für mich beendet.

Aber um auf deine Frage von wegen meiner Eltern zu sprechen zu kommen: Mein Vater weiß, wie gesagt, bis heute nicht, dass ich lesbisch bin. Vielleicht ahnt er etwas, aber wir haben nie darüber gesprochen. Allerdings habe ich mich meiner Mutter gegenüber geoutet. Ich habe mich damals eigentlich gar nicht darauf vorbereitet, sondern sie mehr oder weniger vor vollendete Tatsachen gestellt. Ich kann mich noch genau an ihren Blick erinnern. Wir waren in einem Restaurant essen, und irgendwie hatte ich es satt, ihr nur die Hälfte von meinem Leben in Deutschland zu erzählen. Als der Kellner uns das Essen servierte, habe ich ihr ganz unverblümt gesagt, dass Tabea, meine Mitbewohnerin in Berlin, eben nicht nur meine Mitbewohnerin ist, sondern auch meine Lebensgefährtin.«

Milena krault gedankenverloren die Katze, die sich mittlerweile zu ihr aufs Sofa gelegt hat, und ich lasse ihr Zeit, sich zurückzuerinnern. Nach einem kurzen Moment hebt sie den Blick und spricht weiter.

»Irgendwie ist das so aus mir herausgeplatzt. Vielleicht war das auch gut so, denn sonst hätte ich mich vielleicht nie getraut, ihr von meinem Lesbischsein zu erzählen, aus Angst vor ihrer Reaktion. Es gibt ja Frauen, die ihr Coming-out von langer Hand planen und dann auch dementsprechend auf die Reaktion der Eltern vorbereitet sind. Nicht so bei mir. Deswegen war ich wohl so relaxt, und das hat es vielleicht auch meiner Mutter leichter gemacht.

Nachdem mein Satz gefallen war, sah sie eine Zeitlang auf ihr dampfendes Gericht, und ich merkte ihr deutlich an, dass sie überlegte. Nach einer Weile sagte sie dann, dass das für sie sehr überraschend käme, aber dass es ja schließlich mein Leben sei. Und dass es wahrscheinlich gut sei, dass ich im Ausland leben würde. Sie war noch nie in Deutschland, und ich glaube, dass ihr das alles sowieso ein wenig suspekt ist – ich meine, dass ich nicht in Ungarn geblieben bin. Nachdem eine Weile Schweigen zwischen uns geherrscht hatte, blickte sie mir plötzlich fest in die Augen und sagte, dass sie mich diesen Sommer gerne besuchen kommen möchte und dass sie meine Lebensgefährtin auch kennenlernen wolle. Das hat mich dann doch ziemlich umgehauen. Ich weiß nicht, womit ich gerechnet hatte, aber dass sie sich voll und ganz hinter mich stellt, damit wohl nicht.«

»Das ist doch eine wirklich tolle Reaktion von deiner Mutter! Wie ist es dann weitergegangen? Hat sie dir noch Fragen zu deinem Lesbischsein gestellt?«

»Nein, überhaupt nicht. Wir haben seitdem nie wieder darüber gesprochen. Die wenigen Sätze haben gereicht. Ich weiß nicht, ob meine Mutter sich danach noch eingehender mit dem Thema auseinandergesetzt oder ob sie ihre lesbische Tochter einfach so akzeptiert hat. Sie fragt zwar immer nach Tabea, wenn wir miteinander telefonieren und wenn ich sie zu Hause besuche, aber ob sie mein Leben wirklich mit Bildern füllt, das weiß ich nicht. Das ist auch nicht wirklich wichtig für mich, und wahrscheinlich hatte sie recht mit ihrer Ansicht, dass es gut ist, dass ich im Ausland lebe. Dadurch unterliege ich nicht der Kontrolle meiner Familie oder von wem auch immer, und ich kann hier ganz entspannt mein Leben führen.«

Für Milena – wie für viele andere Frauen – ist der Weggang aus der Heimat, sei es nun ins Ausland oder einfach der Umzug in eine andere Stadt, der ideale Weg, ein neues Leben anzufangen. Denn auch wenn viele ein positives Coming-out erleben, so gibt es doch auch immer wieder Anfeindungen oder Unverständnis von Seiten der Menschen, die anders leben als wir. Eltern und Verwandte treten in den Hintergrund, und der Kreis der Freundinnen und Freunde, der ja zumeist heterosexuell orientiert ist, gehört plötzlich oft der Vergangenheit an, weil sich die Interessen verschieben und es weniger Gemeinsamkeiten gibt. Außerdem findet sich in größeren Städten neben dem vielfältigeren kulturellen Angebot auch eine größere Auswahl an potentiellen Partnerinnen.

Für das eigene Selbstwertgefühl ist es wichtig, dass wir uns von den vermeintlich vorgeschriebenen Lebenswegen lösen und den eigenen Idealen und Wünschen nachgehen. Dazu gehört allerdings auch oft, dass wir wenigstens den Menschen im näheren (familiären) Umfeld von der eigenen Homosexualität erzählen, weil wir sonst sehr schnell in einen Teufelskreis von Notlügen und Erklärungsnöten geraten.

Es bleibt jedoch nicht beim Coming-out im engeren Umfeld. Das Coming-out ist ein lebenslanger Prozess. Immer wieder lernen wir neue Menschen kennen, von denen viele nicht homosexuell sind, so dass wir regelmäßig in die Situation kommen, von unserem Lesbischsein zu erzählen bzw. erzählen zu müssen. Beispielsweise wenn wir eine neue Lehrstelle antreten, die Schule wechseln, an die Uni gehen oder einen neuen Job finden. In all den schulischen oder beruflichen Zusammenhängen wird immer wieder auch über Privates gesprochen. Wir werden gefragt, ob wir einen Freund haben, verheiratet sind oder was wir am Wochenende gemacht haben. Nun gibt es Frauen, die versuchen, ihr Privatleben geheim zu halten, sich in Ausflüchte retten oder sogar einen Freund erfinden, weil sie Vorurteile von Seiten ihrer Mitmenschen befürchten. Natürlich ist das Geheimhalten und Versteckleben ein möglicher Weg – und letztendlich muss das jede für sich selbst entscheiden –, aber so viel ist gewiss: Je offener wir unser Lesbischsein leben, desto weniger Angriffsfläche bieten wir anderen. Es geht hier nicht darum, mit einem Schild herumzulaufen und allen auf die Nase zu binden, dass wir lesbisch sind und dass das, bitteschön, alle unkommentiert hinzunehmen hätten. Vielmehr geht es darum, dass das lesbische Leben in der Öffentlichkeit immer selbstverständlicher wird.

In manchen Zusammenhängen gestaltet sich das vermutlich schwierig(er), und sicher gibt es Bereiche, sei es im Beruf, sei es in der Freizeit, in denen Homosexuelle mit größerer Selbstverständlichkeit akzeptiert werden als in anderen, so wie Milena es beispielsweise in der Theaterwelt erlebt hat. Auch im Beispiel von Nele im letzten Kapitel war ihr offensiver Umgang mit ihrem Lesbischsein der beste Weg, um blöden Sprüchen oder Anfeindungen von Seiten ihrer männlichen Kollegen und Mitschüler zu begegnen. Das gleiche gilt für Menschen des öffentlichen Lebens. Sei es nun Klaus Wowereit, Regierender Bürgermeister von Berlin, die *Tatort*-Kommissarin Ulrike Folkerts, die im internationalen Filmbusiness bekannte Ellen de Generes, die Rock-Ikone Melissa Etheridge oder Anne Will und Miriam Meckel – sie alle sind »aus dem Schrank herausgekommen« und haben viel Sympathie dafür geerntet.

Dadurch dass die Genannten sich in der Vergangenheit öffentlich geoutet haben, ist ein immer wieder neues Coming-out kaum noch nötig. Das klingt nach einem ziemlich entspannten Leben, oder? Zu diesem Phänomen hat sich Manuela Kay, Chefredakteurin des lesbischen Magazins *L-Mag*, in einem Interview folgendermaßen geäußert: »Das wirklich Tolle daran ist, dass du dich nie wieder erklären musst. Du musst dich nie wieder outen. Du trittst einmal im Fernsehen auf, und alle wissen es: die Nachbarn, die Verwandten, die Kollegen. Keiner fragt mehr nach, das ist wunderbar.«*

Das lässt doch hoffen, und es lässt sich auch auf unser Leben übertragen, das nicht von Fernsehen und Rampenlicht geprägt ist. Je offener, desto wunderbarer!

---

* Zitiert nach: Pia Werner und Barbara Wörmann: *Jane liebt Julia* (München 2000). S. 67.

»Ich verdrängte diese Gefühle, ließ sie nicht an mich heran«

Das Dreamteam beim Basketball

In diesem Kapitel geht es um Jeannette und Feline, die erst nach einigem Anlauf zueinanderfinden und denen das Coming-out ein wenig erschwert wird. Nicht zuletzt wegen Felines doofem Bruder …

Eigentlich war bei mir immer alles ganz normal. Ich meine damit, dass meine Kindheit völlig unkompliziert verlaufen ist. Mein kleiner Bruder und ich lebten mit meinen Eltern in einer gemütlichen Dreizimmerwohnung, Vater und Mutter waren berufstätig, und wir Kinder hatten einen überschaubaren, aber engen Freundeskreis. Ich hatte eine beste Freundin, ging zweimal die Woche zum Sport, und am Wochenende machten wir vier immer Ausflüge ins Umland. Soweit ich mich erinnere, sind meine Eltern sehr liebevoll miteinander umgegangen, und es gab keinen nennenswerten größeren Stress. Damals jedenfalls noch nicht.

Mein Leben änderte sich dann aber irgendwie, und ich habe es erst gar nicht wahrhaben wollen. Es fing ganz schleichend an, und ich habe mir da anfangs gar keine Gedanken drüber gemacht. Da war dieses Mädchen, Jeannette, die neu zu uns ins Basketballteam kam. Ich bin nicht überdurchschnittlich groß, weswegen ich die Position der Spielmacherin einnahm. Die Neue sollte mit ihren überdurchschnittlichen Einsfünfundachtzig auf der Center-Position spielen. Wir beide wurden bald zum Dreamteam, weil ich ihr immer die Pässe zuspielte, die sie dann fast jedes Mal im Korb versenkte.

Ich merkte im Laufe der Zeit, dass meine Begeisterung für sie mehr als rein sportlicher Natur war. Ich verdrängte diese Gefühle aber, ließ sie nicht an mich heran, und als ich mir dann beim Training das Bein brach, war ich für einige Wochen außer Gefecht gesetzt. Ich mied die Sporthalle in dieser Zeit. Auch als ich schon wieder humpeln konnte, suchte ich nicht den Kontakt zu meinem Team, und dadurch, dass ich Jeannette nun nicht mehr regelmäßig sah, verloren sich auch meine Gefühle für sie.

Sie wechselte etwas später die Mannschaft, und als mein Bein ausgeheilt war, ich wieder auf meiner Point-Guard-Position stand und die Pässe an meine Mitspielerinnen verteilte, da war Jeannette längst vergessen. Dachte ich jedenfalls. Die Gedanken, die mir trotz allem immer wieder im Kopf herumschwirrten, verdrängte ich einfach.

Es muss ungefähr ein halbes Jahr später gewesen sein, als wir zum Turnier nach Köln fuhren. Die Stimmung im Vereinsbus war ausgelassen. Wir freuten uns auf ein sportliches Wochenende und die abendlichen Partys. Als unsere Gegnerinnen ausgelost wurden, gab es natürlich lautstarkes Gegröle und Gejohle. Nici hatte mal wieder ihr Trikot falsch herum angezogen, und mir liefen vor Lachen echt die Tränen. Ich wischte mir mit der Hand übers Gesicht, und dann entdeckte ich plötzlich eine wunderschöne Frau auf der Tribüne.

Es war: Jeannette – mit Gipsbein.

Das Lachen blieb mir im Hals stecken. Mein Herz raste wie wild. Und mit einem Mal kamen die ganzen Gefühle der letzten Saison in mir hoch. Ich wusste überhaupt nicht, wie ich mich verhalten sollte, obwohl mir klar war, dass es das Natürlichste auf der Welt gewesen wäre, zu ihr hinzugehen und hallo zu sagen. Ich konnte nicht. Ich tat so, als ob ich sie nicht gesehen hätte und versuchte mich halbwegs locker zu machen. Da brüllte aber schon Nici neben mir: »Hey, Mädels, ihr glaubt nicht, wer da auf der Tribüne sitzt!«

Sie flitzte zu Jeannette hinüber, und die beiden winkten uns anderen zu, dass wir auch kommen sollten. Ausgesprochen cool –

zumindest äußerlich – ging ich mit langsamen, lässigen Schritten auf meine andere Hälfte des ehemaligen Dreamteams zu. Wir nuschelten beide nur ein knappes Hallo, was aber nicht weiter auffiel, weil die anderen wild durcheinanderredeten. Dann wurden wir allerdings von unserer Trainerin zurückgepfiffen: Unser erstes Spiel sollte in zehn Minuten losgehen.

»Toi, toi, toi!«, sagte Jeannette und boxte mir auf den Oberschenkel.

Meine Haut brannte von ihrer Berührung. Kurze Zeit später stand ich völlig verwirrt auf dem Feld, gab lauter Fehlpässe, und meine Abwehr war katastrophal.

»Scheiße, Feline, was machst du denn für 'n Blödsinn!«, fluchte unsere Trainerin in der Pause. »Reiß dich mal ein bisschen zusammen. Wir wollen hier schließlich als Siegerinnen vom Feld gehen, ist das klar?!«

»Ja, sorry«, erwiderte ich nicht wirklich überzeugend. »Ich hab heute wohl einen schlechten Tag.«

Die zweite Spielhälfte verlief mindestens ebenso katastrophal. Ich verteilte schlechte Pässe, konnte die Angreiferinnen nicht abblocken und ließ so manche mit dem orangefarbenen Ball an mir vorbeilaufen.

Was war los mit mir? Die Frage stellte ich mir die ganze Zeit auf dem Feld und schielte zu Jeannette auf der Tribüne hinüber.

Wir verloren haushoch, was mit Sicherheit meiner schlechten Tagesverfassung zuzurechnen war. Ich setzte mich frustriert auf die Trainerbank, griff mir eine der Wasserflaschen und hätte am liebsten geheult!

»Hey, was geht?«, fragte mich eine vertraute Stimme von der Seite. Ich brauchte gar nicht hochzugucken, um zu wissen, dass es Jeannette war.

»Hey«, sagte ich und wischte mir eine winzige Träne aus dem Auge. »Ich weiß auch nicht, was mit mir los ist. Läuft irgendwie zur Zeit nicht so gut ...«

Ein Moment des Schweigens breitete sich zwischen uns aus. Dann sagte sie: »Nimm das mal nicht so tragisch, Feline, ein schlechtes Spiel haben wir alle schon gehabt!«

Sie rückte etwas näher an mich heran und berührte schon wieder meinen Oberschenkel, der noch schweißnass von der Partie war. Die flüchtige Berührung brachte mich fast um den Verstand, und unwillkürlich zuckte ich zusammen. »Jaaa, ich weiß«, antwortete ich. »Es ist ja auch nicht mein erstes schlechtes Spiel, aber irgendwie fühle ich mich heute total scheiße!«

Wieder bleierne Stille. Wir starrten auf die Sprossenwand, die uns direkt gegenüber angebracht war.

»Sag mal«, fing Jeannette wieder an, »wie lief das denn so die letzten Monate? Ich meine, nachdem ich aufgehört habe? Wir waren ja ein echtes Dreamteam, bis du dir das Bein gebrochen hast, und dann bin ich in einen anderen Verein gegangen. Hat dir nicht irgendwas ...« Sie stockte einen Moment, fuhr dann aber fort: »Hat dir nicht irgendwas gefehlt? Ich meine, so eine super Ergänzung findet man ja nicht einfach so von heute auf morgen wieder, oder?« Sie blickte mich fragend an und setzte dann hinterher: »Bringst du vielleicht seitdem so schlechte Leistungen auf dem Platz?«

»Was soll das denn heißen?« Ich brüllte fast, denn ihre Frage ging mir tierisch an die Substanz.

»Hey, ist ja schon okay«, sagte Jeannette beschwichtigend. »Ich dachte ja nur ...«

»Was dachtest du?«, erwiderte ich trotzig und versuchte den Schnürsenkel meines Schuhs aufzudröseln.

»Nee, schon gut. Gar nichts weiter ...«, kam es kleinlaut von ihr.

Ich fühlte mich scheiße, ehrlich. Jeannette saß stumm an meiner Seite, meine Trainerin grollte mir, und ich wollte eigentlich überall sein, bloß nicht in dieser Sporthalle!

Ich starrte frustriert vor mich hin, und Jeannette wagte einen erneuten Anlauf: »Hör mal, das ist doch wirklich kein Grund, Frust zu schieben!«

Ich sah sie wütend an, riss mein Sweatshirt unter ihrem Hintern hervor und verließ kommentarlos die Sporthalle.

Draußen strömte mir winterliche Kälte entgegen. Ich zog mir mein Sweatshirt über und musste aufpassen, dass ich nicht auf dem zugeschneiten Weg ins Schlittern kam. Ich setzte mich auf die Fahrradständer und blickte über die Kölner Altstadt.

Mir ging's hundeelend! Ich kämpfte gegen die Tränen an und starrte in den heftigen Schneefall, der sämtliche Geräusche zu schlucken schien. Niemand kam aus der Sporthalle heraus, alle vergnügten sich vermutlich, nur ich hockte hier mutterseelenallein herum.

Was war das mit Jeannette? Ich konnte – oder wollte – meine Gefühle für sie nicht benennen.

Nach hundert Jahren vernahm ich eine Stimme.

»Hey, hier bist du also. Ich hab dich in der Halle vermisst.«

Jeannette stakste mit ihren Krücken unsicher auf dem glatten Weg herbei und hockte sich neben mich auf den Fahrradständer.

»Alles in Ordnung mit dir?«, fragte sie besorgt, aber ich zuckte nur mit den Schultern. Mir war nicht nach Reden zumute, und eigentlich wollte ich allein sein. Aber irgendwie genoss ich Jeannettes Nähe auch, was mich wiederum total irritierte. Wir starrten gemeinsam auf die Lichter der Stadt und schwiegen uns an.

Irgendwann wurde das Schweigen drückend, und ich räusperte mich.

»Ich geh dann mal wieder rein«, sagte ich unwirsch und ließ die verdutzte Jeannette mitsamt ihren Krücken in der eisigen Kälte zurück.

Mir ging's Scheiße! Sie so vor den Kopf zu stoßen ergab keinen Sinn. Aber ich fühlte mich so hilflos in ihrer Nähe, dass ich wieder nur die Flucht antreten konnte.

Das war aber auch keine wirklich gute Lösung, und an diesem Abend war ich definitiv der Partykiller: Jeder Aufforderung zu tanzen wich ich aus, jedem Gespräch entfloh ich, jeden Kontakt mit Jeannette vermied ich. Je länger ich darüber nachdachte, warum ich mich wie unter einer Glasglocke fühlte, desto stärker kam mir ein böser Verdacht: Ich würde doch wohl nicht ...

Ich dachte den Gedanken nicht zu Ende. Die Bedrohung, die davon ausging, war viel zu groß. Am liebsten hätte ich mich in ein anderes Leben gebeamt, meine Gefühle ausgeknipst oder besser noch: niemals mit Basketballspielen angefangen. Natürlich war mir klar, dass ich mich nicht aus meinem Leben wegbeamen konnte. Und natürlich hatte meine derzeitige Lebenskrise nichts mit dem Basketball zu tun. Aber man sucht ja immer erst mal nach den einfachsten Antworten.

Vier Wochen nach dem Turnier hatte ich einen Brief im Postkasten. Er war von Jeannette. Ich ließ ihn den ganzen Nachmittag ungeöffnet, weil ich befürchtete, dass, wenn ich ihn gelesen hätte, etwas unwiederbringlich verloren wäre, nämlich meine heile Welt.

Den ganzen Tag trug ich also ihren Brief in der Hosentasche mit mir herum und spürte ihn bei jedem Schritt. Ich konnte ihn einfach nicht rausholen und lesen. Aber wegwerfen konnte ich ihn auch nicht. Dafür besaß er wohl zu viel Gewicht. Mir ging's, wie gesagt, scheiße!

Als ich abends im Bett lag, zog ich den Umschlag dann doch aus der Hosentasche und starrte ihn eine ganze Weile an. Die klare Handschrift von Jeannette schrie mich förmlich an, und dennoch zögerte ich immer noch, ihn zu öffnen. Immer wieder tobten diese rivalisierenden Gefühle in mir. Der eine Impuls sagte: »Lies ihn, lies ihn!«, der andere sagte: »Wirf ihn weg, weg!«

Was tun?

Nachdem die Geräusche in unserer Wohnung verstummt wa-

ren und der Uhrzeiger bereits auf eins stand, fasste ich mir ein Herz und riss den Umschlag auf.

Es war kein sehr langer Brief, aber er machte meine kühnsten Erwartungen und Befürchtungen wahr und brachte mich gehörig durcheinander:

»Liebe Feline,
es ist wirklich sehr schade, dass Du mich bei dem Turnier einfach so wortlos auf dem Fahrradständer zurückgelassen hast. Ich kann mir Dein Verhalten auch nicht wirklich erklären, und es hat mich sehr verletzt. Als ich Dich in dem vertrauten Trikot auf dem Spielfeld stehen sah, da ist mir total warm ums Herz geworden, und ich habe mich wirklich gefreut, Dich wiederzusehen!

Für die anderen waren wir immer das Dreamteam, und ich frage mich, warum Du wohl so abweisend zu mir warst. Ich hab mir die ganze Zeit den Kopf darüber zerbrochen, ob ich irgendwas falsch gemacht habe, aber mir ist beim besten Willen nichts eingefallen. Vielleicht kannst Du mir sagen, was mit Dir los ist, denn ich fände es wirklich sehr schade, wenn unsere Freundschaft so enden würde.

Ich habe Dich in den Wochen, als Du wegen Deinem gebrochenen Bein nicht zum Training gekommen bist, sehr vermisst. Natürlich hätte ich Dich auch zu Hause besuchen können oder vielleicht sogar sollen, aber irgendwas hat mich davon abgehalten. Ich kann das gar nicht genau erklären, aber ich hatte das Gefühl, dass ich nicht mehr im Team bleiben konnte, wenn Du wieder zum Training kommen würdest. Frag mich bitte nicht warum, aber das war der Grund, weshalb ich mich nach einem neuen Verein umgesehen habe.

Alles lief dann auch ganz okay. Das neue Team hat mich gut aufgenommen, aber ich hatte das Gefühl, dass mir irgendetwas – oder jemand? – fehlt.

Als ich Dich dann vor vier Wochen bei dem Turnier sah, da wusste ich, was bzw. wer mir fehlt.

Liebe Feline, ich stecke irgendwie in einem totalen Gefühlschaos. Und diese Gefühle, oder das Chaos, haben offensichtlich etwas mit Dir zu tun. Ich hab keine Ahnung, wie Du auf meine Zeilen reagieren wirst. In erster Linie hab ich Angst, dass Du Dich nun erst recht von mir abwenden wirst, aber ich habe auch gemerkt, dass ich unbedingt darüber sprechen muss.

Ich würde mich wirklich sehr, sehr freuen, wenn Du mir antwortest.

XXX, Jeannette«

Ich ließ den Brief sinken, und ein riesengroßer Knoten bildete sich in meinem Magen. Jeannette hatte genau das ausgesprochen, was mir seit Wochen auf dem Herzen lag, was ich mich aber nicht getraut hatte, mir einzugestehen. Neben diesem Knoten gab es aber auch noch ein anderes Gefühl – es war, als ob kleine Schmetterlinge zart gegen meinen Bauch flatterten und ein ganz warmes Strahlen verursachten.

In allen bisherigen Kapiteln dieses Buches wurde die Entdeckung des eigenen Lesbischseins als positive Erkenntnis beschrieben. Aber natürlich geht es auch einigen Mädchen oder Frauen so wie Feline. Einigen ist die Neigung zum gleichen Geschlecht erst mal unwillkommen – sie tun sich schwer mit ihrem inneren Comingout und haben Probleme, diese »ganz normalen« Gefühle für sich anzunehmen. »Ganz normal« ist hier bewusst in Anführungszeichen gesetzt, denn auf der einen Seite sind sie ja genau das, nämlich ganz normal, auf der anderen Seite stürzen sie manch eine von uns in eine ziemliche Krise, weil sie sich an diese Gefühle selbst erst gewöhnen muss und ihre Umgebung sie vielleicht doch nicht so ganz normal findet. Natürlich wäre es schön und einfach (und letztlich auch überflüssig), einen Coming-out-Ratgeber zu schreiben, in dem alles »Friede, Freude, Eierkuchen« ist. Aber das wäre Augenwischerei. Manchmal scheint der einzige Weg zu sein, in die Offensive zu gehen. Dabei können wir uns die Frage stellen, was wir eigentlich zu verlieren bzw. ob wir nicht viel mehr zu gewinnen haben.

Ich konnte die ganze Nacht kaum ein Auge zu tun. Wie sollte ich mich denn jetzt Jeannette gegenüber verhalten? Ich wusste keine Antwort darauf.

Morgens fühlte ich mich wie gerädert und saß mit Ringen unter den Augen am Frühstückstisch. Meine Mutter sah mich nur fragend an, ließ mich aber sonst in Ruhe. Auf dem Weg zur Schule beschloss ich zu schwänzen. Ich ließ mich durch den Tag treiben und grübelte die ganze Zeit darüber nach, warum mich dieser Brief so aufgewühlt hatte und was diese Schmetterlinge in meinem Bauch zu bedeuten hatten, die immer heftiger herumschwirrten, und ob bzw. was ich Jeannette antworten sollte.

Zwei Stunden später hatte ich einen Plan. Ich setzte mich ins Café Papillon, bestellte eine heiße Schokolade mit Sahne, zog meinen Schreibblock aus der Schultasche und machte mich ans Werk.

»Liebe Jeannette,
vielen Dank für Deinen Brief. Ich muss Dir ehrlich gestehen, dass ich mir anfangs gar nicht sicher war, ob ich ihn überhaupt lesen wollte. Den ganzen Tag habe ich ihn in der Hosentasche mit mir herumgetragen und mich nicht getraut, ihn zu öffnen. Erst spät in der Nacht habe ich ihn dann doch gelesen.

Ich kann Dir nicht genau sagen, warum ich mich so schwer damit getan habe, ihn zu öffnen. Aber vielleicht ist das auch gelogen, und ich traue mich einfach nicht, die Dinge beim Namen zu nennen. Du hingegen bist da viel ehrlicher und offener mir gegenüber.

Ja, Du hast recht. Mein Verhalten beim Basketballturnier war verletzend. Aber ich konnte in dem Moment einfach nicht anders reagieren. Ich hatte das Gefühl, dass ich vor Dir flüchten musste. Und das gleiche Gefühl hatte ich, als ich mir damals das Bein gebrochen und Euch dann nie beim Training zugeguckt habe. Normalerweise verbringe ich jede freie Minute in der Halle, aber damals konnte ich es nicht ertragen, Dich zu sehen. Ich konnte oder wollte mir das da noch nicht eingestehen, aber durch Deinen Brief ist mir einiges klar geworden.

Ich dachte, wenn Du in einen anderen Verein gehst und wir uns nicht mehr sehen, könnte ich Dich vergessen. Aber als ich Dich so unerwartet auf dem Turnier gesehen habe, da habe ich gemerkt, dass das nicht so ist. Am liebsten wäre ich zu Dir hingerannt und hätte Dich in den Arm genommen und nie mehr losgelassen. Aber was hätten denn dann die anderen gesagt? Liebe Jeannette, ich vermisse Dich auch!

Ich würde Dich super gerne wiedersehen, aber ich hab irgendwie auch Angst vor einer Begegnung mit Dir. Ich weiß nicht, wie ich mich verhalten soll und was das genau für Gefühle sind.

Vielleicht können wir ja am Wochenende was zusammen machen? Was meinst Du?

XXX, Deine Feline«

Ich hatte gar nicht mitbekommen, dass meine heiße Schokolade mittlerweile kalt geworden war, trank sie aber dennoch und fühlte mich auf der einen Seite total erleichtert, weil ich den Brief geschrieben hatte, andererseits war mir aber auch ziemlich mulmig. Ich las ihn noch mal durch und steckte ihn dann schnell in einen Briefumschlag, den ich dabei hatte, und klebte ihn zu. Jetzt aber schnell in den Briefkasten damit, dachte ich, bevor ich es mir anders überlege.

Mein Herz hämmerte wie verrückt, als ich den Brief in den gelben Kasten warf. Und die Schmetterlinge flatterten wie wild.

Zwei Tage später klingelte abends das Telefon. Es war Jeannette.

»Hey, Feline«, sagte sie, und ich hörte ein leichtes Zittern in ihrer Stimme. Ich merkte, wie ich am ganzen Körper bebte und konnte kaum den Hörer halten.

»Hi, Jeannette! Hast du ... hast du meinen Brief bekommen?«, fragte ich in einer Tonlage, die um einiges höher war als sonst.

»Hm-mh«, meinte sie. Dann drang einen Moment nur Stille aus dem Hörer.

»Vielen Dank dafür! Ich fänd's total schön, wenn wir am Wochenende was zusammen machen. Was hältst du davon, wenn du zu mir kommst?«

Ich war schlagartig noch aufgeregter.

»Ja, echt gerne. Soll ich am Samstag um vier vorbeikommen?«

»Ja, super. Dann kann ich vorher noch ins Schwimmbad – trainieren.« Ich hörte die Türklingel im Hintergrund, und Jeannette sagte: »Du, ich muss jetzt Schluss machen, das wird Tobi sein. Er wollte mich zum Joggen abholen.«

»Ja, okay. Wir sehen uns dann am Samstag.« Ich freue mich auf dich, wollte ich eigentlich noch sagen, brachte es aber nicht heraus.

Samstagvormittag war ich zu nichts zu gebrauchen. Mein Bruder nervte mich total ab mit seinem überlauten HipHop; meine Mutter nervte, weil sie unbedingt wollte, dass ich mein Bett frisch beziehe; und mein Vater nervte, weil er irgendwelche Löcher in die Wände bohrte.

Als es endlich halb vier war, war mir total flau im Magen. Mit flatterndem Herzen ging ich zu Jeannette.

Als sie mir die Tür öffnete, machte mein Herz einen riesigen Hüpfer. Wir sahen uns in die Augen und nahmen uns in die Arme. Lange. Sehr lange. Ich spürte ihren Körper an meinem, und ich hätte vor Glück heulen können.

»Sind deine Eltern nicht da?«, flüsterte ich in ihr Ohr, und sie schüttelte nur leicht den Kopf.

»Komm«, sagte sie und zog mich in ihr Zimmer.

Als wir uns das erste Mal küssten, war es, als würde im Himmel Jahrmarkt sein. Es war soooo schön, ihre Lippen zu schmecken. Wir konnten überhaupt nicht mehr aufhören, und das erste Mal im Leben verspürte ich bei einem Kuss ein überwältigendes Glücksgefühl.

Wir kuschelten den ganzen Nachmittag zusammen auf ihrem Sofa, küssten uns und versicherten uns die ganze Zeit, dass wir das schon viel früher hätten tun sollen.

Als ich sie gegen zehn verließ, hatten die Schmetterlinge in meinem Bauch Hochkonjunktur. Aber da war noch ein anderes Gefühl. Ich wusste nicht, wie ich meinen Eltern gegenübertreten sollte. Die Wahrheit konnte ich ihnen nicht sagen. Ich konnte ihnen nicht sagen, dass ich mich in Jeannette verliebt hatte.

Wir hielten unsere Beziehung geheim. Nach einigen Monaten erwischte uns allerdings meine Mutter, als wir bei mir in eindeutiger Situation auf dem Bett lagen. Es gab einen Riesenärger. Meine Mutter wollte, dass Jeannette sofort die Wohnung verließ. Wir heulten beide, weil wir mit so einer überzogenen Reaktion niemals gerechnet hätten. Ich versuchte meine Mutter umzustimmen, aber sie bestand darauf, dass Jeannette ging.

Mein Bruder hat dann am Abend auch ein totales Fass aufgemacht und gesagt, dass er das total eklig findet. Ich solle mein Lesbischsein bloß nicht an die große Glocke hängen, weil seine homies in der Klasse immer so blöde Sprüche gegenüber Schwulen und Lesben loslassen und wie würde er denn dann dastehen, mit so einer Schwester.

Ich war natürlich total frustriert deswegen. Erst meine Mutter, die Jeannette quasi Hausverbot erteilt hatte, und dann auch noch mein Bruder. Der Einzige, der halbwegs vernünftig reagiert hat, war mein Vater. Er kam später zu mir ins Zimmer und wollte mich beruhigen. Er sagte, dass Mama sich schon wieder abregen würde und dass wir uns vielleicht einfach mal zu dritt zusammensetzen sollten, denn schließlich würden wir ja nicht im Mittelalter leben.

Das Ganze ist nun drei Monate her. Wir haben tatsächlich ein Familiengespräch geführt, aber meine Mutter ist hart geblieben. Sie hat auch noch die Eltern von Jeannette angerufen, aber die haben das alles ganz gelassen genommen. Mein Vater versucht seitdem, meine Mutter zu bearbeiten, und sie hat in der Zwischenzeit auch eine etwas andere Einstellung bekommen. Das liegt wohl auch daran, dass Jeannettes Eltern eines Abends mit einer Flasche Wein vor der Tür standen und sie ein langes Gespräch zu viert geführt haben. Ein bisschen weinselig kam meine Mutter dann später in mein Zimmer und meinte, dass sie jetzt einiges anders sehen würde. Allerdings bräuchte sie noch ein bisschen Zeit, um sich daran zu gewöhnen, dass ihre Tochter ... Ich merkte, wie sie ein anderes Wort für »lesbisch« suchte und dann auch die Kurve bekam: dass ich mit einem Mädchen zusammen war.

Langsam haben sich die Wogen bei uns zu Hause nun geglättet. Ich bin immer noch mit Jeannette zusammen, aber die letzten Wochen und der Stress mit meiner Mutter sind mir ganz schön nahe gegangen. In unserem Freundeskreis haben wir uns noch nicht geoutet, die einzigen, die darüber Bescheid wissen, sind unsere Eltern und mein doofer Bruder. Aber ich habe mir für die Zukunft ganz fest vorgenommen, mich auch vor meinen Freundinnen zu outen. Allerdings brauche ich dafür wohl noch ein bisschen Zeit.

»Und – waren nette Jungs da?«

Oma will's nicht checken

Die klassische Kleinfamilie im Sinne von Vater, Mutter, Kind ist längst eine Seltenheit geworden. Vielfach sind die Mütter alleinerziehend, und dadurch kann sich eine besonders enge Bindung zu ihrem Kind entwickeln. In der folgenden Geschichte wird Jule bei ihrem Coming-out von ihrer Mutter Martina liebevoll unterstützt, auch wenn sich die Großmutter etwas querstellt.

Meinen leiblichen Vater habe ich nie kennengelernt. Das scheint in unserer Familie fast schon Tradition zu haben, denn auch meine Mutter kannte ihren Vater nicht. Als meine Großmutter mit ihr schwanger war, verunglückte mein Großvater tödlich bei einem Verkehrsunfall. Da die beiden aus wirklicher Liebe geheiratet hatten, war es für Oma Christel selbstverständlich, dass sie von nun an allein bleiben würde. Aber eigentlich war sie ja gar nicht allein, da sie ja ihre Tochter bekam, meine Mutter Martina. Meine Großmutter ist eine sehr religiöse Frau, sie nahm ihre Tochter sehr früh mit in den evangelischen Gottesdienst und brachte sie später in die christliche Jugendgruppe. Der Zusammenhalt in der Gemeinde war wie ein Familienersatz für die beiden, und abgesehen davon, dass meine Großmutter natürlich sehr unter dem Verlust ihres Mannes litt, hatte sie, glaube ich, nie das Gefühl, dass ihr etwas – oder jemand – fehlt. Dieses positive Denken und das – im wahrsten Sinne des Wortes – Gottvertrauen hat sie an meine Mutter und die wiederum an mich weitergegeben. Als meine Mutter ungefähr achtzehn war, hat sie meinen Vater kennengelernt. In der Kirchengemeinde, wo sonst. Von Liebe zwischen den beiden war nicht die Rede – meine Mutter hatte von Anfang an nur ein Ziel vor Augen: Sie wollte ein Kind haben. Einen dazugehörenden Vater schloss sie grundsätzlich aus, vielleicht weil sie es von ihrer Mutter nicht anders kannte, vielleicht aber auch weil sie einfach unabhängig sein wollte. Dazu kann man stehen, wie man will, aber ich hatte nie das Gefühl, dass mir irgendwas fehlte. Meine Mutter hat ihr Ziel schnell erreicht: Sie wurde schwanger. Sie hatte vorher mit Oma Christel über ihren Plan gesprochen, und man kann sich vorstellen, dass meine Großmutter nicht sehr angetan von der Idee war. Aber eines Morgens sagte sie dann doch zu meiner Mutter, dass sie sie bei ihrem Babyplan unterstützen würde. Einzige Bedingung war, dass sie eine Enkelin haben wollte. Das hat sie natürlich im Scherz gesagt, denn auch ein Enkelsohn wäre den beiden herzlich willkommen gewesen. Letztendlich hat sich aber der Wunsch meiner Oma erfüllt. Neun Monate später war ich auf der Welt, und wir waren zu dritt.

Ein wenig absurd klingt die Geschichte ja schon, das muss ich zugeben, aber man kann sich seine Familie ja nicht aussuchen. Andererseits, wenn ich die Wahl gehabt hätte, dann hätte ich mir keine bessere Familie wünschen können als meine Mutter und Oma Christel. Dieser reine Frauenhaushalt war das Beste, was mir passieren konnte. Während meine Mutter ihre Ausbildung zur Technischen Zeichnerin machte, kümmerte sich meine Oma um mich. Meine Mutter hat anschließend dann schnell eine Anstellung gefunden, und finanziell kamen wir drei ganz gut über die Runden. Wir wohnten in einer kleinen, aber gemütlichen Zweieinhalb-Zimmer-Wohnung. Während Oma ein eigenes Zimmer hatte, funktionierte meine Mutter das Wohnzimmer abends durch die Klappcouch in ein Schlafzimmer um, und das halbe Zimmer war mein Domizil. Es gab nie irgendwelche Geheimnisse zwischen uns – das wäre in Anbetracht der räumlichen Enge auch kaum möglich gewesen, aber es hatte wohl auch keine von uns je das Bedürfnis, den anderen etwas zu verheimlichen. Weder meine Großmutter noch meine Mutter wollte einen

Mann an ihrer Seite, auch wenn das für manche vielleicht komisch klingt. Dafür hatte meine Mutter immer eine beste Freundin, mit der sie auch eine sehr körperliche Beziehung hatte. Ich glaube nicht, dass die beiden sich als Lesben bezeichnet hätten oder Sex miteinander hatten, aber es war, wie gesagt, sehr kuschelig zwischen ihnen. Regina, so hieß sie, war wie eine zweite Mutter für mich, und ich verbrachte auch sehr viel Zeit mit ihr. Für uns war diese Viererkombination das Natürlichste auf der Welt. Irgendwann einmal wurde über meine Mutter und Regina geredet, und der Verdacht, dass sie lesbisch seien, kam auf. Aber die beiden haben nur darüber gelacht; sie empfanden das fast sogar als Kompliment, und schnell war das Gesagte vergessen.

Dann allerdings trat eine Wendung in unserem Leben ein. Ich ging mittlerweile aufs Gymnasium, und es muss so in der neunten Klasse gewesen sein, als ich meinen ersten Freund hatte. Ich war nicht wirklich in ihn verliebt, verbrachte aber unglaublich gern meine Freizeit mit ihm. Wir haben zwar auch ein bisschen miteinander rumgeknutscht, aber ich glaube, dass wir beide da eigentlich nicht so viel Wert drauf legten. Nach ungefähr acht Wochen beschlossen wir – ganz rational – einfach nur noch miteinander befreundet zu sein, und so machten wir es auch. Lars ist seitdem mein bester Freund, und einige Wochen später, als wir zusammen auf dem Schulhof saßen, sagte er unvermittelt zu mir, dass er schwul sei. Ich brach erst mal in schallendes Gelächter aus, weil ich dachte, das wäre ein Scherz. Als er mich aber verletzt anguckte, war mir klar, dass er es ernst meinte. In dem Moment begriff ich, warum wir mit unserer Knutscherei nicht weit gekommen waren. Also, wenn Lars schwul war – vielleicht war ich dann ja lesbisch? Irgendwie lustig, dass mir das wie eine Erleuchtung durch den Kopf schoss, denn ich hatte mich vorher nie mit dieser Idee auseinandergesetzt. Ich teilte Lars meinen Gedankenblitz auch gleich mit, aber nun war er es, der anfing zu lachen.

»Du und lesbisch? Das glaub ich nicht!«

»Warum denn nicht? Wenn du schwul bist, dann kann ich ja wohl auch lesbisch sein, oder?«

»Na ja, ich weiß nicht ...«, erwiderte er zurückhaltend. »Immerhin beschäftige ich mich schon längere Zeit mit dem Gedanken, und ich weiß – spätestens seit dem kurzen Abstecher mit dir –, dass ich mich nur von Jungs sexuell angezogen fühle. Dass du jetzt hier so spontan auf die Idee kommst, lesbisch zu sein, halte ich doch für ein bisschen übertrieben.«

Ich bedachte seinen Einwand, setzte dann aber trotzig hinzu: »Dann lass uns doch einfach mal abwarten. Ich meine, ich habe mich noch nie in einen Jungen verliebt. Mir sind sie einfach irgendwie egal, und vielleicht hast du mir mit deinem Coming-out ja die Augen geöffnet?«

»Ach ja, und hast du dich denn schon mal in ein Mädchen verliebt?«, konterte er sofort.

Ich schwieg widerspenstig. Seine Antwort hatte etwas Einleuchtendes – sie hebelte meine Argumentation aus den Angeln. Aber irgendwie spürte ich, dass meine spontane Eingebung kein Hirngespinst war.

»Weißt du was? Letztendlich ist es doch egal, wie und warum man etwas merkt. Ich kann dir nur sagen, dass ich das Gefühl habe, dass da plötzlich ein Stein ins Rollen geraten ist.«

Er schwieg einen Moment und sagte dann: »Du meinst es wirklich ernst, oder?«

Meine Antwort bestand darin, ihn in die Arme zu nehmen.

Noch am selben Abend pflanzte ich mich vor unseren Computer und ging online. Meine Mutter und Oma Christel waren unterwegs, und ich hatte sturmfreie Bude. Ich googelte unter den Begriffen »Lesben Forum« und stieß direkt auf »Lesarion«, ein lesbisches Online-Portal. Schnell erstellte ich ein Profil (obwohl ich noch keine sechzehn war – die angegebene Altersgrenze), bekam den Freischaltcode auf mein Handy geschickt *und war schon eine halbe Stunde später im Chatroom. Überrascht sah ich, dass vierzig weitere Lesben mit mir dort waren, und aufgeregt las ich die Unterhaltung der anderen mit. Ich traute mich noch nicht, selbst etwas zu schreiben, ich wusste ja auch gar nicht genau, was ich hier eigentlich tat, denn natürlich war ich mir nicht sicher, lesbisch zu sein, da hatte Lars völlig recht, aber um das herauszufinden, schien es mir ein guter Weg zu sein, über den Chat ein paar lesbische Mädels kennenzulernen. Wer weiß, vielleicht stimmte mein spontanes Gefühl ja wirklich?!*

Nach drei Stunden saß ich immer noch am Rechner und malte mir aus, wie die Mädels wohl aussahen, deren kurze Textpassagen ich in mich aufsog. Ich fühlte mich irgendwie total revolutionär und wollte gerade das erste Mal auch etwas zu der Unterhaltung beitragen, da hörte ich, wie ein Schlüssel in der Wohnungstür umgedreht wurde. Ma und Oma kamen, und weil ich mich regelrecht ertappt fühlte, loggte ich mich schnell bei »Lesarion« aus und schloss das Fenster.

Als die beiden ins Zimmer kamen, saß ich friedlich vor dem Rechner und recherchierte auf Wikipedia zum Stichwort Nicole Kidman. Was Besseres war mir auf die Schnelle nicht eingefallen.

Ich glaube, dann vergingen noch drei, vier Wochen, bis ich mir wirklich sicher war, lesbisch zu sein. Ich nutzte jede freie Minute, um online zu sein und chattete mit den anderen. Bald darauf traf ich mich dann auch mit der einen oder anderen, und es war jedes Mal super aufregend. Vor allem eine von ihnen hatte es mir besonders angetan. Wir verabredeten uns für eine queere Veranstaltung, und als ich sie dann in ihrem hautengen T-Shirt sah, da war es um mich geschehen. Ohne vorher nachzudenken, sagte ich ihr, dass ich sie total scharf fände. Leider ist dieses Gefühl von ihr nicht erwidert worden, und sie gab mir einfühlsam, aber bestimmt eine Abfuhr. Heulend lief ich nach Hause.

Ich stürzte ins Zimmer und setzte mich zu meiner Mutter, die noch war wach und die Tageszeitung las. Sie sah mir sofort an, dass etwas nicht stimmte (was bei den rotgeheulten Augen nicht weiter schwierig war), und ich konnte meine Gefühle nicht länger für mich behalten. Ich sagte ihr ohne große Umschweife, dass ich mich in ein Mädchen verliebt hätte, aber dass die nichts von mir wissen wollte und ich nun todunglücklich war.

Sie sah mich etwas skeptisch von der Seite an, musste wohl erst mal über das, was ich gesagt hatte, nachdenken, nahm mich dann aber in den Arm.

»Ach, Süße, es ist doch völlig egal, wen du liebst. Also ob Junge oder Mädchen, aber du solltest glücklich damit sein. Wenn ich dich jetzt so traurig sehe, dann bricht mir das Herz!«

Ich wandte mich ein wenig von ihr ab und fragte sie irritiert: »Du findest es nicht schlimm, dass ich mich in ein Mädchen verliebt habe?«

»Nein, überhaupt nicht. Was sollte daran schlimm sein?«

»Na ja, weil du jetzt keine Enkelkinder bekommst oder weil ...«

Sie unterbrach mich grinsend und zerstrubbelte mir die Haare.

»Soweit ich weiß, kann man auch als Lesbe Kinder kriegen. Das sollte also nicht das Problem sein. Natürlich kommt das jetzt ein wenig überraschend für mich, aber ›schlimm‹ passt nun wirklich nicht zu dem, was du mir erzählt hast. Schrecklich, dass du denkst, ich könnte ein Problem damit haben. Hältst du mich wirklich für so intolerant?«

Ich zupfte kleine Fetzen von der Zeitung ab. Die Worte meiner Mutter brachten mich zum Nachdenken.

»Nein, ich finde dich überhaupt nicht intolerant, aber ich hab halt befürchtet, dass du ein Problem damit haben könntest. Na ja, und was das Kinderkriegen betrifft: Die meisten Mütter wollen doch, dass ihre Töchter Kinder kriegen.«

»Jetzt mach aber mal halblang. Nur weil ich gerne ein Kind haben wollte, heißt das doch noch lange nicht, dass du auch

welche bekommen sollst. Das musst du ganz allein entscheiden, und, wie gesagt, auch wenn du jetzt für dich festgestellt hast, dass du Mädchen liebst, ist das ja kein Ausschlusskriterium fürs Kinderkriegen.«

Wieder einmal wurde mir bewusst, dass ich keine andere Mutter haben wollte als meine.

»Mama, kann ich heute Nacht bei dir im Bett schlafen? Ich mag jetzt nicht alleine sein.«

»Na klar! Komm, dann lass uns gleich mal dein Bettzeug holen. Ich muss mich jetzt langsam hinlegen.«

Als wir nebeneinander lagen, redeten wir noch die halbe Nacht durch. Ich wollte auch meiner Großmutter davon erzählen, obwohl wir beide befürchteten, dass meine Oma in dieser Hinsicht wahrscheinlich ziemlich konservative Ansichten hatte. Aber mit meiner Mutter im Rücken konnte mir eigentlich gar nichts passieren.

Zwei Wochen später saßen wir zu dritt in unserem Schrebergarten. Oma schnippelte Bohnen, und meine Mutter schälte Kartoffeln, während ich in einer spontanen Eingebung mein Buch aus der Hand legte und sagte: »Oma, ich war letztens übrigens auf einer Party.«

»Aha. Und – waren nette Jungs da?«, fragte sie beiläufig.

»Es waren überhaupt keine Jungs da!«, platzte es aus mir heraus.

»Was soll denn das für eine Party sein, wenn keine Jungs dabei sind?« Fragend zog meine Oma die rechte Augenbraue hoch.

»Es konnten gar keine Jungs dabei sein, weil es eine Girlsparty war«, erwiderte ich mittlerweile leicht genervt.

»Girlsparty? Versteh ich nicht.« Jetzt legte sie das Messer aus der Hand und sah mich an.

Irgendwie nervte mich die Begriffsstutzigkeit meiner Oma.

»Mann, Oma, es gibt reine Girlspartys. Da kommen keine Jungs rein. Und weißt du, warum ich da war? Ich bin lesbisch!«

Na ja, das war jetzt nicht wirklich diplomatisch von mir. Innerlich ohrfeigte ich mich wegen meines Herausplatzens, aber so war es jedenfalls kurz und schmerzlos. Gespannt sah ich meine Oma an.

Sie nahm seelenruhig wieder das Messer, griff sich eine Bohne und sagte – nichts. Sie tat so, als hätte ich überhaupt nichts gesagt. Ich konnte es nicht fassen. Nach einer kleinen Ewigkeit stand sie auf und meinte: »Ich geh mal gucken, was der Braten macht.«

Meine Mutter und ich konnten uns das Lachen nicht mehr verkneifen. Wir hatten ja mit allen möglichen Reaktionen gerechnet, aber dass Oma Christel mein Coming-out einfach nicht zur Kenntnis nahm, war wirklich zu absurd. Ich lachte zwar mit meiner Mutter zusammen, aber innerlich verletzte mich das Verhalten meiner Oma. Leider war ich nicht in der Lage, weiter über das Thema zu diskutieren, da ihr beharrliches Schweigen bei mir ebenfalls eine Sprachblockade auslöste.

Meine Mutter lachte immer noch, und mit Tränen in den Augen sagte sie: »Sie wird sich wohl oder übel ihre Gedanken dazu machen müssen. Ich finde es aber total witzig, dass ihr keine bessere Ausrede einfällt, als nach dem Braten zu gucken.«

»Hm«, brummelte ich, aber richtig wohl fühlte ich mich nicht in meiner Haut.

Als meine Oma wieder nach draußen kam, setzte sie sich zu uns an den Tisch und tat weiterhin so, als hätte ich nie etwas gesagt. Na gut, dachte ich trotzig und wütend, soll sie ihren Stiefel durchziehen. Ich würde das Thema ihr gegenüber früher oder später noch mal anschneiden. Und dann hatte sie hoffentlich nicht wieder was Dringendes in der Küche zu erledigen, das ihr anscheinend wichtiger war als das Coming-out ihrer Enkelin …

Die Reaktion von Jules Oma ist in der Tat urkomisch, aber natürlich auch verletzend für Jule. Manchmal lassen Menschen sich wirklich zu den seltsamsten Reaktionen hinreißen. Jules Coming-out ist für die Sechzigjährige, die zudem ein sehr gläubiger Mensch ist, mit Sicherheit eine Herausforderung. Wer weiß, was in dem Moment in ihr vorgegangen ist? Vielleicht hat sie sich in der Situation einfach überfordert und hilflos gefühlt. Vielleicht weil ihr das Thema so fremd ist. Oder weil ihre religiöse Überzeugung mit der Liebe für ihre Enkelin in Konflikt geriet. Vielleicht kommt nach einiger Zeit doch noch eine positive Reaktion von ihr, denn schließlich hat sie sich auch mit dem Plan ihrer Tochter, ein uneheliches Kind zu bekommen, angefreundet. Das sind natürlich alles Spekulationen, aber – und da waren sich Jule und ihre Mutter ja vorher schon einig – die Großmutter hat nun einmal sehr konservative Ansichten, und eine lesbische Enkelin zu haben gehört vermutlich nicht in ihr Weltbild. Wie auch immer sie sich mit dem Thema auseinandersetzen wird, Jule hat erst einmal reinen Tisch gemacht und erfährt glücklicherweise Unterstützung von ihrer Mutter.

Meine Großmutter hat mein Coming-out in den nächsten Wochen nie wieder aufgegriffen. Ich war zu stolz und zu abgenervt von ihrem Verhalten, so dass ich sie von meiner Seite auch noch nicht wieder darauf angesprochen habe. Ich hoffe allerdings, dass wir irgendwann wieder eine halbwegs normale Beziehung zueinander haben, denn seit dem Nachmittag im Schrebergarten hält sich meine Oma mir gegenüber ziemlich bedeckt.

Das konnte mich aber nicht davon abhalten, weiter über »Lesarion« zu daten und mich auch immer mal wieder in ein Mädchen zu verlieben. Leider war ich bei meinen Versuchen bisher nicht wirklich erfolgreich, da die Mädels sich entweder nicht für mich interessierten oder gerade eine Freundin hatten und in einer monogamen Beziehung lebten.

Dafür ziehe ich jetzt noch mehr als früher mit Lars um die Häuser. Er findet das total hyper, dass ich wirklich lesbisch bin und dass das nicht nur ein Hirngespinst von mir ist. Wir haben uns erst mal mit Rainbow-Stickers eingedeckt, und ich habe mir eine riesige Regenbogenfahne in mein kleines Zimmer gehängt, wodurch die eine Wand fast ganz bedeckt ist. Meine Mutter findet das total super, mit was für einem Enthusiasmus ich meine lesbische Identität nach außen trage. In meiner Klasse habe ich den anderen auch relativ schnell erzählt, dass ich lesbisch bin und bisher nur positive Reaktionen bekommen. Die meisten sind total neugierig und haben mich gefragt, wie ich das denn gemerkt hätte und ob ich schon mal mit einem Mädchen geschlafen hätte oder ob ich eine Freundin hätte. Ich komme mir irgendwie total hip vor, weil ich früher in der Klasse eher so ein Mauerblümchendasein gefristet habe. Nach meinem Coming-out bin ich im Ansehen der anderen echt gestiegen. Ich fühle mich viel mutiger als noch vor ein paar Wochen, und ich denke, dass ich auch bald auf die ein oder andere Frage der anderen befriedigendere Antworten geben kann.

Eine Sache muss ich noch erzählen, die fand ich total witzig: Eine Mitschülerin fragte mich ganz neugierig, wie Sex zwischen zwei Mädchen denn überhaupt funktionieren würde. Innerlich hab ich nur die Augen verdreht über so eine blöde Frage, aber ihr hab ich dann ganz ernst geantwortet: »Tja, weißt du, das ist schon ganz speziell bei Lesben. Also, erst mal passiert überhaupt nichts. Das gehört sozusagen zum Vorspiel dazu. Sie sitzen beide nebeneinander, und es dauert Wochen, bis sie sich das erste Mal zaghaft küssen, natürlich immer ohne Zunge! Dann dauert es wieder Wochen und sie fangen vielleicht an, sich zaghaft zu streicheln. Dabei ist es ganz wichtig, dass sie sich sehr viel Zeit dabei lassen und nichts überstürzen. Und dann, noch mal ein paar Wochen später, legen sie sich auch zusammen ins Bett. Aber das oberste Gebot ist, dass sie niemals ihre Klamotten ausziehen dürfen. Das gehört einfach dazu und ist total schön und intensiv …«

Mir fiel es schwer, nicht laut loszuprusten. Das verdutzte Ge-

sicht meiner Mitschülerin sah so dermaßen blöde aus. Aber anscheinend glaubte sie mir mein Märchen und murmelte nur: »Ach, echt? Na ja. Also, ich weiß jetzt gar nicht, was ich dazu sagen soll …«

Da konnte ich echt nicht mehr. Ich hab mich kringelig gelacht und hätte mir fast in die Hose gemacht. Sie wurde knallrot, sagte »Blöde Ziege!« zu mir und zog angesäuert ab.

»Ich spürte plötzlich, dass es genau das war, was ich wollte: eine andere Frau lieben«

Feministische Theorien und ein schwuler Bruder in Tel Aviv

Der Oktober ist erstaunlich kalt für diese Jahreszeit. Als Yalda mein Büro betritt, ist sie dick eingemummelt. Es dauert eine kleine Ewigkeit, bis sie sämtliche Zwiebelschichten an Klamotten abgelegt hat. Ich bin gespannt, was sie mir zu erzählen hat. Eine jüdische Lesbe aus Tel Aviv in Deutschland – was sie wohl hergeführt haben mag?

»Hi, Yalda, schön, dass du gekommen bist«, sage ich noch einmal zu ihr, als sie sich neben mir auf dem Sofa niederlässt. Neugierig kommt meine Katze angelaufen, und wir finden den Einstieg ins Gespräch über Haustiere und den verwöhnten Gaumen manch einer Katze. Wehmütig erzählt mir Yalda, dass sie in Israel auch einen Stubentiger hat, ihn aber bei ihrem Wegzug nach Deutschland bei ihrer Familie zurücklassen musste.

Das ist doch ein guter Einstieg ins Interview, denke ich mir und greife das Stichwort auf.

»Erzähl mir doch etwas mehr von deiner Familie. Dass sie offensichtlich tierlieb ist, weiß ich ja nun schon. Aber wie bist du aufgewachsen? Wie sah es bei dir zu Hause aus?«

»Ich bin ehrlich gesagt ein bisschen nervös, denn so ein Interview führt man ja nicht alle Tage, und irgendwie ist es schon ein bisschen wie ein Seelenstrip. Aber okay, du hast nach meiner Familie gefragt. Ich komme aus einer intakten Familie, wie man so schön sagt: Vater und Mutter, drei Kinder. Ich bin das Sandwichkind – ich habe einen älteren Bruder und eine jüngere Schwester. Meine Eltern sind beide Lehrer von Beruf und arbeiten in Tel Aviv. Außerdem bin ich in einem sehr religiösen Eltern-

haus aufgewachsen, auch wenn ich die Religion und die damit einhergehenden Bräuche und Gepflogenheiten eher als gegeben hingenommen und nie aus innerer Überzeugung gelebt habe. Das heißt, dass ich ganz klassisch meine Bat Mizwa mit zwölf Jahren hatte. Das ist übrigens hebräisch und bedeutet »Tochter der Pflicht«. Die Bat Mizwa ist vergleichbar mit der Konfirmation oder Kommunion im evangelischen und katholischen Glauben. Ich musste deswegen ständig in die Synagoge rennen und habe das irgendwie als lästige Pflicht empfunden. Wobei es den meisten Konfirmanden und Kommunikanten wahrscheinlich ebenso geht. Wer macht schon gerne das, was die Eltern von einem erwarten?

Auf jeden Fall wurde mir sehr schnell klar, dass ich mit Religion – welcher auch immer – nicht allzu viel anfangen kann. Natürlich habe ich das gemacht, was meine Eltern von mir verlangt haben, aber eigentlich hatte ich zu dieser Zeit ganz andere Sorgen.«

»Aha, was für Sorgen waren denn das?«

»Na ja, Sorgen ist vielleicht der falsche Ausdruck für das, was mich damals bewegt hat, aber irgendwie sind die meisten Mädchen in diesem Alter doch vor allem mit einem beschäftigt: Wie wirke ich auf Jungs? Bei mir war das aber eben anders, denn ich fühlte mich immer schon mehr zu Mädchen hingezogen. Das ist ja nun aber etwas, was man noch nicht so richtig artikulieren kann, dafür fehlen einem ja die Vorbilder. Überall sind heterosexuelle Paare, und die Gefühle, die man selbst hat, werden von niemandem wirklich widergespiegelt. Und das, obwohl ich in Tel Aviv aufgewachsen bin und diese Stadt in Bezug auf Homofreundlichkeit wohl den gleichen Stellenwert für Israel hat wie San Francisco für die USA. Theoretisch hätte ich also von lauter Schwulen und Lesben umgeben sein müssen, aber praktisch war das nicht so. Meine Eltern sind zwar sehr liberal und weltoffen eingestellt, aber auf Homosexualität erstreckt sich das nicht.

Ich habe, warum auch immer, schon sehr früh angefangen, Gay Magazines zu lesen. Es gibt etliche Cafés in Tel Aviv, die gay-friendly sind und in die ich mit meinem älteren Bruder gegangen bin. Ich muss dazu sagen, dass mein Bruder nicht schwul war (die Betonung liegt auf war, *denn mittlerweile lebt er mit einem Mann zusammen) und dass wir beide das irgendwie revolutionär und unglaublich mutig fanden, dort abzuhängen. Unseren Eltern haben wir davon natürlich nichts erzählt.«*

»Wieso *natürlich*? *Was wäre schlimm daran gewesen, euren Eltern von diesen Café-Besuchen zu erzählen?«*

»Ich weiß nicht so genau, aber ich glaube, dass wir Angst vor ihrer Reaktion hatten. Wie die konkret hätte aussehen können, darüber haben wir uns keine Gedanken gemacht, aber irgendwie war klar, dass sie es nicht gut gefunden hätten. Glaubten wir zumindest. Man sieht seine Eltern ja gerne als Spießer an und will irgendwie gegen sie rebellieren. Ich glaube, dass mein Bruder und ich diese kleine Form von Rebellion total hyper fanden. Weißt du, bei uns zu Hause war immer alles so harmonisch, und unsere Eltern haben uns gegenüber immer Verständnis gezeigt. Wir wollten etwas Eigenes haben, etwas, das nur uns gehörte und das ganz weit weg von unseren Eltern war. Von daher fand ich es einfach aufregend, in dieser Szene unterwegs zu sein, ohne dass ich mit dem Gedanken, lesbisch zu sein, wirklich gespielt hätte.

Okay, ich habe in dieser Zeit auch viel theoretisiert – ich habe meinen gesamten Freundeskreis damit zugetextet, dass ich mich als Bisexuelle empfinde, aber das war eigentlich nur leeres Gerede. Die Theorie eben. In der Praxis hatte ich einen Freund, mit dem ich zwar nicht geschlafen habe, aber wir definierten uns als Paar. Umso aufregender war es dann, als wir uns mit einem schwulen Jungen anfreundeten. Wieder theoretisierten wir herum, und mein Freund und der schwule Junge – Eyal hieß er übrigens – diskutierten darüber, ob sie nicht eine Beziehung miteinander eingehen sollten. Sie küssten sich dann auch einmal, merkten aber schnell, dass daraus nichts werden würde. Ich habe das alles sehr genau beobachtet, und mich hat das überhaupt nicht verletzt oder so, sondern ich dachte, dass ich das vielleicht auch mal ausprobieren sollte. Also nicht, einen Jungen zu küssen, denn das kannte ich ja schon, sondern ein Mädchen zu küssen. Aber es blieb bei dem Gedanken, bei der Theorie, und ich war weiterhin mit meinem Freund zusammen. Wir drei, also mein Bruder, mein Freund und ich, gingen nach wie vor in diese schwullesbischen Cafés, schauten uns alles neugierig an und wollten irgendwie die Welt verändern.

Die Welt veränderte sich dann tatsächlich, denn wir gingen zu unserem ersten CSD nach Jerusalem. Ich glaube, das war 2001. Es gab zwar auch schon vorher den Gay Pride in Tel Aviv, aber dort sind wir nie hingegangen. Gerade Jerusalem erschien uns besonders revolutionär, weil wir mit Protesten von der ultraorthodoxen Seite rechneten. Diese Befürchtung hat sich dann leider auch bewahrheitet, denn wir erfuhren derbe Proteste von der Gegenseite, es kam zu handgreiflichen Auseinandersetzungen und Festnahmen. Uns bestärkte das allerdings nur in unserer Überzeugung – und wir wussten, dass wir auf der richtigen Seite standen.

Ich glaube, für uns war das damals nur möglich, weil wir uns noch nicht als schwul oder lesbisch identifizierten. Wir waren von dieser Seite sozusagen unangreifbar, alles spielte sich nur in unserer Phantasie ab, und wir hatten eigentlich nichts zu befürchten.«

»Wie hast du dich damals gefühlt, als du auf deinem ersten CSD warst? Du hast küssende Frauen- und Männerpaare gesehen – hast du das irgendwie auf dich bezogen?«

»Ich kann mich daran erinnern, dass mich eine Polizistin ansprach. Sie meinte, dass ich so unlesbisch aussähe und was ich hier auf dem CSD machen würde. Ich antwortete ihr, dass ich auf dem Weg ›dorthin‹ sei. Das ist ein Wortspiel in Ivrit, das man *schlecht ins Deutsche übersetzen kann. Aber ich meinte damit, dass ich auf dem Weg zum Lesbischsein wäre, und die Polizistin verstand das dann auch und zwinkerte mir zu. Ich habe das einfach spontan geäußert, ohne mir da großartig Gedanken zu machen, aber ich weiß auch, dass mein Freund mich in diesem Moment ganz komisch angeguckt hat. Vielleicht hat er damals schon gespürt, in welche Richtung ich gehen würde, denn wir hatten, wie gesagt, keinen Sex miteinander. Für mich war das völlig unreflektiert, einfach so dahergesagt, aber wahrscheinlich hat mein Unterbewusstsein da schon mehr gewusst als ich persönlich. Nach dem CSD hatte ich unendlich viele Diskussionen mit meinem Freund, die ich mir eigentlich erst aus heutiger Sicht richtig erklären kann. Aber damals war das irgendwie komisch für mich. Er wollte immer wissen, ob ich wirklich glaubte, lesbisch zu sein. Ich antwortete dann immer mit irgendwelchen Worthülsen. Aber im Nachhinein glaube ich, dass er deutlich früher als ich Bescheid wusste über mein Lesbischsein.«*

»Wie ist es dann für dich weitergegangen? Wann bist du vom reinen Theoretisieren zum Praktischen übergegangen?«

»Na ja, erst mal habe ich dann doch meine praktischen Erfahrungen mit meinem Freund gemacht. Ich habe ihn ja auch wirklich geliebt, und nachdem wir ein Jahr zusammen waren, haben wir auch miteinander geschlafen. Ich fand das völlig okay, denn ich hatte natürlich sexuelle Bedürfnisse. Er hatte vorher auch noch nie mit einer Frau geschlafen, so dass wir beide Neuland betraten.

Obwohl ich immer noch die Sprüche machte, bi zu sein, und wir weiterhin in die Gay-Cafés gingen, lebte ich doch in einer klassischen Hetero-Beziehung. Allerdings habe ich mich in dieser Zeit eingehend mit feministischen Theorien auseinandergesetzt und alles gelesen, was ich dazu in die Finger bekommen konnte. Ich glaube, das war dann auch der Zeitpunkt, wo mein Freund und ich uns immer stärker voneinander entfernten. Mir fiel das weiter gar nicht auf, ich war völlig zufrieden mit dem, was wir miteinander machten, aber er muss in dieser Zeit viel über uns nachgedacht haben. Eines Abends kam er dann zu mir nach Hause und sagte, dass er sich trennen wolle. Natürlich war ich traurig darüber, aber irgendwie auch erleichtert.

Danach bin ich dann viel häufiger mit meinem Bruder losgezogen – wir verbrachten wirklich jede freie Minute zusammen. Das änderte sich erst, als mein Bruder mir erzählte, dass er sich in einen Mann verliebt hätte. Ich war ein bisschen enttäuscht, dass er mir das nicht früher gesagt hatte, aber anscheinend wollte er sich erst ganz sicher sein, bevor er damit an die Öffentlichkeit ging. Er bat mich, dabei zu sein, wenn er es unseren Eltern erzählte. Ich sagte natürlich ja.

Meine Eltern waren dann erst mal wie vor den Kopf geschlagen. Sie haben sich allerdings wirklich Mühe gegeben, ihre eigenen Ideale – nämlich weltoffen und tolerant zu sein – in die Tat umzusetzen. Aber ich glaube, vor allem mein Vater hatte ein Problem mit seinem schwulen Sohn.

Mein Bruder ist dann ganz schnell mit seinem Freund zusammengezogen, und wir haben uns nur noch selten gesehen. In dieser Zeit fing es, glaube ich, an, dass ich mich wieder verstärkt mit dem Lesbischsein auseinandersetzte. Ich war mittlerweile achtzehn Jahre alt, hatte die Schule abgeschlossen und stellte mir die Frage, was ich beruflich tun wollte. Ich hatte dann die Eingebung, zum Studieren nach Deutschland zu gehen. Zwar versuchten meine Eltern mir auszureden, ausgerechnet hierher zu kommen, aber ich hatte so viel über Berlin gelesen, vor allem über seine homosexuelle Szene, dass für mich keine andere europäische Stadt in Frage kam.«

»Hattest du denn in Israel schon Deutschunterricht gehabt bzw. machte dir die fremde Sprache keine Sorgen?«

»Ach nein, Sorgen nicht, denn ich bin ziemlich fit darin, mir neue Sprachen anzueignen. In Israel habe ich keinen Deutsch-

kurs besucht, aber innerhalb kürzester Zeit konnte ich mich hier in Berlin doch ziemlich gut verständigen und habe mir auch sofort ein Zimmer in einer Frauen- und Lesben-WG gesucht. Hier spürte ich, dass ich in das richtige Umfeld geraten war. Meine lesbische Mitbewohnerin nahm mich zu allen möglichen queeren Partys mit, und wir gingen ausschließlich in schwullesbische Kneipen. Das war eine Zeit, in der mir immer klarer wurde, dass ich wohl lesbisch bin.

Ich telefonierte viel mit meinem Bruder, und er bestärkte mich in meinen Gefühlen. Aber natürlich war ich noch nicht soweit, dass ich von mir behauptet hätte, lesbisch zu sein. Trotz alledem war ich auf dem besten Weg dahin!«

»Hast du denn in dieser Anfangszeit in Deutschland wieder eine Beziehung zu einem Mann gehabt oder war das für dich von vornherein ausgeschlossen?«

»Nein, ich hatte nach meinem ersten Freund keine weitere Affäre oder Beziehung mit einem Mann. Aber ich hatte auch noch keine mit einer Frau. Bei mir ist das, wie gesagt, alles irgendwie auf der theoretischen Ebene abgelaufen. Erst als meine andere Mitbewohnerin auszog und wir nach einer neuen suchten, da passierte es, dass ich mich in eine Frau verliebte. Es war sozusagen Liebe auf den ersten Blick, und ich spürte plötzlich, dass es genau das war, was ich wollte: eine andere Frau lieben. Irgendwie komisch, dass ich mich nicht schon längst in eine Frau oder ein anderes Mädchen verliebt hatte. Vielleicht habe ich das einfach nicht zugelassen, denn obwohl ich selbst nicht gläubig bin, hat doch die religiöse Erziehung mein moralisches Bewusstsein mit Sicherheit beeinflusst. Ich weiß nicht, wie andere das machen, denn ich glaube schon, dass Religion sehr stark moralisiert. Obwohl, es gibt ja auch dieses lesbische Netzwerk LuK, Lesben und Kirche, so dass das eine das andere nicht unbedingt ausschließen muss. By the way: Letztens hörte ich von einem Verein, der Yachad heißt. Das ist eine Vereinigung von schwu-

len, lesbischen und bisexuellen Jüdinnen und Juden in Deutschland. Da wollte ich schon lange mal Kontakt aufnehmen, aber irgendwie bin ich noch nicht dazu gekommen.«

»Ja, gerade kürzlich habe ich mit jemandem von Yachad in Briefkontakt gestanden. Das ist bestimmt eine gute Möglichkeit, deine jüdischen Wurzeln mit deinem Lesbischsein hier in Deutschland zu verbinden, wobei es, soviel ich weiß, nur in München und Köln regionale Gruppen gibt. Aber im Internet findest du bestimmt noch mehr Informationen dazu. Warte mal, ich glaube, ich habe die Visitenkarte noch in meiner Tasche.«

Ich kramte in meiner Handtasche und fand tatsächlich die Visitenkarte von Yachad. Yalda hatte vor Aufregung ganz rote Wangen, als ich sie ihr überreichte und bedankte sich.

»Okay, aber erzähl mal, wie ist es dann auf deinem Weg zum Lesbischsein weitergegangen? Du wirst bestimmt mit deinem Bruder telefoniert haben. Hast du dich auch deinen Eltern gegenüber geoutet?«

»Ja, das war total witzig. Also erst mal habe ich mit dieser Frau, die eigentlich ein WG-Zimmer suchte, eine Beziehung angefangen. Das ging alles relativ schnell, und als sie in meinen Armen lag und ich sie das erste Mal küsste, da hätte ich am liebsten sofort meinen Bruder angerufen. Ich habe dann aber bis zum nächsten Morgen gewartet und hab ihn so gegen neun Uhr angerufen. Ich konnte die ganze Nacht nicht schlafen und war entsprechend früh auf den Beinen. Mein Bruder hatte allerdings den Abend zuvor ziemlich lange gefeiert, so dass ich ihn mitten aus dem Schlaf riss. Er war total gedisst und meinte, dass sei ja schön und gut, dass ich nun lesbisch wäre, aber dass ich ihm das doch auch Nachmittags um drei hätte erzählen können. Er legte brummig den Hörer auf, und ich rief ihn dann tatsächlich am Nachmittag noch mal an. Da hatte er ausgeschlafen und war deutlich gesprächiger und besser gelaunt. Wir gackerten die ganze Zeit herum, weil wir uns vorstellten, wie ich es unseren

Eltern erzählen würde und sie die Megakrise bekämen. Weil sich erst der Sohn als schwul und dann auch noch die Tochter als lesbisch herausstellte.

Eigentlich wollte ich mich bei meinem nächsten Besuch meinen Eltern gegenüber outen, aber ich habe es dann nicht mehr ausgehalten. Also hab ich sie angerufen und hatte meinen Vater an der Strippe. Ich hab ihm erzählt, dass ich in einer Beziehung leben würde. Natürlich fragte er, wie denn der Junge heißen würde. Als ich ihm darauf sagte, dass es kein Junge wäre, sondern eine Frau, da hat er in der Tat ganz schön geschluckt. Er fragte, ob das etwa eine Lesbe sei, und ich hab ganz selbstverständlich geantwortet, ja, natürlich. Er hat das Telefonat daraufhin ziemlich abrupt beendet, worüber ich sehr enttäuscht war, aber wahrscheinlich war er einfach nur überfordert. Mein Bruder rief ihn dann etwas später an, um mit ihm von Mann zu Mann zu sprechen. Er hat auch mit meiner Mutter telefoniert, und wahrscheinlich saßen meine Eltern dann völlig konsterniert in der Küche und fragten sich, was sie wohl falsch gemacht hätten.«

»Haben deine Eltern tatsächlich so in der Küche gesessen, oder ist das eher deiner Phantasie entsprungen?«

»Na ja, ich war ja nicht dabei, aber ich stelle sie mir halt so vor. Wir haben danach natürlich noch öfter über das Thema gesprochen, aber vielleicht war das ganz gut, dass ich im Ausland lebte und sie völlig auf sich gestellt waren. Ich habe wirklich keine Ahnung, wie dieser Abend für die beiden abgelaufen ist, aber ich stelle mir das so vor, dass sie frustriert in der Küche sitzen, weil sie eine Homo-Quote von zwei zu eins bei ihren Kindern haben. Soweit ich weiß, ist es für Eltern ohnehin oft schwer, ein homosexuelles Kind zu akzeptieren, aber dass dann gleich zwei davon schwul bzw. lesbisch sind, das ist wahrscheinlich die absolute Ausnahme.

Irgendwie haben sie mir in dieser Zeit auch leid getan, denn sie hatten ja gewisse Zukunftspläne mit uns. Dummerweise wa-

ren diese Pläne auf ihre eigene sexuelle Orientierung ausgerichtet, so dass das Leben meines Bruders und mein Leben anders als das unserer Eltern verlaufen wird. Auch wenn viele Eltern Probleme haben, sich mit der Homosexualität ihrer Kinder auseinanderzusetzen, so ist es für die Kinder mindestens ebenso schwierig herauszufinden, schwul oder lesbisch zu sein. Wir haben ja keine Landkarte der Gefühle oder eine Bedienungsanleitung, wie wir unsere sexuelle Orientierung oder unsere Beziehungen leben können. Uns wird vorgelebt, dass Beziehungen heterosexuell funktionieren, so dass wir in unserer Findungsphase ziemlich allein dastehen.«

Yalda hat hier sehr schön die Schwierigkeiten auf den Punkt gebracht, denen die Eltern von lesbischen Töchtern bei deren Coming-out gegenüberstehen. Oft ist es so, dass die Väter und Mütter zwar ein liberales Weltbild haben, wenn jedoch das eigene Kind aus dem heterosexuellen Rahmen fällt, dann reagieren sie manchmal verständnislos. Wir dürfen eben auch nicht vergessen, dass die Tochter – in diesem Falle Yalda – sich oft wochen- oder sogar monatelang intensiv mit dem Gedanken, lesbisch zu sein, auseinandergesetzt hat. Für die Eltern jedoch kommt das Coming-out häufig sehr überraschend. Auch wenn einige vielleicht vorher schon etwas geahnt haben, so ist die Konfrontation mit dem Thema meistens unerwartet, und sie müssen genau in diesem Moment »richtig« reagieren.

Dass das Verhalten der Eltern häufig nicht dem entspricht, was sich die Tochter gewünscht oder erhofft hat, ist nicht schön, aber verständlich. Man muss ihnen einfach ein wenig Zeit geben, sich mit der neuen Situation anzufreunden, dann werden sie hoffentlich sehen, dass die sexuelle Orientierung keine negativen Auswirkungen auf die familiären Beziehungen haben muss. Aber sie sind natürlich gefordert, ihren Teil dazu beizutragen und sich mit unseren Lebensformen zu beschäftigen.

Für Yalda ist es sehr wichtig, dass sie mit ihrem Bruder so gut befreundet ist. Er kann ihren Weg zur Homosexualität nachvollziehen, denn er hat ja einen ähnlichen Prozess durchlebt. Und wenn sie das nächste Mal seine Unterstützung braucht, wird sie ihn einfach *nach* dem Aufstehen anrufen ... Denn ein nächstes Mal wird es mit Sicherheit geben, da es mit dem Coming-out gegenüber den Eltern ja nicht getan ist. Es gibt ja meistens noch die Großeltern, die Tanten und Onkel, den Freundeskreis und und und ... Wie gesagt, das Coming-out ist ein andauernder Prozess, der nie abgeschlossen ist. Aber mit den Jahren werden wir immer souveräner darin!

»Wahrscheinlich würden sie mich in meinem Outfit gar nicht erkennen«

Nachts wird aus Daniela der coole Dan: Was es mit Drag Kings auf sich hat

Was ist denn bloß ein Stuffer? Sind alle Drag Kings lesbisch? Wie kommen diese schicken Bärtchen ins Gesicht? Antworten auf diese und andere brennende Fragen findest du in diesem Kapitel.*

Daniela ist in der Drag-King-Szene unter dem Nickname Dan bekannt. In dieser Szene ist es üblich, eine Person, die man mit ihrem King- oder Drag-Namen anspricht, als *ihn* zu bezeichnen. Sie bzw. er wird uns gleich auf eine nächtliche Ausgehtour mitnehmen. Vorweg aber noch ein paar klärende Worte: Früher wurden Lesben, die sich in ihrem Verhalten und der Kleidung betont maskulin gaben, hierzulande als »Kesser Vater« (KV) bezeichnet, während sie im englischsprachigen Raum »Butch« genannt wurden und werden. Manche Drag Kings von heute sehen ihre Wurzeln bei diesen Lesben und stellen die gesellschaftlichen Geschlechtszuweisungen und Geschlechtsidentitäten in Frage. Drag steht übrigens für »dressed as guys« beziehungsweise »dressed as girls« und bedeutet, dass man die Kleidung des anderen Geschlechts anzieht. Den Drag Kings geht es um die Inszenierung von Männlichkeit, wobei männliche Attribute entweder täuschend echt nachgemacht oder aber in extrem überzogener Form dargestellt werden. Einige Drag Kings schlüpfen nur gelegentlich in ihre Rolle, beispielsweise auf Partys oder auf der Bühne, andere wiederum leben die männliche Geschlechts-

---

* Für diejenigen, die sich näher mit dieser Thematik befassen wollen, sei hier das Buch *Drag Kings. Mit Bartkleber gegen das Patriarchat* empfohlen, das 2007 von Pia Thilmann, Tania Witte und Ben Rewald herausgegeben wurde.

rolle auch im Alltag, und die Grenze zum Transmann kann fließend sein. Manche Frauen leben erst als Drag King und stellen irgendwann fest, dass sie transsexuell sind. Da gibt es beispielsweise die mathematisch klingende Bezeichnung F2M, die sich leicht aufdröseln lässt. Hinter F2M steckt der englische Ausdruck »female to male«, also Frau zu Mann (dementsprechend gibt es natürlich auch die Variante M2F, also Mann zu Frau). Das ist eine Frau, die ihr angeborenes biologisches Geschlecht ablehnt bzw. sich nicht damit identifiziert und sich dem anderen Geschlecht zugehörig fühlt. Bisweilen werden dann auch geschlechtsangleichende Maßnahmen in Form von Hormoneinnahmen und/oder operativen Eingriffen angestrebt. Häufig werden hierfür die Begriffe transsexuell, transidentisch oder auch der Oberbegriff Trans* verwendet. Durch das Sternchen hinter der Vorsilbe »Trans« (lateinisch für »über ... hinaus«, »jenseits«) soll die Vielfalt ausgedrückt werden, die in diesem Wort enthalten ist.

In den letzten Jahren hat sich die Wissenschaft in Deutschland verstärkt mit dem Phänomen auseinandergesetzt, dass die schlichte Aufteilung der Gesellschaft in Männer und Frauen nicht ausreichend ist, weil sich einige Menschen davon nur unzureichend oder gar nicht angesprochen fühlen. Die Reduzierung auf das biologische Geschlecht (englisch »sex«) lässt das soziale Geschlecht (englisch »gender«) völlig außer Acht. Die Diskussion darüber ist gar nicht so neu, denn der US-amerikanische Psychologe John Money hat bereits Mitte der fünfziger Jahre Studien dazu vorgestellt, und spätestens seit Anfang der neunziger Jahre hat die amerikanische Professorin Judith Butler mit ihrem Buch *Das Unbehagen der Geschlechter* den Raum für einen breiten öffentlichen Diskurs eröffnet, der bis heute anhält.

Was aber verstehen wir denn nun unter dem biologischen und dem sozialen Geschlecht? Das biologische Geschlecht wird genetisch durch das Geschlechtschromosomem bestimmt: beim Menschen das Paar XX für weiblich und XY für männlich.

Aber manchmal gibt es keine eindeutige Zuschreibung: Intersexuelle gelten von ihren körperlichen Geschlechtsmerkmalen her als »geschlechtlich uneindeutig«, während beispielsweise Hermaphroditen sowohl voll ausgebildete weibliche wie auch männliche Geschlechtsorgane besitzen.

Das soziale Geschlecht hingegen bezieht sich auf die gesellschaftlich geprägten, individuell erlernten und überlieferten weiblichen und männlichen Rollenzuschreibungen. Diese sogenannten Geschlechterrollen (»gender roles«) können je nach Gesellschaft, Religion, Ethnie oder Kultur unterschiedlich aussehen.

Die Amerikanerin Virginia Price hat bereits in den siebziger Jahren den Begriff »Transgender« eingeführt. Sie beschäftigte sich damals schon mit Menschen, die zwar ihre Geschlechterrolle wechseln wollten, da ihre »gefühlte Geschlechtsidentität« nicht ihrem biologischen Geschlecht entsprach, die sich dafür aber nicht unter das Messer legen wollten, um durch eine Operation eine »Genitalangleichung« durchführen zu lassen. Manche Transgender lehnen grundsätzlich jegliche Form der Geschlechtszuweisung oder Geschlechtskategorisierung ab – eine durchaus zum Nachdenken anregende Vorstellung, die recht befreiend sein könnte ...

Begleiten wir nun Daniela alias Dan auf seinem Weg in das queere Drag-King-Nachtleben Berlins, damit die vorangegangenen Erläuterungen ein wenig verständlicher werden.

Okay, dann erzähle ich euch mal ein bisschen was von mir. Ich bin zwanzig Jahre alt, mache eine Ausbildung zur Finanzwirtin im mittleren Dienst und habe eine kleine gemütliche Einzimmerwohnung in Friedrichshain. Wenn ich mich abends für meine Tour fertig mache, dann habe ich immer das Gefühl, endlich ich selbst zu sein – das heißt, dann findet der Teil meines Ich seinen Ausdruck, der die meiste Zeit des Tages unter meiner Haut und in meinem Herzen schlummert. Meiner Mutter habe ich es mitt-

lerweile schon hundert Mal erklärt, doch irgendwie begreift sie es nicht. Aber erst mal zurück zu meinem Ausgehvorbereitungsritual ...

Es ist ein lauer Sommerabend. Ich bin später noch verabredet und bereite mich für die kommenden Stunden vor.

Nachdem ich eine ausgiebige heiße Dusche genommen habe, binde ich meine Brüste ab. Dafür habe ich anfangs, als ich noch nicht so lange in der Drag-King-Szene unterwegs war, »Gaffertape« benutzt. Das ist ein Klebeband, das normalerweise im Theater- und Konzertbereich verwendet wird. Allerdings habe ich mir beim Abreißen des Tapes wegen der krassen Klebewirkung fies die Haut aufgerissen, so dass ich dann doch auf eine andere Variante umgestiegen bin. Andere Kings aus meinem Freundeskreis haben mir geraten, stattdessen medizinische Bandagen zu benutzen, die eigentlich als Stützbandagen gedacht sind. Oder sie nehmen extra dafür angefertigte sogenannte Binder, die etwas bequemer zu tragen sind, allerdings eine ganze Stange Geld kosten. Ach ja, und dann gibt es noch die »Bastelvariante« für die Kreativen unter uns: Miederhöschen für Frauen können so zurechtgeschnitten werden, dass man sie als kostengünstige Binder nutzen kann. Vielleicht sollte ich das mal probieren? Allerdings müsste ich dafür ja in ein Miederwarengeschäft gehen, was mir irgendwie unangenehm wäre. Na ja, wie auch immer, letztendlich erfüllt jedes dieser Mittel für uns den Zweck, die Brüste abzubinden, und darauf kommt es ja schließlich bei der »Drag-King-Inszenierung« an.

Ich brauche im Gegensatz zu vielen anderen nicht so viel zu verändern, da ich insgesamt einen eher knabenhaften Körper habe. Das heißt konkret, dass ich wenig Busen und schmale Hüften habe. Deswegen kann ich auch in ein relativ eng sitzendes Hemd schlüpfen, ohne dass das irgendwie auffällig aussieht. Ich brauche also kaum etwas zu kaschieren, was mir für mein abendliches Outfit natürlich sehr gelegen kommt. Dann prüfe ich sorgfältig die Hose, und manchmal stopfe ich auch noch eine Socke in meine Unterhose – sieht einfach echter aus und fühlt sich besser an. Meine Unterhose ist natürlich ein Männermodell, versteht sich.

Diese »Notlösung« benutzen natürlich nicht alle. Ein befreundeter King hat sich letztens in einem Sexladen einen Stuffer aus Cyberskin besorgt. Das ist eine Schwanznachbildung aus einem Synthetikmaterial, die ziemlich echt aussieht und sich vor allem auch echt anfühlt. Vielleicht sollte ich auch darauf umsteigen, denn letztens hatte ich ein mit Haargel gefülltes Kondom in der Hose, das mir bei einem heißen, heftigen Date kaputt gegangen ist. Es roch zwar ziemlich lecker, ergab aber trotzdem eine ziemliche Schweinerei. Somit sollte »Mann« bzw. frau auf den Fall der Fälle besser vorbereitet sein und vielleicht ein zweites Kondom drüberziehen.

Nachdem ich meine Herrenschuhe geschnürt und die halblangen Haare nach hinten gegelt habe, kommt zum Schluss das Schönste: der Bart! Um ihn richtig und kunstgerecht anzukleben, bedarf es natürlich einiger Übung. Dafür muss ich die Haare, bzw. das Wollkrepp, das ich mir in einem Laden für Theaterbedarf gekauft habe, erst mal auf die gewünschte Länge bringen. Anfangs habe ich ziemlich lange dafür gebraucht, aber mittlerweile dauert das nur noch ein, zwei Minuten. Wollkrepp ist ein synthetisches haarähnliches Material, das man zum Beispiel in Strängen von einem Meter kaufen kann und das in den unterschiedlichsten Farben angeboten wird. Sinnvoll ist es, zwei Farben miteinander zu mixen, denn sonst sieht es irgendwie scheiße und unecht aus. Ich mische am liebsten blond und mittelbraun miteinander, weil das am besten zu meiner Haarfarbe passt.

Wenn ich mit dem Schnippeln fertig bin, schmiere ich mir »Stoppelpaste« oder »Mastix« ins Gesicht – das sind spezielle Bartkleber, die man ebenfalls in Theaterbedarfsläden kaufen kann. Der Vorteil von Stoppelpaste ist, dass sie nicht so schnell trocknet, während man bei Mastix echt fix sein muss. Dann trage ich mit dem Pinsel die Haare auf, wobei ich bei so kurzen Stoppeln keine bestimmte Wuchsrichtung zu beachten brauche und es außerdem bei einem kleinen Bart kaum ins Gewicht fällt. Ein Problem wird sich erst beim Küssen ergeben, denn wirklich kussecht ist das Ding nicht …

So, ein letzter Schluck aus der Bierflasche, ein prüfender Blick in den Spiegel, und ich bin bereit für die Nacht. Verschlüsselt. Bereit für das Entschlüsseln der anderen. Bereit für viel Spaß!

Ich gehe allerdings nicht einfach so in Kneipen oder Bars, sondern meistens zu speziellen Drag-King-Partys, wo auch gerne mal eine Bühnenshow stattfindet. Der Saal ist jedes Mal fast am Brodeln, wenn die Drags oben auf den Brettern ihre Show abziehen, klassisch-männliches Gebaren karikieren und einfach mal die Sau rauslassen. Im alltäglichen Leben hat man dazu ja kaum Gelegenheit, so dass sich die Kings auf der Bühne auch mächtig ins Zeug legen.

Sie zeigen letztendlich, dass es mehr als nur Männer und Frauen in dieser Gesellschaft gibt und dass es um das Überschreiten von enggefassten gesellschaftlichen Grenzen geht. Ich habe vor einiger Zeit das Buch Das Unbehagen der Geschlechter von Judith Butler gelesen, worin sie über die Schwierigkeit philosophiert, eindeutige Geschlechterkategorien festzulegen, und den Dualismus anzweifelt, der besagt, dass es nur die beiden Kategorien Mann und Frau gibt. Ich verstehe zwar nicht alles, was sie schreibt, denn dazu ist sie mir in vielen Dingen zu abgehoben, aber mit ihrer Grundaussage kann ich mich durchaus identifizieren. Ich bin nämlich auch gegen diese engstirnigen Eingrenzungen. Zwar weiß ich, dass die Drag-King-Szene von manchen Feministinnen angegriffen wird, weil sie glauben, dass wir für das Patriarchat und gegen die Frauenbewegung sind. Aber das stimmt nicht!

Irgendwie haben sich die Zeiten doch wirklich verändert, und ich fühle mich in meiner Clique super wohl. Einige von uns stehen total auf Femmes, also auf Lesben, die äußerst feminin aussehen; andere suchen sich speziell TG-Butches aus, die eher die »Macker-Variante« vertreten, und wiederum andere naschen gerne von allem, was ihnen in die Finger kommt. Ich folge da eher meinem Herzen. Das heißt, dass ich wohl ein Stück weit zu der letzten Kategorie gehöre, sprich, mir ist es egal, welche Fassade ein Mensch hat, Hauptsache, er oder sie ist authentisch!

Na gut, ich habe da irgendwie dann wohl doch meine Vorlieben. Mir geht es nämlich in erster Linie darum, dass es »Bio«-Frauen sind, also Frauen, die im biologischen Sinn Frauen sind und sich auch als solche definieren. Das ist heutzutage allerdings gar nicht mehr so einfach, denn aufgrund dieser ganzen Gender-Diskussion hat sich vieles in der Szene geändert. Für mich selbst ist zwar dieses Spiel mit den Geschlechtern wichtig, aber was mein Gegenüber anbelangt, hänge ich am »biologischen Geschlecht Frau«. Auch wenn ich mir abends einen Bart anklebe, meine Brüste abbinde und mir ein männliches Ego erschaffe, so begehre ich doch Bio-Frauen und ihre Körper. Ich glaube, dass dies ein großer Unterschied zu manch einem meiner Drag-King-Freunde ist, denn irgendwie lebe ich stellenweise zwar als »Mann«, aber es hat sich (noch) nicht tiefergehend in mein Leben eingewoben. Tagsüber bin ich also Daniela, die Frau, die in der Ausbildung ist, die ihren Kollegen noch nicht einmal gesagt hat, dass sie lesbisch ist und erst recht nicht Drag King, und abends lebe ich einfach (m)ein anderes Leben.

Es ist zwar häufig ein ziemlicher Spagat, das muss ich schon sagen, aber ich versuche mich in das »normale Leben« einzufügen, auch wenn das bisweilen etwas schwierig ist und ich manchmal befürchte, abends meiner Chefin oder unserem Buchhalter zu begegnen. Wahrscheinlich würden sie mich in meinem Outfit gar nicht erkennen, aber wenn ich doch einmal auf sie träfe, dann wäre mir das wahrscheinlich irgendwie komisch.

Dann gibt es allerdings noch Vergnügungstouren, bei denen ich mir ziemlich sicher bin, dass ich niemandem aus meinem Arbeitsumfeld begegne. Denn manchmal gehe ich zu richtigen Sexpartys, und falls ich dort tatsächlich Kolleginnen oder Kollegen antreffen sollte, dann wäre das vielleicht eine positive Überraschung für mich. Was bei diesen Partys im Vordergrund steht, dürfte ja klar sein: Sex! Der Besuch meiner ersten Party hat mich auch ehrlich gesagt Überwindung gekostet, aber nach einer knappen Stunde cruiste ich völlig souverän durch die Location und hatte sogar meinen ersten »anonymen« Sex. Klar war das anfangs ziemlich aufregend. Ich habe sehr schnell Gefallen daran gefunden, so dass ich mittlerweile regelmäßig zu diesen Partys gehe. Ich glaube, dass man regelrecht süchtig danach werden kann. Wenn die ersten Hemmschwellen überwunden sind, dann ist das einfach eine geile Art der Freizeitgestaltung ... Natürlich ist auf diesen Partys Safer Sex das oberste Gebot, das ist ja klar. Manchmal gehe ich einfach nur hin, sehe den anderen zu und trinke mein Bier. Das ist auch völlig okay, denn das Spannen ist durchaus erwünscht, solange man sich an gängige Höflichkeitsregeln hält. Es gibt ja so Tage, da ist einem einfach nicht nach Sex oder es gefällt einem niemand von den Partygästen. Trotzdem ist es dann schön, dort zu sein. Ich finde, dass die Atmosphäre einfach total entspannend ist.

Über diese Partys habe ich schnell auch Kontakt zur SM-Szene bekommen, da das eine irgendwie unmittelbar mit dem anderen zusammenhängt. Eine Frau hat mich gefragt, ob ich nicht Lust hätte, mal zu einem der SM-Stammtische zu gehen, die regelmäßig hier in der City stattfinden. Da ich grundsätzlich ein neugieriger und offener Mensch bin, habe ich gleich eine Karte von ihr eingesteckt und war letztens dann zum ersten Mal da. Aber eigentlich glaube ich, dass mir das doch irgendwie nicht so richtig liegt. Interessant war es allerdings schon, was die Leute da so erzählt haben. Ich war ziemlich neugierig, weil mir viele der Sexpraktiken völlig unbekannt waren, von denen die anderen mir dann bereitwillig erzählt haben. Ich glaube, sie hätten mir am liebsten praktischen Nachhilfeunterricht gegeben, aber da ich gerade in einer Beziehung lebe (mit einer Femme übrigens, die hinreißend aussieht!) und wir beschlossen haben, bis auf Weiteres monogam zu sein, habe ich die Angebote dankend abgelehnt. Obwohl mich einige Sachen ja doch gereizt hätten. Aber das kann ich ja auch mal mit meiner Süßen ausprobieren.

Auf jeden Fall habe ich im Laufe der Zeit gemerkt, dass ich meiner Mutter langsam mal von meinem Leben als Drag King erzählen sollte. Eigentlich ging es mir dabei ja eher um mich, denn ich wollte, dass meine Mutter wirklich über mich Bescheid weiß und hatte die ewigen Ausflüchte auf ihre Fragen, wenn wir uns sahen – »Wo warst du denn gestern Abend?«, »Wieso hast du denn Bartstoppeln im Gesicht?« – einfach satt. Als sie dann letztens bei mir zu Besuch war, ein gelgefülltes Kondom auf dem Fußboden liegen sah und aufschrie: »Was ist daaaaaas denn?«, war es an der Zeit, ihr ein bisschen mehr von mir zu erzählen.

Meiner Mutter gegenüber hatte ich zwei Coming-outs. Das eine betraf mein Lesbischsein. Das ist mir ziemlich leichtgefallen, weil meine Mutter auch Lesben und Schwule in ihrem Freundeskreis hat, so dass mein lesbisches Coming-out relativ easy über die Bühne ging. Mir war ja auch, vielleicht im Gegensatz zu vielen anderen, ziemlich schnell klar, dass ich lesbisch bin. Mir fehlten diese ganzen Geschichten von wegen »Verliebt in die Lehrerin«, »Anhimmeln der Mitschülerin« oder was auch immer. Ich interessierte mich ewig nicht für Jungs oder Mädchen. Jedenfalls nicht im sexuellen Sinn. Sie waren für mich lediglich platonische Objekte, mehr nicht. Natürlich habe ich mir hin und wieder auch die Frage gestellt, warum sich Jenny beispielsweise in Noah verliebt hat oder Franka mit Leo zusam-

men war. Aber diese Fragen gingen mir immer nur kurz im Kopf herum, denn irgendwie hatte das alles nichts mit mir zu tun. Das habe ich schon früh gemerkt.

Mir gingen die Augen auf, als Adina in unsere Klasse kam. Ich habe mich Hals über Kopf in sie verliebt und konnte das auch sehr schnell für mich so benennen. Ich habe seitdem mit vielen Mädchen und Frauen über dieses Thema gesprochen und weiß, dass es bei den meisten länger dauert. Aber ich hegte plötzlich diese Gefühle für Adina, und ich wusste auch schon vorher, dass es Lesben und Schwule gibt, weil die beste Freundin meiner Mutter lesbisch ist und sie oft auch in Begleitung von Schwulen bei uns zu Besuch kam, so dass das jetzt nichts Außergewöhnliches für mich war. Es war überhaupt kein Drama für mich, sondern mehr so dieses Gefühl: »Okay, dann bist du jetzt wohl lesbisch.«

Ich fing dann tatsächlich auch eine Affäre mit Adina an und stellte meine Mutter kurz danach vor vollendete Tatsachen. »Ich glaube, ich bin lesbisch«, sagte ich beiläufig beim Frühstück, und meine Mutter reagierte ziemlich cool. Sie meinte, das sei doch wunderbar. Das war allerdings noch vor meinem Drag-King-Leben. Soviel also zu meinem ersten Coming-out.

Die Affäre mit Adina hat allerdings nicht lange gehalten, und ich stürmte in die Szene Berlins hinein. Es war Anfang 2006, und überall gab es diese Drag-King-Partys, von denen ich noch nicht genau wusste, was es damit eigentlich auf sich hatte. Irgendwann nahm mich jemand mit, und ich hatte das Gefühl, dass ich zum ersten Mal am richtigen Fleck bin. Frauen in Männerklamotten, mit Bärten und einem unglaublich geilen Auftritt. Ich war hin und weg!

Ich habe mich ziemlich schnell in dieser Szene eingelebt und angefangen, mir die Brüste abzubinden, mir Bartstoppeln anzukleben und so weiter. Ich fühlte mich plötzlich unbesiegbar, als würde ich etwas leben, was ich nie zuvor – als Mädchen oder

Frau – gelebt hatte. Mein Freundeskreis erweiterte sich rapide, ich war ganz schnell Teil einer großen Community und fühlte mich pudelwohl. Bis auf eines ...

Meiner Mutter hätte ich schon längst etwas von meinem Lebenswandel erzählen sollen. Das spürte und wollte ich. Aber ich tat es nicht. Aus welchen Gründen auch immer. Wahrscheinlich weil ich glaubte, dass sie das irgendwie schräg finden würde, wenn ich im Männeroutfit durch die Straßen laufe. Eigentlich komisch, denn sie hatte ja mehr als positiv auf mein Lesbischsein reagiert, so dass ich auch das zweite Coming-out hätte wagen können. Aber irgendwas hielt mich davon ab. Vielleicht weil es in der Gesellschaft noch nicht so angesehen ist wie das Lesbischsein (und das ist ja auch nicht hundertprozentig akzeptiert), vielleicht auch weil meine Mutter einer Generation angehört, die sehr weit von dieser Thematik entfernt ist. Wie auch immer, ich zögerte dieses Coming-out wirklich hinaus.

Nachdem sie jedoch mein Gelkondom gefunden hatte, musste ich ihr wohl reinen Wein einschenken. Wir starrten beide auf meinen selbstgebastelten Stuffer.

»Tjaaaa«, sagte ich gedehnt und etwas hilflos. »Also, das ist jetzt nicht so, wie du vielleicht denkst ...«

»Ach ja, was denke ich denn?«, entgegnete sie und blickte mich an.

»Ja, natürlich weiß ich nicht, was du denkst, aber mit Sicherheit denkst du was Falsches.« Okay, Dan, sagte ich mir innerlich, jetzt gib dir einen Ruck! »Komm, setz dich erst mal hin. Vielleicht ist es ja ganz gut, dir mal ein bisschen was zu erzählen.«

Ich holte einmal tief Luft und fing dann an.

»Du weißt ja schon seit ein paar Jahren, dass ich lesbisch bin, und du hast damals auf mein Coming-out ja auch total cool reagiert. Es ist halt so, dass ich seit einiger Zeit auch noch in einer anderen Szene unterwegs bin. Ich weiß gar nicht, ob du schon mal was von Drag Kings gehört hast?«

Sie sah mich verständnislos an und schüttelte den Kopf. Irgendwie sah sie angespannt aus, fand ich, und ich musste mich zusammenreißen, um nicht zu lachen. Das wäre dann jetzt wohl die typische Übersprungsreaktion, dachte ich mir und unterdrückte den Impuls.

»Okay, ich versuch dir das mal zu erklären. Ich bin nach wie vor lesbisch, das hat also damit nichts zu tun, aber als Drag King versucht man halt die Grenzen von männlich und weiblich zu überschreiten. Ich akzeptiere nach wie vor meinen weiblichen Körper, aber ich verwandele mich einfach an manchen Abenden in einen Mann. Jedenfalls äußerlich. Und dafür brauche ich dieses Kondom.«

Meine Mutter starrte wieder auf den Fußboden und wurde knallrot im Gesicht.

»Ich klebe mir dann auch meistens einen Bart an und binde mir die Brüste ab, weil das irgendwie dazugehört und ein total schönes Gefühl ist.«

»Das verstehe ich nicht«, sagte sie mit leiser Stimme. »Was ist denn so verkehrt an einem Busen? Du stehst doch auch auf Frauen. Was soll das denn jetzt?«

»Ja, klar steh ich auf Brüste. Bei anderen Frauen jedenfalls. Aber ich binde sie mir eben gerne weg. Außerdem fühle ich mich total gut in dieser Rolle als Mann, weil ich von meiner Umwelt dann ganz anders wahrgenommen werde. Als ich das erste Mal in einer männlichen Inszenierung unterwegs war, war das eine völlig neue und überwältigende Erfahrung für mich. Es ist immer noch aufregend, und ich genieße es einfach, als Mann gekleidet durch die Clubs zu ziehen. Manchen meiner Drag-King-Freunde geht es dabei vor allem darum, mit ihrem Auftritt dieses duale Weltbild und seine engen Grenzen zu hinterfragen, aber ich fummel mich einfach so auf, weil ich das toll finde. Ich sehe das nicht so politisch, das muss es ja auch nicht immer sein, aber …« Ich sah meine Mutter an und hatte das Gefühl,

dass das irgendwie zu viel Input für sie war. Sie sagte gar nichts mehr, guckte aber auch nicht mehr auf den verräterischen Stuffer. Das war irgendwie bedrückend. Nun wusste ich auch nicht mehr, was ich sagen sollte.

»Mama, ich versuch dir das doch zu erklären, aber du musst mir auch zuhören.«

»Ich muss gar nichts!«, fauchte sie. »Was ist denn so schlecht am Frausein? Wieso musst du dir denn einen Bart ankleben? Ich verstehe das einfach nicht. Das sieht doch auch nicht schön aus, oder?!«

»Ich finde, dass das schön aussieht, sonst würde ich es ja wohl kaum machen«, erwiderte ich gedisst, weil ich das Gefühl hatte, dass meine Mutter mich nicht verstehen wollte.

Na ja, an diesem Nachmittag sind wir nicht wirklich weitergekommen. Meine Mutter ging dann ziemlich schnell und umarmte mich noch nicht einmal zum Abschied. Ich war irgendwie frustriert, weil ich sie für toleranter gehalten hatte. Aber andererseits hatte ich mein Drag-King-Dasein ja bis zu diesem Zeitpunkt auch vor ihr geheim gehalten, wahrscheinlich weil ich so eine Reaktion befürchtet hatte.

Seitdem sind einige Wochen vergangen. Ich versuche immer mal wieder, mit meiner Mutter darüber zu reden, aber sie blockt total ab. Wenn ich in irgendeiner Zeitung einen Artikel über Drag Kings finde, dann kopiere ich ihn und gebe ihn meiner Mutter zu lesen. Aber ob die Texte aus der Siegessäule *oder der* L-Mag *sie wirklich überzeugen, wage ich ja zu bezweifeln. Trotzdem glaube ich, dass meine Mutter irgendwann verstehen wird, worum es mir eigentlich geht, und dass sie mich so akzeptiert, wie ich nun mal bin.*

Tatsächlich hat sich Danielas Mutter im Laufe der Zeit immer interessierter mit dem Thema Drag Kings befasst. Sie hat lange Gespräche mit ihrer Tochter geführt und sieht mittlerweile neben dem Spaß, den Dan beim Crossdressing hat, auch die politische Dimension, die manche Drag Kings ihrem geschlechterübergreifenden Vexierspiel und dem Persiflieren von gesellschaftlichen Normen beimessen. Aber zu einer Drag-King-Party ist sie bisher doch noch nicht mitgekommen ...

Letzte Worte

Dieses Buch hat nur entstehen können, weil mir so viele Interviewpartnerinnen ihre Geschichten erzählt haben. Einen unerschöpflichen Fundus bot hier vor allem die »Lambda-Brut« – eine Gruppe für Mädchen und junge Frauen des schwullesbischen Jugendnetzwerks Lambda in Berlin –, die mich tatkräftig mit Tipps, Ratschlägen, Ideen (und manchmal auch mit Tee und Keksen) unterstützt haben, die meine Begeisterung für das Projekt teilten und immer ein offenes Ohr für meine vielen Fragen hatten.

Dann geht natürlich ein riesiges Dankeschön an meine beiden Verlegerinnen, Andrea Krug und Dagmar Schadenberg, die mir die Möglichkeit eröffnet haben, dieses Buch zu schreiben. Sie gaben mir großzügigen Spielraum und sehr viel Gestaltungsfreiheit, um meine Gedanken zu Papier zu bringen, und halfen durch konstruktive Diskussionen, die Sache »rund« zu machen.

Und last but not least danke ich Sharon, ohne die dieser Stein wohl gar nicht erst ins Rollen gekommen wäre!

Lesestoff: Auch hier geht's ums Coming-out

Ahima Beerlage: ***Sterne im Bauch***
Ulli ist in ihre Sportlehrerin verknallt und findet Jungs langweilig – was sie aber niemandem erzählt. Erst als sie 1978 nach Marburg geht, um zu studieren, bekommt sie Zugang zur Welt der Frauen, der Feministinnen und der Lesben ... (vergriffen, nur antiquarisch erhältlich)

Mireille Best: ***Camille im Oktober***
Camille ist mit zwei jüngeren Geschwistern geschlagen, Ariane und Abel. Die bescheidenen Verhältnisse im Arbeitermilieu einer französischen Kleinstadt bieten kaum Perspektiven. Und zu allem Übel steckt Camille auch noch mitten in der Pubertät und verliebt sich in die Frau des Zahnarztes.

Rita Mae Brown: ***Alma mater***
Vic und Charly gelten auf dem College als Traumpaar. Doch dann verliebt sich Vic in Chris Carter, eine neue Studentin. Für wen wird sie sich entscheiden?

Sylvia Brownrigg: ***Geschrieben für Dich***
Flannery Jansen, frisch an der Uni, verliebt sich Hals über Kopf in die Literaturdozentin Anne Arden. Eines Tages fasst sie sich ein Herz und lädt Anne zu einem Drink ein ... Wunderschöner Roman über die erste Liebe.

Caja Cazemier: ***Verliebt sein ist eine Katastrophe***
Myra dachte immer, sie steht auf Jungs. Bis sie sich plötzlich zu Jessica hingezogen fühlt, die schon längst weiß, dass sie lesbisch ist. Bei Myra dauert es allerdings noch etwas, bis sie ihre Gefühle zulassen kann.

Regina Faerber: ***Der weite Horizont***
Eigentlich plant die 16-jährige Charlotte eine gemeinsame Zukunft mit Hans, bis sie der fast doppelt so alten Laura begegnet. Befremden, aber auch Glück hält Einzug in ihr Leben. (vergriffen, nur antiquarisch erhältlich)

Leslie Feinberg: ***Träume in den erwachenden Morgen***
Buffalo, N.Y. – eine Industriestadt in den frühen sechziger Jahren. Hier verbringt Jess Goldberg ihre Kindheit und Jugend. Mit 15 hält sie es daheim nicht mehr aus. Sie haut ab. Sie sucht sich einen Job. Die Bar Abba's bietet Jess eine Heimat – eine bunte Gemeinschaft von Butches und Femmes, von Huren und Drag Queens, von Schwarzen und Weißen. Eine Gemeinschaft, die nicht ungefährlich lebt. Ein Klassiker. (Neuauflage in Vorbereitung)

Karen-Susan Fessel: ***Jenny mit O***
Die 16-jährige Jenny haut von zu Hause ab und flieht nach Berlin. Dort findet sie zwischen Straßenkids, Sozialarbeitern und Szenelesben endlich zu ihrer wahren Identität.

Karen-Susan Fessel: ***Steingesicht***
Die 15-jährige Leontine, genannt Leo, zieht nach dem Tod ihrer Mutter aus dem großen lauten Berlin in die Nähe von Braunschweig zu ihrer Tante Wanda. Dort hat sie ihr Coming-out und erfährt überrascht, dass ihre Tante ebenfalls lesbisch ist.

Ann K. Hartwin: ***Sandra***
Ein Klassiker von 1977, der für diese Zeit mit einem ungewöhnlich positiven Schluss endet. Erzählt wird die Geschichte der 17-jährigen Sandra, die in London und Paris durch Rebellion und die Beziehung zu ihrer Freundin Carla zu sich selbst findet. (vergriffen, nur antiquarisch erhältlich)

Katrin Janitz: ***Das Blau ihrer Augen***
Die 17-jährige Laura trifft im Sommerurlaub in Schweden auf die geheimnisvolle Roberta. Zwischen den beiden entwickelt sich eine leidenschaftliche Beziehung, bis Roberta eines Morgens verschwunden ist ...

Katrin Janitz: ***Maria, letztes Jahr***
Auf einem alten Weingut in der Toskana laufen die Proben für *Romeo und Julia*. Hier begegnet die junge Schauspielerin Esther Maria, Fotografin und Geliebte des einflussreichen Theaterregisseurs Franco. Esther ist vom ersten Moment an von Maria bezaubert. Sie kennt viele Frauen, doch keine hat sie je so fasziniert wie die schöne Fremde mit den unergründlichen Augen. Sie geht ihr nicht mehr aus dem Sinn. Franco ist jedoch keineswegs gewillt, seine Geliebte kampflos aufzugeben.

Daniele John: ***Ein Kaffee für zwei***
Jo, Jurastudentin, und ihre Dozentin Gabi, eine Richterin, verlieben sich ineinander. Bald muss Gabi sich allerdings zwischen Karriere und Liebe entscheiden.

Jenifer Levin: ***Kippwende***
Ein Roman um Frauen und Sport, Ehrgeiz und Trainingsstress, Niederlage und Sieg – und die Liebe zwischen Frauen. Babe, Ellie und ihre Trainerin Brenna verbindet die Leidenschaft fürs Schwimmen und die Herausforderung, den Hochleistungssport mit ihrem Leben und Lieben unter einen Hut zu bringen.

Susanne Lütje: ***Die Suche nach der zehnten Frau***
Jede zehnte Frau ist angeblich lesbisch. Die 17-jährige Julica sucht genau diese Frau, denn schließlich hatte sie gerade ihr Coming-out. (vergriffen, nur antiquarisch erhältlich)

Doris Meißner-Johannknecht: ***Amor kam in Leinenschuhen***
Die Gymnasiastin Jojo zieht mit ihren Eltern aus dem beschaulichen Münsterland nach Berlin und fühlt sich dort gar nicht wohl. Das ändert sich erst, als sie sich mit der Ost-Berlinerin Franziska anfreundet und aus dieser Freundschaft bald mehr wird. (vergriffen, nur antiquarisch erhältlich)

Brenda Miller: ***Court of Love***
Chris hat sich beim Basketballspiel schwer verletzt und kommt ins Krankenhaus. Dort wird sie von der Physiotherapeutin Beth betreut, und die beiden verlieben sich ineinander. Insgesamt etwas kitschig geraten.

Hilary Mullins: ***Die Katze kam zurück***
Die 17-jährige Stevie steht kurz davor, aufs College zu gehen. Als sie ihrer neuen Mitschülerin Andrea begegnet, gerät ihr bis dahin heterosexuelles Leben durcheinander. In Tagebuchform schildert die Autorin Stevies Coming-out-Prozess. (vergriffen, nur antiquarisch erhältlich)

Mirjam Müntefering: ***Flug ins Apricot***
Franziska, die Klassensprecherin der elften Jahrgangsstufe, und die 16-jährige Alex verlieben sich ineinander. Ein sehr authentischer Roman, der bereits jetzt schon absoluten Kultfaktor hat.

Mirjam Müntefering: ***Apricot im Herzen***
Fortsetzung von *Flug ins Apricot.*

Regina Nössler: ***Wahrheit oder Pflicht***
Die Teenagerin Katja mit all ihren Gedanken, Gefühlen und Erlebnissen während ihres Coming-out-Prozesses.

Julie A. Peters: ***Krasser geht's nicht!***
Die Gegensätze zwischen Antonia und Jazz könnten nicht größer sein – die eine Streberin, die andere ein Freak. Dennoch freunden sie sich an, und bald entdeckt Antonia ganz neue Seiten an Jazz ... (vergriffen, nur antiquarisch erhältlich)

Julie A. Peters: ***Du bist mein Geheimnis***
Holland ist ehrgeizig, büffelt viel für die Schule und hat den absoluten

Traumtypen an ihrer Seite. Dann begegnet sie allerdings Cece, und sie erkennt, dass sie nicht auf Traumtypen steht, sondern auf Mädchen ...

Sara Ryan: ***Sommerküsse***
Im Ferienlager lernen sich Nicola und Battle kennen. Eigentlich glaubten sie auf Jungs zu stehen, aber das stellt sich als Irrtum heraus.

Diane Salvatore: ***Eine von uns***
Lela Johns, Lehrerin an einer konservativen High-School, soll ihren Job verlieren, weil sie einen Schüler wegen lesbenfeindlicher Sprüche rüffelt und Carly die Telefonnummer der Lesbenberatung gegeben hat. Erinnerungen werden wach, die Lela seit Jahren verdrängt hatte ... (vergriffen, nur antiquarisch erhältlich)

Patricia Schröder: ***Liebe ist, was du draus machst***
Katarina hat immer noch keinen Jungen geküsst. Ob etwas mit ihr nicht stimmt? Sie spricht mit ihrer besten Freundin Lilli darüber und verknallt sich prompt in sie.

Patricia Schröder: ***Sommerlieben***
Ariane ist zwar eigentlich mit Kilian zusammen, aber als sie im Urlaub Frida kennenlernt, ist es um sie geschehen. Ausgerechnet als sich die beiden Mädchen das erste Mal in den Armen liegen, steht plötzlich Kilian vor ihnen ...

Adriana Stern: ***Pias Labyrinth***
Die 15-jährige Pia lebt im Internat und hat schon Heftiges erlebt: Missbrauch, Vergewaltigung und später Psychiatrie. Trotzdem beißt Pia sich durch und verliebt sich in Phil. Die verlässt sie dann aber wegen eines Jungen, und Pia findet auf Umwegen zu Jeanette. Ein wahrhaft tiefsinniges und fesselndes Labyrinth.

Nancy Toder: ***Die Wahl des Glücks***
Sandy und Jenny kennen sich seit dem College. Damals waren sie beste Freundinnen, die alles miteinander teilten – auch ihre ersten sexuellen Erfahrungen. Sie sind leidenschaftlich ineinander verliebt. Bis Jenny eines Tages Bruce kennenlernt. Schließlich verlieren sich die beiden Frauen aus den Augen. Doch acht Jahre später begegnen sie einander wieder ... Ein Klassiker.

Weitere interessante, spannende, hilfreiche Bücher zum Coming-out und der ersten Liebe finden sich unter **www.lesben.org.**

Kleine Auswahl lesbischer Filme

Desert Hearts (USA 1988)
Die New Yorker Englisch-Professorin Vivian Bell quartiert sich auf einer Ranch in Reno ein, um sich von ihrem Mann scheiden zu lassen. Cay, die Stieftochter der Ranchbesitzerin, verliebt sich in Vivian, und nach einigem Hin und Her funkt es denn auch zwischen den beiden.

Kommt Mausi raus?! (D 1994)
Die 20-jährige Kati macht in Hamburg ihre ersten lesbischen Erfahrungen. In ihrer westfälischen Heimat hat sie ihr Coming-out, auf das die DorfbewohnerInnen sehr verhalten reagieren.

Wenn die Nacht beginnt (When Night Is Falling) (CDN 1995)
Camille Baker, Uni-Professorin eines christlichen Colleges, verliebt sich in die afro-kanadische Zirkusartistin Petra. Phantasievoll komödiantisch gedreht mit zwei absolut sehenswerten Hauptdarstellerinnen.

Bound – Gefesselt (USA 1996)
Gangsterbraut Violet und Handwerkerlesbe Corky geraten in Mafiakreise und verlieben sich ineinander. Sie tricksen die Gangster grandios aus, und es gibt ein hinreißendes Happy-End.

All Over Me (USA 1997)
Berührendes Drama zweier 15-jähriger Mädchen, Ellen und Claude, die in New York aufwachsen, zwischen Drogendeals, Rock'n'Roll und erster Liebe. Ellen bleibt straight, während Claude ihr Coming-out hat.

High Art (USA 1998)
Redaktionsassistentin Syd trifft auf die Fotografin Lucy, die mit der drogensüchtigen Greta zusammenlebt. Tragisches Ende.

Raus aus Åmål (Fucking Åmål) (S/DK 1998)
Im schwedischen Provinzkaff Åmål verliebt sich das 16-jährige Mauerblümchen Elin in die gleichaltrige Partylöwin Agnes.

Gia – Preis der Schönheit (USA 1998)
Das Supermodell Gia Marie beginnt eine Affäre mit der Maskenbildnerin Linda. Das Leben als Model beinhaltet Partys, Alkohol, Heroin und Sex, und bald muss Gia sich entscheiden: entweder die Drogen oder Linda. Biografischer Film über das lesbische Supermodel Gia Marie Carangi, die 1986 an AIDS starb.

It's In The Water(USA 1998)
Komödie. Mitten im konservativen Texas gibt es so etwas wie Homosexualität nicht! Ein Irrglaube. Alex und Grace beweisen dies, und es liegt natürlich am Trinkwasser der Stadt ...

Alles wird gut (D 1998)
Katja trennt sich von Nabou, weswegen diese einen Putzjob bei der Karrierefrau Kim annimmt, die im gleichen Haus wie Katja wohnt. Bald ist aber nicht mehr Katja Nabous Objekt der Begierde ... Amüsant.

Aimée und Jaguar (D 1999)
Die Geschichte der Jüdin Felice und der Deutschen Lilly, die sich im Berlin der Jahre 1943/1944 ineinander verlieben. Verfilmung nach dem auf Tatsachen basierenden gleichnamigen Roman von Erica Fischer mit tragischem Ende.

Better Than Chocolate (CDN 1999)
Die Studienabbrecherin Maggie bekommt unerwarteten Besuch von ihrer Mutter. Wie kann sie ihre Dildosammlung und ihre lesbische Beziehung mit Kim vor ihrer Mutter verborgen halten? Amüsant, mit Happy-End.

Boys Don't Cry (USA 1999)
Wahre Geschichte über den Transboy Brandon Teena, der Anfang der Neunziger in einer kleinen Stadt in Nebraska von seiner Umwelt für »unnormal« gehalten und deswegen vergewaltigt und umgebracht wird. Heftig!

Chutney Popcorn (USA 1999)
Die lesbische Reena will für ihre unfruchtbare Heten-Schwester ein Kind austragen. Ihre Liebste Lisa soll die künstliche Befruchtung übernehmen, was zu gehörigem Ärger führt.

Weil ich ein Mädchen bin (But I'm a Cheerleader) (USA 1999)
Komödie um Megan, der nachgesagt wird, lesbisch zu sein. Daraufhin wird sie von ihren Eltern in ein Umerziehungslager gesteckt, in dem sie die rebellische Graham kennen- und lieben lernt.

Women Love Women (If These Walls Could Talk 2) (USA 2000)
Episodenfilm, der sich über drei Jahrzehnte erstreckt und vom Leben lesbischer Paare erzählt. Starbesetzung – mit Vanessa Redgrave, Sharon Stone und Ellen Degeneres.

Gasoline (Benzina) (I 2001)
Das lesbische Paar Eleonora und Stella betreiben glücklich und zufrieden eine Tankstelle, bis die herrschsüchtige Mutter Eleonoras auftaucht und bei einem Streit zu Tode kommt.

Lost and Delirious (CDN 2001)
Tori und Paulie leben heimlich eine lesbische Beziehung in einem Mädcheninternat. Nachdem sie entdeckt werden, verleugnet Tori die Beziehung. Dramatisch.

Mulholland Drive – Straße der Finsternis (F/USA 2001)
Ein echter David-Lynch-Streifen, der sich um Schein & Sein, Traum & Realität dreht und sich im letzten Drittel auf die Beziehung zwischen Rita/Camilla und Betty/Diane konzentriert. Bloß – wer ist wer?

The Hours – Von Ewigkeit zu Ewigkeit (USA 2002)
Romanverfilmung und Episodenfilm, der das Schicksal dreier Frauen aus verschiedenen Generationen darstellt, deren Bindeglied Virginia Woolfs Roman *Mrs. Dalloway* ist. In der Gegenwart spielt das lesbische Paar Clarissa und Sally eine tragende Rolle.

Tipping the Velvet (UK 2002)
Verfilmung des Romans *Die Muschelöffnerin* von Sarah Waters. In drei Episoden wird die Geschichte der lesbischen Nan Astley im England des späten 19. Jahrhunderts erzählt. Amüsante und kurzweilige BBC- Fernsehproduktion, leider nur in der Originalfassung.

My Summer of Love (UK 2004)
Die aus der Arbeiterschicht stammende Mona lernt die reiche Internatsschülerin Tamsin kennen, und die beiden verbringen einen wundervollen Sommer miteinander. Während Mona zu ihren Gefühlen steht, ist für Tamsin jedoch alles nur ein Spiel.

Spy Girls – D.E.B.S. (USA 2004)
Amüsante Parodie auf Spionagefilme. Ein Agentinnenquartett in Miniröcken, weißen Blusen und Krawatten versucht die allseits gesuchte Diebin Lucy Diamond dingfest zu machen. Dabei verlieben sich Lucie und Amy, die Superagentin, ineinander.

Eine Hochzeit zu dritt (USA/UK/D 2005)
Komödie um eine Frau, die sich, als sie mit ihrem zukünftigen Mann vor dem Traualtar steht, in die Floristin verliebt. Happy-End garantiert.

Loving Annabelle (USA 2006)
In Anlehnung an den Klassiker *Mädchen in Uniform:* Die junge Internatslehrerin Simone und ihre Schülerin Annabelle verlieben sich ineinander, wogegen sie sich jedoch wehren. Dennoch verbringen sie eine gemeinsame Liebesnacht, nicht ohne schwerwiegende Folgen.

The Gymnast – Bande der Liebe (USA 2006)
In luftiger Höhe arbeiten Jane und die Koreanerin Serena an einer Lufttrapeznummer, und knisternde Erotik entwickelt sich zwischen ihnen.

Die wilden Hühner und die Liebe (D 2007)
Fortsetzung des Jugendfilms *Die wilden Hühner*, einer Bande bestehend aus fünf Mädchen. Dabei verliebt sich Wilma in ihre Klassenkameradin Leonie, was anfänglich zu Problemen in der Clique führt.

The World Unseen (UK/South Africa 2007)
Verfilmung des poetischen Romans *Die verborgene Welt,* in der sich die eigensinnige Cafébetreiberin Amina in die fügsame Miriam verliebt, die allerdings verheiratet ist. Angesiedelt in den fünfziger Jahren in der indischen Community in Pretoria, Südafrika.

Links

Hier folgen einige Links für die ersten Schritte im Netz. Der Rest ergibt sich von selbst, da fast jede Seite eine Menge weiterer Links angibt, so dass ihr nach Lust und Laune surfen könnt …

Film und Fernsehen
www.cootv.de = umfangreiches TV- und Kino-Archiv zu lesbischen Filmen und Serien
www.gay-web.de = umfangreiches Kino-Archiv zu lesbischen und schwulen Filmen

Literatur
www.lesben.org = umfangreiche Literaturliste von lesbischen Büchern (und vieles andere mehr!)

Lesben allgemein
www.gorizi.de = bundesweites Portal für junge Lesben
www.lesben.org = umfangreiche Informationen und weitere Links zu verschiedensten Themen

www.lesbians-unlimited.org = nicht ganz so umfangreiche Seite zu Lesben
www.lesbischleben.de = umfangreiche Seite zu allem, was Lesben interessiert
www.lescom.de = umfangreiches Portal für Frauen, die Frauen lieben, und deren Eltern
www.lesweb.de = kommunikative Lesbenseite
www.wolfsmutter.com = feministisches Frauenportal

Lesben regional
www.anyway-koeln.de = Jugendzentrum aus Köln
www.femfem.de = regionale Seite aus Hannover mit Film- und Buchtipps
www.jule-mannheim.de = Junglesben aus Mannheim
www.lambda-bb.de = Jugendnetzwerk Lambda Berlin-Brandenburg
www.sonntags-club.de = Café und Beratungsstelle in Berlin

Lesben und Beratung
www.lambda-online.de = Bundesverband des schwullesbischen Jugendnetzwerks Lambda
www.lesben-beratung.de = Beratungsstellen deutschlandweit
www.lsvd.de = Lesben- und Schwulenverband in Deutschland (LSVD)
www.sexologie.org = umfassende Informationsseite der Deuschen Gesellschaft für sozialwissenschaftliche Sexualforschung

Religion und Migration
www.gay-web.de/luk/ = Ökumenische Arbeitsgruppe Lesben und Kirche (LuK) e.V.
www.gladt.de = Gays & Lesbians aus der Türkei
www.lesmigras.de = Arbeitsbereich der Lesbenberatung Berlin e.V. für lesbische Migrantinnen und schwarze Lesben
www.linet-c.eu = Internetzwerk vor allem für christliche Lesben
www.miles.lsvd.de = Zentrum für MigrantInnen, Lesben & Schwule mit weiteren Links und Kontakten zu türkeistämmigen, griechischen, asiatischen und russischen Gruppen
www.netzwerk-katholischer-lesben.de = Netzwerk katholischer Lesben
www.yachad-deutschland.de = Vereinigung schwuler, lesbischer und bisexueller Jüdinnen und Juden in Deutschland

Drag Kings und Transgender
www.dragkingdom.de = Netzwerk für Drag Kings
www.tgnb.de = Transgender Netzwerk Berlin: größtes Netzwerk für Transgender- und Intersex-Gruppen in Deutschland mit Links zu einzelnen Gruppen
www.transmann.de = viele Infos zum Thema

Dating and more
www.lesarion.de = seit 2001 bestehendes vielfältiges Portal für die lesbische Community
www.her2her.com = lesbisches Portal für den deutschsprachigen Raum
www.shoe.org = seit 1997 bestehende große Online Community

Sex & Toys
www.sexclusivitaeten.de = Sextoys, sexuelle Vergnügungsdates und mehr von Laura Méritt
www.transtoys.de = ebenfalls von Laura Méritt betriebener Shop mit dem Schwerpunkt Transtoys
www.femmefatale.de = Erotische Kultur mit Onlineshop
www.sabasin.com = Portal für erotische Literatur mit Erotikboutique
www.lesbenkaufhaus.de = Onlineshop mit guter Auswahl aus allen Bereichen
www.playstixx.de = Sextoys und mehr
www.schmacht.org = Netzwerk für lesbische und bisexuelle BDSM-Frauen

Kleines Wörterbuch

Abkürzungen

Aids: Acquired Immune Deficiency Syndrome (engl. für erworbenes Immundefektsyndrom) bezeichnet eine spezifische Kombination von Symptomen, die auftreten, wenn sich jemand mit dem HI-Virus infiziert hat und das Immunsystem zerstört wird. Eine Heilung ist zur Zeit nicht möglich.
CD: Crossdressing
CSD: Christopher Street Day; jährlich in vielen Ländern der Welt stattfindende Demonstrationen von Lesben und Schwulen, um an den Aufstand vom Juni 1969 in der New Yorker Christopher Street zu erinnern.
EPOA: European Pride Organizers' Association; Verband europäischer CSD-Organisationen, der seit 1991 jeweils an eine europäische Stadt den Titel Euro Pride verleiht.
F2M: *female to male* oder »Frau zu Mann« (FzM); Transmann
GG: Genetic Girl (siehe Bio-Frau)
HAW: Homosexuellen Aktion Westberlin; 1971 gegründete Organisation; bei deren Pfingsttreffen 1972 sich erstmals auch Lesben trafen. 1973 richtete die HAW ein Pfingsttreffen für Schwule *und* Lesben aus. 1974 organisierte die Frauengruppe in der HAW dann das erste Lesben-Pfingsttreffen. 1975 ging aus der HAW das Lesbische Aktions-Zentrum (LAZ) hervor, das bis 1978 die Lesben-Pfingsttreffen organisierte.

HIV: HI-Virus, Humanes Immundefizienz-Virus, auch menschliches Immunschwäche-Virus. Eine Ansteckung damit führt nach einer unterschiedlich langen, meist mehrjährigen Inkubationszeit zu AIDS.
HUK: Homosexuelle und Kirche
KV: Kesser Vater
LAZ: Lesbisches Aktions-Zentrum; ging 1975 aus der HAW-Frauengruppe hervor und organisierte bis 1978 das Lesben-Pfingsttreffen.
LFT: Lesben-Frühlingstreffen; autonome Lesbenveranstaltung, die seit 1974 jährlich stattfindet, seit 1979 an wechselnden Orten; das ehemalige Lesben-Pfingsttreffen wurde 1992 aus politischen Gründen in Lesben-Frühlingstreffen umbenannt.
LSVD: Lesben- und Schwulen-Verband in Deutschland
LiK: Netzwerk Lesben in der Kirche (mit dem Schwerpunkt neue Bundesländer)
LuK: Lesben und Kirche; 1985 trafen sich erstmals Lesben aus dem Umfeld der Kirche (in den alten Bundesländern) in der Evangelischen Akademie in Bad Boll. Daraus entwickelten sich verschiedene Gruppen auf regionaler Ebene. 1996 gründete sich der Bundes-LuK.
M2F: *male to female* oder »Mann zu Frau« (MzF); Transfrau
SM: Sadomasochismus
TF: Transfrau
TG: Transgender
TM: Transmann
TS: transsexuell
WhK: Wissenschaftlich-humanitäres Komitee: 1897 von Magnus Hirschfeld gegründete Homosexuellenorganisation, die unter dem gleichen Namen 1998 neu ins Leben gerufen wurde und sich in der Tradition der ersten deutschen sowie der emanzipatorischen Lesben- und Schwulenbewegungen von DDR und BRD sieht.

Allerlei Lesbisches

Binder: Bandagen u.ä., um Brüste abzubinden
Bio-Frau: eine Frau, die mit dem biologischen Geschlecht Frau geboren wurde. Auch GG für *Genetic Girl.*
Bio-Mann: ein Mann, der mit dem biologischen Geschlecht Mann geboren wurde.
Blind Date: erstes Treffen aufgrund einer Kontaktanzeige oder eines Chatkontakts. Auch für eine Verabredung gebraucht, die jemand anders, beispielsweise eine Freundin, für dich arrangiert hat.
Butch: Lesbe, die sich sehr maskulin gibt, siehe auch Kesser Vater. Gegenpart zu Femme.

Community: meint in diesem Zusammenhang die lesbisch-schwule-bisexuelle-Transgender-Gemeinschaft.
Crossdressing: das Anziehen von Klamotten, die eigentlich dem anderen Geschlecht zugeschrieben werden; zum Beispiel eine Lesbe, die sich einen Herrenanzug anzieht.
Cruisen: auf der Suche nach einem Sexabenteuer sein. Es gibt (vor allem bei den Schwulen) auch explizite Cruising-Areas – Orte, an denen spontaner Sex stattfindet.
Cyberskin: synthetisches Material, aus dem Sextoys hergestellt werden und das hautähnliche Eigenschaften besitzt.
Darkroom: separater Raum auf Partys oder in Clubs, der für anonymen Sex, also Sex mit Unbekannten, genutzt wird.
Dental Dam: Lecktücher, Latex-Tüchlein für Safer Sex beim Lecken
Diesel Dyke: auch Butch oder Kesser Vater; Lesbe, die sich sehr maskulin gibt
Dildo: Sexspielzeug, das freihändig benutzt oder in einem Harness befestigt werden kann
Doppelaxt: ein Erkennungszeichen unter Lesben, das die Streitbarkeit der freien Amazonen symbolisieren soll; wahlweise als Kettenanhänger, Ohrring, Aufkleber etc.; auch Labrys genannt
Drag: *dressed as guy* oder *dressed as girl*; sich die Kleidung des anderen Geschlechts anziehen
Drag King: in die Rolle des anderen Geschlechts schlüpfen, in diesem Fall Bio-Frauen oder Transgender, die nach außen als Mann durchgehen wollen
Drag Queen: siehe oben, doch in diesem Fall Bio-Männer oder Transgender, die sich als Frau geben, oftmals sehr glamourös
Dyke: engl. Bezeichnung für Lesbe
Dykes on bikes: Motorradlesben
Euro Pride: seit 1992 stattfindender CSD, der in einer von der EPOA gewählten Stadt stattfindet. Der Euro Pride ist größer als ein gewöhnlicher CSD und soll noch mehr Repräsentationskraft haben.
Femme: Lesbe, die sich sehr feminin gibt. Gegenpart zu Butch
Gaffer-Tape: Klebeband, das zum Abbinden von Brüsten verwendet wird.
Gay: engl. Bezeichnung für Lesben und Schwule, wobei der Begriff häufiger von Schwulen und für Schwule verwendet wird und Lesben oft Grübeln müssen, ob sie mitgemeint sind.
Gay Pride: engl. für »homosexuellen Stolz«; meint zum einen das stolze Bekenntnis zur eigenen Homosexualität, zum anderen Bezeichnung für den CSD außerhalb des deutschsprachigen Raumes
Gender: (soziales Geschlecht) bezieht sich auf die gesellschaftlich geprägten, individuell erworbenen und wandelbaren weiblichen und männlichen Rollenzuschreibungen

Gender Identity: (Geschlechtsidentität) bezeichnet das Geschlecht, mit dem sich die Einzelnen identifizieren; kann abweichen vom biologischen Geschlecht *(sex)*
Gender Role: (Geschlechterrolle) bezeichnet die Verhaltensweisen, die in einer Gesellschaft für das eine oder andere Geschlecht als typisch gelten
Halbmond: Erkennungszeichen für Bisexuelle in Form eines Doppelhalbmondes, oft in Regenbogenfarben
Harness: Konstruktion aus Lederriemen (Geschirr), in die beispielsweise Dildos eingespannt werden können
Homo-Ehe: gleichgeschlechtliche eingetragene Partnerschaft; Lebenspartnerschaft, der Ehe vergleichbar, aber ihr rechtlich nicht gleichgestellt
intersexuell: Bezeichnung für Menschen, die nicht eindeutig einem biologischen Geschlecht zuzuordnen sind
Kesser Vater: siehe Butch
Klit: Abkürzung für Klitoris, auch Clit
Labrys: siehe Doppelaxt
Lambda: elfter Buchstabe des griechischen Alphabets; in der Schwulen- und Lesbenbewegung das Symbol für *libertas* (lat. »Freiheit«) und den Kampf um Gleichberechtigung und deshalb Namensbestandteil mehrerer Organisationen wie beispielsweise Lambda, dem schwullesbischen Jugendverband Deutschlands
Latex: natürliches Produkt, auch Naturkautschuk genannt, aus dem u.a. Sextoys hergestellt werden
Leder-Lesbe: eine meistens in Leder gekleidete Lesbe, die auf SM steht und/oder die Motorrad fährt
»Lesbische Hände«: ein Erkennungszeichen von Lesben. Die gestreckten Finger mit abgewinkeltem Daumen bilden aneinandergelegt ein offenes Dreieck und sollen die Vagina der Frau darstellen. Die Lesbischen Hände gelten als ältestes Lesbenzeichen
Liebeskugeln: Sexspielzeug, das aus zwei miteinander verbundenen Kugeln besteht und in die Vagina eingeführt wird
Lube: (Gleitcreme) sorgt beim Sex für mehr Glitschigkeit
Mastix: Kleber für Drag Kings, um sich einen künstlichen Bart zu basteln
Ökolesbe: politisch links orientierte Lesbe, die früher auch in die Schublade Birkenstocklesbe oder Müslilesbe gesteckt wurde
Passing: wenn Drags in der Aufmachung des anderen Geschlechts losziehen und als solche »durchgehen«, also nicht erkannt werden. Oder auch wenn eine Lesbe als heterosexuell durchgeht.
Plug: Sexspielzeug, ein kleiner Dildo für den Analverkehr
queer: (engl., ursprünglich: sonderbar, seltsam) wurde früher als Schimpfwort benutzt; die lesbisch-schwule-bisexuelle-Transgender-Gemeinde hat es positiv gewendet und für sich als Bezeichnung übernommen.

Regenbogenfahne: *(Rainbow Flag)* hat eine lange Tradition und dient in vielen Kulturen weltweit als Zeichen der Toleranz, Vielfältigkeit, der Hoffnung und Sehnsucht. Eine Form der Regenbogenfahne steht z.B. für die internationale Friedensbewegung, und der Regenbogen wird als Symbol von Greenpeace eingesetzt. Die Regenbogenfahne der queeren Community, 1978 von dem amerikanischen Künstler Gilbert Baker entworfen, weist in der heutigen Variante nur noch sechs, anstatt acht Farben auf, denen jeweils eine Bedeutung zugemessen wird: Rot = Leben, Orange = Gesundheit, Gelb = Sonne, Grün = Natur, Blau = Harmonie und Violett = Geist (die Farben Fuchsia = Sexualität und Türkis = Kunst sind leider entfallen).
Regenbogen-Familie: lesbische oder schwule Paare mit Kindern, queere Familie
Rosa Winkel: ein auf die Spitze gestelltes rosafarbenes Dreieck, mit dem die Nazis früher überwiegend homosexuelle Männer gebrandmarkt haben. Lesben bekamen zusätzlich den Buchstaben »L« auf das rosafarbene Dreieck, meistens aber wurden sie mit dem »Schwarzen Winkel« versehen, der für »asozial« stand. Der Rosa Winkel war lange ein Symbol der Schwulenbewegung, wird heute jedoch zunehmend durch die Regenbogenfahne verdrängt.
sex: meint in Anlehnung an das englische Wort das biologische Geschlecht, also das Geschlecht, in das man hineingeboren wurde. Dies kann abweichend sein vom sozialen Geschlecht (engl. *gender*).
Sandkastenlesbe: Lesbe, die schon in jungen Jahren wusste, dass sie auf Frauen steht und kaum sexuelle Erfahrungen mit dem anderen Geschlecht gemacht hat. Auch Urlesbe genannt.
Schranklesbe: Lesbe, die ihr Lesbischsein geheim hält. Sie kommt nicht »aus dem Schrank heraus« *(coming out of the closet)*.
Silikon: weiches, hautfreundliches Material, das schnell die Körpertemperatur annimmt, was Silikon-Sextoys angenehm macht.
Stone Butch: »männliche« Butch, die sich beim Sex bisweilen nicht anfassen lässt
straight: heterosexuell
Stuffer: alles, was sich ein Drag King vorn in die Unterhose stopft: von der gefüllten Socke über ein gestopftes Kondom bis hin zur Schwanznachbildung.
Sublesben: Sub steht als Abkürzung für Subkultur, also die Kultur, die neben dem Mainstream existiert. In Kombination mit Lesbe meint das eine Frau, die gerne in der Szene, also in Clubs und anderen lesbischen Locations unterwegs ist (auch: Szenelesbe).
Stoppelpaste: siehe Mastix
TG-Butch: Die Kombination von Butch und Transgender bedeutet, dass sich die Person nicht hundertprozentig als Frau/Lesbe fühlt.

Toys: allgemeine Bezeichnung für Sexspielzeug
Trans*: auch T-Star; bezeichnet die Gesamtheit von transgender, transidentisch, transsexuell ...
Transgender: Menschen, die sich mit ihrem angeborenen Geschlecht nicht oder nicht ausreichend identifizieren können oder wollen und die binäre Geschlechterordnung allgemein in Frage stellen.
Transgenialer CSD: alternative Veranstaltung zum herkömmlichen CSD, die den CSD gern weniger kommerziell und dafür politischer gestalten möchte.
Transident: wird auch synonym für Transgender oder Transsexualität benutzt
Transsexuelle: Menschen, die sich in ihrem biologischen Körper nicht zu Hause fühlen, sondern das andere Geschlecht anstreben.
Vanillasex: auch Blümchensex; Form von Sex, bei der auf SM verzichtet wird; wird häufig abwertend verwendet, was ziemlich kleingeistig ist
Vibrator: Sextoy, ähnlich wie ein Dildo, allerdings mit einem kleinen Motor, der das Ding in Schwingungen versetzt
Walpurgisnacht: jährlich stattfindendes Fest vom 30. April auf den 1. Mai zum Gedenken der mittelalterlichen Heiligen Walburga/Walpurgis. Der Sage nach trafen sich die Hexen am Abend des 30. April auf dem Blocksberg im Harz, um ein Fest abzuhalten. Seit den siebziger Jahren wird diese Nacht oft zum Anlass für Frauenfeste genommen.
World Pride: Weltweiter CSD, der erstmals 2000 in Rom stattgefunden hat. Der zweite fand 2006 in Jerusalem statt.

Pommerenke, Silvy:
Küsse in Pink – Das lesbische Coming-out-Buch
ISBN 978-3-930041-62-6
Originalausgabe / / 1. Auflage 2008
Gestaltung und Satz: Grafikbüro Schadenberg, Berlin
Coverfoto: © plainpicture
Druck: CPI – Clausen & Bosse, Leck

»Queen of Lesbian Romance«

Das Weingut der Ardanis steht vor dem Konkurs. Dass Syrah Ardani und die attraktive, kühl kalkulierende Gutachterin Toni Blanchard sich auf den ersten Blick nicht ausstehen können, macht die Dinge nicht einfacher …

»Endlich gibt es ein neues Werk der ›Queen of Lesbian Romance‹! ***Liebe im Sternenlicht*** ist romantisch, witzig, intelligent und unterhaltend – in jedem Fall ein lesbisches Lesemuss!«
AVIVA-BERLIN.DE

Karin Kallmaker
Liebe im Sternenlicht
288 Seiten, brosch.
ISBN 978-3-930041-58-9

»Wir glauben an die Liebe. Wir glauben an erste Begegnungen, zweite Verabredungen, dritte Jahrestage und an Beziehungen, die ein Leben lang währen« – so das Credo der boomenden Partneragentur ***Dein Herz sei mein***, die Marissa Chabot betreibt. Doch Marissas eigenes Liebesleben lässt viel zu wünschen übrig. Warum nur musste sie ihr Herz auch an einen Urlaubsflirt verlieren? An die betörende Linda, mit der sie himmlische Stunden auf einer einsamen Insel in der Südsee verbracht hat …

Karin Kallmaker
Dein Herz sei mein
ca. 300 Seiten, brosch.
ISBN 978-3-930041-63-3

www.krugschadenberg.de

Zum Weiterlesen …

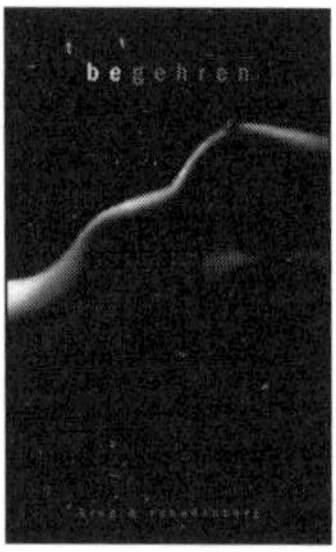

Flannery Jansen betritt eine neue Welt. Sie ist Erstsemesterin an einer Universität an der Ostküste. In einem Diner beim Campus entdeckt sie eines Morgens eine faszinierende Frau, die in ein Buch vertieft ist: Anne Arden, Dozentin im Fachbereich Literaturwissenschaft – selbstbewusst, weltgewandt, lebenserfahren. Und für Flannery die schönste Frau der Welt …

»Ein poetischer, kluger, anrührender Roman über die Liebe.«

AVIVA-BERLIN.DE

Sylvia Brownrigg
Geschrieben für Dich
288 Seiten, gebunden
ISBN 978-3-930041-45-9

Erotische Phantasien vom Feinsten – Erzählungen rund um das lesbische Begehren

Ob in der Londoner Tube oder der CityNightLine, an der Ostsee oder in Brandenburg, beim Umzug oder beim Renovieren, im Kino, Café oder Supermarkt – in der Phantasie ist überall alles möglich …

»Dieses Buch ist wie eine Schachtel Pralinen …«

WEIBERDIWAN

Andrea Krug u. Dagmar Schadenberg (Hg.)
Begehren
192 Seiten, gebunden
ISBN 978-3-930041-54-1

www.krugschadenberg.de